AF 130812

BERND LEIX

Hackschnitzel

BLUTIGE HACKSCHNITZEL »Man hat einen Finger gefunden ... und den Rest auch ... gehackt!« Eigentlich sollten die Holzhackschnitzel im Heizkraftwerk verbrannt werden. Stattdessen werden sie als Polster unter den Geräten eines Kinderspielplatzes gebraucht. Zum Schrecken von Kindern und Eltern ragt ein Finger daraus hervor. Immer mehr menschliche Körperteile finden sich kleingehäckselt zwischen den Holzstückchen ...

Die Identifizierung des Toten erweist sich zunächst als schwierig. Als klar wird, dass es sich um Egon Fink, Direktor einer Ettlinger Baufirma, handelt, beginnt für den Karlsruher Kriminalhauptkommissar Oskar Lindt die zähe Suche nach Motiv und Täter. Erst Ermittlungen in Finks Vergangenheit bringen wichtige Hinweise. In einem Sumpf aus Verbrechen, Geldgier, Macht und Korruption entgeht Lindt selbst dem Tod nur um Haaresbreite.

© privat

Bernd Leix ist Schwarzwälder durch und durch. 1963 wurde er in Klosterreichenbach geboren, hat Forstwirtschaft studiert, lebt in Freudenstadt und arbeitet dort als Personalratsvorsitzender des Landratsamtes. Als Revierförster betreute er viele Jahrzehnte die Wälder rings um das Klosterstädtchen Alpirsbach. Zuvor war er einige Zeit im von Kriminalität durchdrungenen Karlsruher Hardtwald tätig. Deshalb machte er die badische Fächerstadt häufig zum Schauplatz seiner Krimis um den behäbigen, Pfeife rauchenden Kommissar Oskar Lindt. Doch der Mordermittler aus der Großstadt gerät bei seinen Ermittlungen immer öfter in die dunklen Wälder des Schwarzwaldes. »Teuchel-Mord«, der zwölfte Oskar-Lindt-Krimi, führt direkt unter die riesigen alten Tannen des Erholungswaldes der sonnigen Höhenstadt Freudenstadt.

BERND LEIX

Hackschnitzel

OSKAR LINDTS DRITTER FALL

GMEINER

Die automatisierte Analyse des Werkes, um daraus
Informationen insbesondere über Muster, Trends und
Korrelationen gemäß § 44b UrhG (»Text und Data Mining«) zu
gewinnen, ist untersagt.

Bei Fragen zur Produktsicherheit gemäß der Verordnung über
die allgemeine Produktsicherheit (GPSR) wenden Sie sich bitte an
den Verlag.

Immer informiert

Spannung pur – mit unserem Newsletter informieren wir Sie
regelmäßig über Wissenswertes aus unserer Bücherwelt.

Gefällt mir!

Facebook: @Gmeiner.Verlag
Instagram: @gmeinerverlag
Twitter: @GmeinerVerlag

Besuchen Sie uns im Internet:
www.gmeiner-verlag.de

© 2006 – Gmeiner-Verlag GmbH
Im Ehnried 5, 88605 Meßkirch
Telefon 0 75 75 / 20 95 - 0
info@gmeiner-verlag.de
Alle Rechte vorbehalten

Lektorat: Claudia Senghaas, Kirchardt
Herstellung: Mirjam Hecht
Umschlaggestaltung: U.O.R.G. Lutz Eberle, Stuttgart
unter Verwendung eines Fotos von: © sxc.hu Druck:
Druck: Zeitfracht Medien GmbH, Industriestraße 23,
70565 Stuttgart
Printed in Germany
ISBN 978-3-89977-694-2

1

›Ungewöhnlich warm für die Jahreszeit‹ meldete der
Wetterbericht im Radio. ›Straßencafés im Januar geöffnet‹, ›Wo bleibt nur der Winter?‹, schrieben die Tages-
zeitungen in ganz Süddeutschland.

Die Silvesternacht brachte noch klirrende minus acht
Grad, doch nun strömte schon seit sieben Tagen angenehm warme Luft aus Nordafrika ein.

Die Schneedecke begann auch in den höheren Schwarz-
waldlagen bedenklich zu schwinden und auf den Gesich-
tern der Wintersport-Organisatoren gruben sich die Sor-
genfalten immer tiefer ein.

Im Rheintal jedoch, von Basel bis Mannheim, lockte
der Sonnenschein mehr und mehr Menschen ins Freie.

Auch die drei jungen Mütter, die nebeneinander auf
der Holzbank saßen und ihre spielenden Kinder beob-
achteten, zogen die Jacken aus und genossen im T-Shirt
und mit Sonnenbrille die Wärmeperiode kurz nach Dreikönig.

Eine Elterninitiative hatte sich mächtig ins Zeug gelegt,
um den vormals recht dürftig ausgestatteten Spielplatz
attraktiver zu gestalten. Ein neues Klettergerüst mit Tar-
zanbahn, drei zusätzliche Wipptiere, ein riesiger Sand-
bereich und eine farbenfroh gestrichene Schaukelanlage
waren mit vielen Stunden Arbeitseinsatz und der finan-

ziellen Unterstützung des ortsansässigen Kiesgruben-
betreibers entstanden.

Der Oberbürgermeister von Rheinstetten, einer süd-
lich von Karlsruhe gelegenen Zwanzigtausend-Ein-
wohner-Stadt, hatte bei der Einweihung viele herzli-
che, lobende und dankende Worte für die aktiven Eltern
gefunden und gleichzeitig in mitleiderregender Weise
über die katastrophale Finanzsituation seiner Kom-
mune lamentiert. Nicht einmal ein ordentlicher Spielplatz für die jüngsten Mitbürger könne finanziert werden. Umso dankbarer sei er der Elterninitiative für die
geleistete Arbeit und hoffe, dass die Anlage ein vielbe-
nutzter Treffpunkt für die Familien des ganzen Wohn-
gebietes würde.

»Wenigstens hält der Bauhof den Platz hier in Schuss«,
meinte zufrieden eine der drei jungen Frauen, die gerade
beobachtete, wie ihre siebenjährige Tochter in hohem
Bogen von der Kettenschaukel flog. »Gut, dass dort alles
mit frischem Häcksel-material bestreut ist. So kann sich
keines der Kinder wehtun.« Sie wartete darauf, dass sich
ihre Sarah-Lisa wieder aufrappeln würde.

Stattdessen aber und zum Schrecken aller begann das
Mädchen markerschütternd zu schreien und blieb stocksteif liegen. Es schien zu keiner Bewegung mehr fähig
zu sein.

Das Schlimmste vermutend und schon mit einer Hand
das Handy für den Notruf aus der Hosentasche ziehend,
rannte die schockierte Mutter zur Schaukel, die beiden
anderen folgten ihr auf dem Fuß.

Fest davon überzeugt, dass sich das Kind eine schwere
Kopfverletzung zugezogen hätte, warf sie sich auf die

Knie neben ihre Tochter, die bäuchlings vornüber im Holzhäcksel gelandet war. Ganz auf der Suche nach Blut oder anderen Verletzungsspuren bemerkte sie nur am Rande, dass die knöcheltiefe Unterlage aus Hackschnitzeln eigentlich so weich war, dass jeder Sturz gut abgefedert werden musste.

»Sarah-Lisa, wo tut's dir weh? Was hast du denn?«, rief die aufgeregte Mutter, nachdem sie auf den ersten Blick nichts erkennen konnte. Das Kind schrie jedoch nur noch lauter starrte wie versteinert nach vorne.

Als die Frau dem Blick folgte und realisierte, was wenige Zentimeter vor dem Kopf des Mädchens aus dem Holzhäcksel ragte, stieß auch sie einen markerschütterten Entsetzensschrei aus und erbleichte.

Wesentlich ruhiger ging es dagegen im Karlsruher Polizeipräsidium zu.

»Im Herbst sterbst!« Mit diesem markigen Spruch brachte Oskar Lindt das Ergebnis der jährlichen Statistik auf einen Nenner.

»Diesen süddeutschen Ausdruck würde aber ein Kollege aus Hamburg nur schwer verstehen«, runzelte sein Mitarbeiter Paul Wellmann die Stirn.

»Für unseren Bericht und insbesondere für Nordlichter müssen wir das auch etwas anders formulieren. Wie wäre es denn so: ›Auffallende Häufung von Tötungsdelikten im letzten Quartal des Jahres!‹ Das begreift man wohl auch dort, wo's nach Fisch riecht.«

»Also bitte, Oskar, du brauchst mich nicht schon wieder daran zu erinnern, wo meine Wurzeln liegen. Schließlich lebe ich jetzt bereits über vierzig Jahre hier im sonnigen Süden«, schmollte Wellmann, aber eine gelegentliche Stichelei verzieh er gerne.

Seit über zwei Jahrzehnten waren die beiden Hauptkommissare ein eingespieltes Team und bearbeiteten alles, was in und um Karlsruhe mit Mord und Totschlag zu tun hatte.

Kurz nachdem der damalige Polizeipräsident die Leitung der Abteilung für Tötungsdelikte an Oskar Lindt übertragen hatte, war auch Wellmann in diese Ermittlungsgruppe versetzt worden.

»Wenn wir mal viel Zeit haben«, sinnierte Lindt mit qualmender Pfeife im Mund, »also, wenn wir gar nicht wissen, was wir tun sollen, weil alle Fälle gelöst sind und es nur noch natürliche Todesursachen gibt, dann sollten wir doch mal zusammenzählen, wie viele gemeinsame Erfolge wir in diesen vielen Jahren vorweisen können.«

»Ach, mir reicht eigentlich auch die Arbeit für die jährliche Statistik. Was unsere Oberen da wieder alles wissen wollen ...« Wellmann raufte sich die Haare. »Unglaublich, jedes Jahr wird es mehr. Da noch eine Sonderauswertung und dort noch eine Spezialerhebung, nach Altersgruppen, Bevölkerungsschichten, Nationalitäten, Zusammenarbeit mit anderen Kripo-Abteilungen und alles noch getrennt nach Stadt- und Landkreis. Ich weiß wirklich nicht, wofür das gut sein soll. Die Presse veröffentlicht doch nur die wichtigsten Entwicklungen und der Rest unserer Arbeit verschwindet auf Nimmerwiedersehen zwischen zwei grauen Aktendeckeln.«

»Aber Paul«, beruhigte ihn sein Kollege, »wir sind doch schon fast fertig damit und außerdem können wir dieses Mal die Besonderheit melden, dass die Tötungsfälle im letzten Viertel des vergangenen Jahres deutlich angestiegen sind. Das hatten wir noch nie. Ob es einen Grund gibt?«

»Reiner Zufall, aber hoffentlich geht das neue Jahr nicht so weiter, wie das alte aufgehört hat.«

Traditionell machten die zwei Kriminalisten von Weihnachten bis zum Dreikönigstag Urlaub und waren nur bei Kapitalverbrechen erreichbar. Die ungeliebte Arbeit, ihre letztjährigen Ermittlungen zusammenzustellen, nahmen sie immer am ersten Arbeitstag des neuen Jahres in Angriff.

Tradition war es auch, dass sie sich am späteren Nachmittag dieses Tages mit ihren engsten ›Verbündeten‹ zum gemeinsamen Kegeln trafen.

Staatsanwalt Conradi gehörte zu diesem Kreis, Ludwig Willms, der Leiter der Kriminaltechnik und seit einigen Jahren auch Jan Sternberg, der dritte Mann in der Ermittlungsgruppe. Überraschenderweise war es Lindt nach langjährigem penetrantem Bohren doch gelungen, bei der Personalverwaltung die dringend notwendige, weitere Stelle für seine Abteilung zu bekommen. Technik- und Computerfreak Sternberg war dem erfahrenen Kommissar schon während der Ausbildungszeit sehr positiv aufgefallen und ergänzte das Team durch seine Spezialkenntnisse jetzt optimal.

Das vergangene Jahr hatte zwar mehr Arbeit gebracht, insgesamt vier Morde und fünfzehn Mal Totschlag, wie die nüchternen Zahlen auf dem Monitor auswiesen, aber das Kommissariat konnte ganz stolz eine Aufklärungsquote von 100 Prozent vermelden. Meistens war schon von vornherein bekannt, wer die Taten begangen hatte, oder die Spuren zeigten ein so eindeutiges Bild, dass die Ermittler mit der Beweisführung nur wenig Mühe hatten.

»Wir können unsere Arbeit wirklich vorzeigen«, lehnte sich Lindt zufrieden zurück und paffte dicke Rauchwolken in den Raum, nachdem er den Bericht abgeschlossen und über das polizeiinterne Datennetz an seinen direkten Vorgesetzten und die Pressestelle gemailt hatte.

»Erstaunlich auch, wie ruhig die Feiertage verlaufen sind«, stimmte ihm Wellmann zu und erinnerte sich daran, dass sie schon öfter wegen weihnachtlichen Beziehungstragödien ihren Urlaub hatten unterbrechen müssen.

»Freu dich nicht zu früh, Paul ... du kannst sicher sein, der nächste dicke Fall kommt bestimmt!«

Die Kegelrunden waren voll im Gang. Natürlich lag Ludwig Willms in Führung. Ehrensache für den durchtrainierten, hageren Sportler, die Kollegen stets deutlich zu übertrumpfen und wenn versehentlich seinem alten, aber etwas in die Breite gegangenen Freund Oskar mal ein guter Wurf gelang, quittierte er es nur mit: »Dusel, das war reiner Dusel!«

Die anderen kannten den Ehrgeiz des Marathonläufers und nahmen ihn deswegen gerne auf die Schippe. Besonders, wenn Willms' Kugel, was aber sehr selten vorkam, die Bande berührte, gab es johlendes Gelächter und schadenfrohe Kommentare.

Manchmal ließ Lindt auch absichtlich beim Wurf seine Pfeife im Mund. Er wusste genau, dass Willms jedes Mal entsetzt das unsportliche Verhalten kommentieren würde und grinste nur erfreut darüber, dass es ihm wieder einmal gelungen war, einen verbohrten Sportler auf den Arm zu nehmen.

Stimmung und Geräuschpegel steigerten sich stetig und fast hätte Oskar Lindt deshalb das schrille und immer lauter werdende Klingeln, das von der Garderobe herkam, überhört.

»Ihr Handy, Chef«, meinte Jan Sternberg, der die Geräte seiner Kollegen problemlos am Ton unterscheiden konnte.

»Carla wartet wohl schon auf dich«, witzelte Willms noch, doch dann verstummte die Unterhaltung schlagartig.

Alle hatten die Gesprächsfetzen aus Lindts Telefonat mitbekommen.

»Wie bitte, ein Finger, was, wo? Wir kommen sofort!«

Der Hauptkommissar wandte sich wieder seinen Kegelbrüdern zu: »Man hat einen Finger gefunden.«

Er machte eine bedeutungsschwere Pause.

»Und den Rest auch.«

Wieder eine Zäsur.

»Gehackt!«

Einige Sekunden lang herrschte völlige Stille im Raum, bis Paul Wellmann zögernd nachfragte: »Du meinst, jemand hat sich einen Finger abgehackt … beim Holzspalten oder so?«

Doch insgeheim wusste er schon, dass er seinen Kollegen richtig verstanden hatte.

»Nein«, antwortete Lindt tonlos und man konnte ihm förmlich ansehen, dass er gerade ein scheußliches Bild vor seinem inneren Auge hatte, »alles gehackt. Nur den Finger kann man noch erkennen.«

»Da müssen wir wohl hin«, konstatierte Wellmann
trocken und griff nach seiner Jacke. »Wo?«
»Rheinstetten-Mörsch, auf einem Spielplatz!«

Ein gespenstisches Szenario erwartete die drei Kripo-
Beamten, als sie nach einer knappen Viertelstunde über
die B 36 ihr Ziel erreicht hatten. Es war erst halb sechs
Uhr, aber die frühe Dunkelheit des Januarabends machte
eine komplette Ausleuchtung des Spielplatzes notwen-
dig. Die örtliche Feuerwehr war mit zwei Rüstwagen im
Einsatz und versorgte aus laut knatternden Stromaggre-
gaten insgesamt sieben Flutlichtstrahler.

Zahlreiche Schaulustige drängten sich hinter dem rot-
weißen Plastikband, mit dem die Beamten des zuständigen Polizeireviers Ettlingen den Platz abgesperrt hatten.

Beim Aussteigen schnappte Lindt einige Gesprächsfetzen aus der Menge auf: »... das muss man sich mal
vorstellen ...«, »... das arme Kind, so ein Schreck ...«,
»... und die Mutter erst ... ist ja fast in Ohnmacht ...«

Ein langer schmaler Oberkommissar der Schutzpolizei mit korrekt gestutztem Schnauzbart steuerte auf die
Kriminalisten zu, um kurz und knapp das Wesentliche
zu berichten.

Ein siebenjähriges Mädchen war von der Kettenschaukel gestürzt und bäuchlings weich im Häckselmaterial
gelandet, das die Arbeiter des Städtischen Bauhofes am
Vormittag ganz frisch unter den Spielgeräten ausgebracht
hatten.

Als es die Augen aufmachte, musste das Kind wohl
unmittelbar auf einen menschlichen Finger geblickt
haben, der vor ihm aus den Holzhackschnitzeln empor-

ragte. Reflexartig war es stocksteif liegengeblieben und hatte schrill zu schreien begonnen.

Der Uniformierte führte Lindt und Wellmann zur Schaukel, wo die Spurensicherung bereits am Werk war. »Nicht näherkommen, bitte«, rief einer der Beamten im weißen Overall. »Man sieht es auch vom Rasen aus. Da steckt der Finger und hier, da und dort der Rest. Alles, was rot ist.«

Lindt beugte sich vor, um genauer zu sehen und ganz allmählich erkannte auch er zwischen den Holzstückchen die rötlichen Fremdkörper.

»Und das da?« Der Kommissar zeigte auf eine Handvoll undefinierbarer Masse seitlich im Gras.

Der Kriminaltechniker grinste: »Eine der Mütter hat wohl was angefasst und schlagartig gekotzt.«

Panisch hatten dann alle Eltern ihre Kinder vom Spielplatz gezerrt.

Zwei Polizeibeamte des örtlichen Postens waren zuerst eingetroffen. Pflichtgemäß wurde abgeriegelt und die eintreffende Kriminalbereitschaft unterrichtet.

»Die Fotos sind fertig.« Schnell schob der Techniker den Finger in einen durchsichtigen Plastikbeutel und reichte ihn den wartenden Kommissaren.

Lindt hob ihn hoch und drehte ihn ins Licht. Ohne Zweifel ein menschlicher Finger, allerdings nicht vollständig, sondern nur das erste und die Hälfte des zweiten Gliedes – dann Hautfetzen und ein spitz herausstechender Knochensplitter.

»Auf jeden Fall nicht glatt abgetrennt«, waren sich die Kriminalisten einig.

Lindt beobachtete aus einiger Entfernung, wie nach

und nach immer mehr weiche, rötlich-weiße Gewebefetzen aus dem gehäckselten Holz aufgesammelt wurden.

Paul Wellmann kam mit einem leitenden Mitarbeiter des Städtischen Bauamtes dazu, der eben eingetroffen war und über die Herkunft des Materials Auskunft geben sollte.

»Ganz frisch alles«, beeilte sich der Tiefbau-Ingenieur zu versichern. »Unsere Bauhofmitarbeiter haben das Hackgut erst heute Vormittag ausgestreut. Wissen Sie, wegen der Unfallgefahr! Dass die Kinder wenigstens weich fallen. Sie glauben ja gar nicht, Herr Kommissar, wie schnell wir von der Stadt eine Klage am Hals haben, wenn sich mal eines beim Spielen den Kopf anschlägt. Die Eltern rennen heutzutage gleich zum Anwalt. Ich könnte ihnen erzählen …«

»Kann ich mir gut vorstellen«, beeilte sich Lindt, den Redeschwall des offensichtlich sehr kommunikativen Menschen abzukürzen, denn ihn interessierte viel mehr, wo das fein gehäckselte Holz herkam.

»Das kann ich ihnen ganz genau sagen«, zeigte der Ingenieur mit der ausgestreckten Hand nach Osten in die Nacht. »Da draußen an dem Feldweg rüber zum Hardtwald. Alte Pappeln haben wir dort fällen lassen. Die waren schon ziemlich abgängig und wenn einem der vielen Radfahrer ein Ast auf den Kopf gefallen wäre – sie können sich ja gar nicht ausmalen, was da wieder für Schadenersatzforderungen auf unsere Stadt …«

Ziemlich genervt unterbrach ihn der Kommissar mit gerunzelter Stirn: »Ist ja schön, dass sie die Verkehrssicherungspflicht so ernst nehmen, aber diese alten Bäume, die wurden gehäckselt?«

»Nein, natürlich nicht die ganzen Stämme, nur die

Kronen, die dicken Äste und die feinen Zweige. Irgendwie müssen wir das Zeug ja entsorgen. Fürchterlich teuer alles. Sie glauben nicht, was die Stunde bei so einem Großhacker kostet.«

Irgendwie konnte sich Lindt des Gedankens nicht erwehren, dass Jammern in der Führungsetage der Kommunen wohl zur Hauptaufgabe gehören musste, doch der Mann war nicht zu bremsen: »Geht alles an ein Heizkraftwerk, da bekommen wir wenigstens noch ein paar Euro dafür.«

Das wollte der Kommissar genau wissen: »Wieso wurde dann gerade dieses Material hier nicht zu Strom und Wärme?«

»Bisher ging alles ins Kraftwerk. Fünf große Abrollbehälter waren das vorgestern. Aber vor dem Feiertag sind wir nicht mehr ganz fertig geworden und so gab es heute früh noch mal einen Container voll. Den haben unsere Bauhofmitarbeiter gleich für Eigenbedarf abgezweigt. Da brauchen wir immer mal wieder solches Material. Als Mulchdecke gegen das Unkraut in den Grünanlagen oder um kleine Fußwege damit anzulegen … ja und auch als Fallschutz auf den Spielplätzen.«

Der Ingenieur verzichtete glücklicherweise darauf, abermals über hohe Kosten zu jammern, weshalb Lindt gleich nachlegte: »Dieser Container muss natürlich auch untersucht werden, wo steht der denn?«

»Der Container? Der wird wohl im Bauhof stehen … aber denken sie etwa, dass da noch mehr … bisher hörte ich nur von einem gefundenen Finger?«

»Leider müssen wir davon ausgehen, dass hier nicht nur Holz kleingehackt wurde.«

Sie traten dichter heran. Mittlerweile hatte die Spurensicherung schon einige weitere Klarsichtbeutel mit unförmigen, rötlich-schmierigen Gewebsfetzen gefüllt. Der Tiefbauer war so schockiert von dem Anblick und auch von dem Gedanken an mögliche Zusammenhänge, dass er verstummte.

»Das würde ja heißen …«, begann er dann doch wieder.

»Ganz genau«, bestätigte Lindt, »und deshalb müssen wir auch noch diese Hackmaschine und den Ort, wo gearbeitet wurde, ganz genau unter die Lupe nehmen.« Der Vorstellung, dass nicht nur Astwerk, sondern gleich ein ganzer Mensch im Einzugstrichter eines Großhäckslers verschwunden sein könnte, machte dem Mann sichtlich zu schaffen. Das Ganze auch noch im Zusammenhang mit städtischen Arbeiten in seinem Verantwortungsbereich, dieser Gedanke missfiel ihm sehr. Allerdings setzte der Kommissar gleich noch eines drauf: »Sagen Sie, fehlt eigentlich jemand in ihrer schönen Stadt?«

Jetzt hatte es dem sonst so selbstsicheren Bauingenieur endgültig die Sprache verschlagen. Er wandte sich ab und verließ kopfschüttelnd den taghell erleuchteten Spielplatz.

»Ich … ich kümmere mich darum …« drehte er sich nochmals um und schlüpfte schnell unter der Absperrung durch.

Hauptkommissar Lindt informierte seine beiden Mitarbeiter, die sich bisher mit den Beamten des örtlichen Polizeipostens unterhalten hatten.

»Das könnte passen, Chef«, wurde Jan Sternberg ganz eifrig. »Der Kollege hier hat mir gerade was von einem aufgebrochenen Lastwagen erzählt. Mit dem Fall war er heute früh beschäftigt.«

Interessiert hörten die Kommissare sich den Bericht des Postenführers an. Der Fahrer eines über den Dreikönigstag am Waldrand abgestellten LKWs mit aufgebautem Großhacker hatte kurz nach acht Uhr am Morgen Anzeige erstattet. Das Führerhaus des Fahrzeuges war aufgebrochen und zu diesem Zweck ein kleines Seitenfenster eingeschlagen worden. Merkwürdigerweise hatte aber nichts gefehlt und es gab auch keine weiteren Schäden. Allerdings musste jemand in der Kabine gewesen sein, denn einige Gegenstände lagen nicht mehr am gewohnten Platz.

Eine Streifenwagenbesatzung hatte sich der Sache angenommen, Fotos gemacht und versprochen, sich um die Angelegenheit zu kümmern.

»Wird wohl kaum aufgeklärt, so was kommt hier laufend vor«, meinte der Polizist. »Wir waren uns ziemlich sicher, dass da einer mal in einem LKW pennen wollte.«

»Oder vielleicht auch zwei«, grinste Jan Sternberg.

»Nun sieht das Ganze ja wohl etwas anders aus«, überlegte sein Vorgesetzter und beauftragte die Spurensicherung, auch den abgestellten Container, den Großhacker und dessen Arbeitsort genauestens zu untersuchen.

»Allerdings am besten bei Tageslicht«, überlegte er und gab Anweisung, die Örtlichkeiten so lange zu sperren und zu überwachen.

»Wenn auch der letzte Container wie geplant im Heizkraftwerk gelandet wäre«, sinnierte Oskar Lindt, als er am späten Abend zu Hause seiner Frau vom abrupten

Ende der Kegelpartie berichtete, »dann hätte die Entsorgung dieses Menschen optimal geklappt.«

»Scheußlich«, antwortete Carla und schüttelte sich angewidert, »das mag ich mir nicht einmal vorstellen. Erst häckseln und dann verbrennen. Ob der oder die denn schon tot war, als …?«

»Hoffentlich kann uns das Labor da weiterhelfen«, meinte der Kommissar zweifelnd, »und außerdem gibt es bisher überhaupt keinen aktuellen Vermisstenfall. Kurz gesagt, wir wissen noch gar nichts.«

Er ahnte auch nicht, dass irgendwo in einer abgeschlossenen Garage im Rheinstettener Stadtteil Forchheim ein für den Winterurlaub fertig gepackter, zweisitziger Mercedes SLK stand. Die Carving-Ski auf der Beifahrerseite ließen keinen Platz für einen Mitfahrer, doch leider wartete der schicke schwarze Sportflitzer auch vergebens auf seinen Fahrer.

2

Nach einer unruhigen Nacht war der Kommissar früh auf den Beinen. Schon kurz nach sieben erschien er im Büro und konnte es kaum erwarten, dass es hell wurde, um die verschiedenen Lokalitäten bei Tageslicht zu betrachten.

»Wenn es kein Unfall war«, überlegte Paul Wellmann auf der Fahrt, »dann haben wir es mit einem fast perfekten Verbrechen zu tun.«

»Rückstandsfreie Beseitigung im Heizkraftwerk, ähnlich wie im Säurebad, mal was Neues.«

»Fast hätte es geklappt. Leider hat der Bauhof dazwischengefunkt.«

Die außergewöhnliche, winterliche Wärmeperiode schien kein Ende nehmen zu wollen.

»Jetzt haben wir Januar und stehen in der leichten Sommerjacke hier rum«, schüttelte Wellmann den Kopf.

Lindt gab ihm recht: »Normalerweise frieren wir um diese Jahreszeit wie die Schneider.«

Er erinnerte sich an verschiedene ›Winter-Fälle‹, wo die Ermittlungen im Freien von schneidendem Ostwind, klirrendem Raureif oder dichtem Schneetreiben begleitet worden waren.

Regen machte ihm nichts aus. Mit Schirm, wasserdichter Jacke und festen Schuhen konnte man sich gut dagegen schützen, aber Kälte mochte er nicht. Zumindest nicht ohne ausreichende Bewegung. Stundenlange Außentermine mit der Staatsanwaltschaft bei Minusgraden und knöcheltiefem Neuschnee …

Er erinnerte sich und war gleichzeitig wieder dankbar, dass im Moment diese absolut untypische Wetterlage vorherrschte. Die Haselsträucher am Waldrand und die Weidenkätzchen gaben schon kräftig stäubend ihre gelben Pollenladungen in die laue Luft ab und die Knospen der Schlehdornen waren so dick geschwollen, dass es schien, als wollten die weißen Blüten jeden Moment hervorbrechen.

›Frühling im Januar‹, dachte der Kommissar und sog mit einem ausgedehnten Rundumblick die Örtlichkeit in sich auf. Den strauchbewachsenen Waldrand auf der südlichen und die landwirtschaftlichen Flächen auf der nördlichen Seite des asphaltierten Feldweges, dazu die dicken Stämme der gefällten Pappeln, aufgestapelt zu drei LKW-Ladungen.

Der Polizist des örtlichen Postens, der die Anzeige wegen des aufgebrochenen Lastwagens bearbeitete, übernahm die weiteren Erklärungen. Er berichtete, wo das Fahrzeug gestanden hatte, daneben der große Haufen mit grobem Astwerk, der noch zu zerkleinern war und dahinter der lange Abrollcontainer, in den die Holzspäne geblasen wurden.

»Ein extra Motor, nur für den schwedischen Hacker, hat mir der Fahrer erklärt, 500 PS, mehr als die LKW-Maschine hat, aber damit können auch Stämme bis 60 Zentimeter Durchmesser völlig mühelos zerkleinert werden.«

Die Faszination für die Großtechnik war dem Beamten am Gesicht abzulesen.

»Wo finden wir das Fahrzeug denn im Moment?«, wollte Lindt wissen.

»Um zehn gestern Morgen war der hier fertig und ist dann nach Muggensturm weitergefahren. Dort am Kieswerk hat er noch den ganzen Tag gehackt. Der Firmenchef ist natürlich ziemlich sauer, weil wir seine Maschine am Abend von den Rastatter Kollegen sicherstellen ließen. Kostet immerhin hundert Euro in der Stunde, da kommen die gleich mit Verdienstausfall und drohen mit ihren Anwälten.«

Lindt nickte. Wie Firmen auf polizeiliche Ermittlungen reagierten war für ihn nichts Neues und trotzdem legte er Wert darauf, dass alle nötigen Untersuchungen mit größter Sorgfalt durchgeführt wurden.

»Die Kollegen von der SpuSi Rastatt sind sicherlich bereits dort und wir fahren auch gleich hin, aber etwas Zeit brauche ich hier schon noch«, kratzte sich der Kommissar am Hinterkopf und lehnte in aller Ruhe an seinem Dienstwagen, um die erste Pfeife dieses Morgens zu stopfen.

Es war völlig windstill und so bildete der Rauch des Presstabaks eine regelrechte Nebelwand um Oskar Lindt. Seine Mitarbeiter brauchten den nach nirgendwohin gerichteten, ganz ausdruckslosen Blick des Kommissars nicht weiter zu interpretieren, um zu wissen, dass sie ihren Chef jetzt besser nicht störten. In solchen Situationen bat er immer darum, einige Minuten nicht angesprochen zu werden.

Das Bild eines Tatorts möglichst vollständig im Kopf

zu haben, war seiner Meinung nach die wichtigste Voraussetzung, um sich den Ablauf der Geschehnisse mit allen entscheidenden Einzelheiten vorstellen zu können.

Der Kommissar entfernte sich von seinen Kollegen, ging ein Stück entlang des Weges, verschwand im Unterholz und machte einen großen Bogen um die eifrig suchenden Techniker der Spurensicherung. Mehrere hundert Meter weiter hinten tauchte er wieder auf, ging im sandigen Ackerboden durch die grünen Halme des schon knöchelhoch aufgekeimten Winterweizens und blieb dazwischen immer wieder stehen.

Wellmann und Sternberg störten sich nicht an diesem recht unkommunikativen Verhalten ihres Chefs, das man auf den ersten Blick doch für reichlich merkwürdig halten musste. Sie hatten sich schon lange an seine unkonventionellen Methoden gewöhnt, aber auch die Beamten der Schutzpolizei, die den altgedienten Kriminalkommissar nur selten zu Gesicht bekamen, warteten respektvoll bei ihrem Wagen, bis er seinen Rundgang beendet hatte.

Wer Oskar Lindt war und welche erstaunlichen Erfolge die Jahrzehnte seiner Ermittlungsarbeit zierten, das wusste im Umkreis von Karlsruhe selbst jeder neue Streifenpolizist bereits nach wenigen Wochen.

»Wir können dann ...« Er hatte seinen von reichlichen Pausen unterbrochenen Spaziergang beendet und war wieder bei den Kollegen eingetroffen.

»Auf jeden Fall ein ungestörter Ort, um mal eben kurz eine Hackmaschine anzuwerfen und einen Menschen in kleinfingerlange Stücke zu zerlegen«, gab Paul Wellmann seine Einschätzung der Lokalität zum Besten und auch

Jan Sternberg stimmte ihm zu: »Von der Stadt her nicht einsehbar, auch keine öffentlichen Straßen oder einzelnen Häuser in der Nähe – wenn also nicht gerade ein Bauer mit dem Traktor, ein Radfahrer oder sonst ein Herr ›Zufall‹ daher kommt, ist so eine Leiche hier ruckzuck zerkleinert.«

»Na dann wollen wir mal hoffen, dass es diesen Herrn ›Zufall‹ tatsächlich gibt und er sich auch noch bei uns meldet«, brummte Lindt, ohne weiter auf die Äußerungen seiner Kollegen einzugehen. Er gab Gas und setzte den weinroten Dienstwagen Richtung Muggensturm in Bewegung.

Viel zu sehen gab es dort nicht, außer den Kriminaltechnikern der Rastatter Kripo, die sich gründlich mit dem imposanten, dreiachsigen Lastwagen beschäftigten, der auf dem Gelände eines Kieswerks darauf wartete, sein zerstörerisches Werk wieder aufzunehmen. Da das Fahrzeug jetzt im Nachbarlandkreis stand, leisteten die dortigen Kollegen Amtshilfe und übernahmen die Spurensicherung.

»Wir sind jetzt so weit«, kam einer der Männer im weißen Tyvek-Overall auf die Karlsruher Kriminalisten zu. »Führerhaus und Kran-Kabine können wir schon wieder freigeben. Die Walzen am Einzug, die Schwungscheibe mit den Hackmessern und den Auswurfschacht haben wir auch bearbeitet.«

»Den Greifer vorne am Kran?«, wollte Lindt wissen und zeigte auf die stählernen Zangen. Der Kollege nickte – »Nichts dran, fertig!« – und gab dem ungeduldig wartenden Maschinisten ein Zeichen, dass er seine Arbeit fortsetzen konnte.

Das laute Grollen der startenden Motoren ließ jedes weitere Gespräch verstummen. »Bei 500 PS bebt der Boden«, schrie Jan Sternberg seinem Chef ins Ohr. Es dauerte eine Weile bis die Hackerscheibe im Innern der Maschine die nötige Drehzahl erreicht hatte, doch dann brach das lärmende Inferno erst richtig los.

Mit dem langen Kranausleger wurde ein ganzer Erlenstamm mit sämtlichen Ästen dran von einem seitlichen Stapel aufgehoben und in den stählernen Schlund seiner Maschine geschoben. Die beiden stacheligen Einzugswalzen zerrten den Baum in wenigen Sekunden hinein und mit infernalischem Krach zerhäckselten die scharf geschliffenen Hartmetallmesser das Holz. In hohem Bogen spuckte ein Auswurf die Hackschnitzel in den bereitstehenden Container.

Während der technikbegeisterte Jan Sternberg mit leuchtenden Augen die gewaltige, schwedische Maschine bei der Arbeit betrachtete, schauten sich Lindt und Wellmann nur gegenseitig an. Jeder wusste, was der andere jetzt dachte. Statt eines Baumstammes sahen sie einen menschlichen Körper zwischen den Stacheln der beiden Walzen verschwinden. Wellmann schüttelte seinen Kopf, wie wenn er dieses schreckliche Bild abschütteln wollte.

Oskar Lindt biss fester auf das Mundstück seiner Pfeife, wandte sich ab und als sie wieder im Wagen saßen, meinte er nur tonlos: »Hoffentlich war er schon tot!«

Nach dem möglichen Tatort am Waldrand und der Besichtigung des Großhackers hatten Lindt, Wellmann und Sternberg am späten Vormittag auch noch den großen Stahlcontainer in Augenschein genommen, der im

Bauhof der Stadt Rheinstetten abgestellt und noch zu über drei Vierteln mit Holzhackschnitzeln gefüllt war.

Auch hier waren zwei Beamte der Spurensicherung schon seit dem frühen Morgen am Werk und suchten penibel das gesamte Material durch.

»Sieht wirklich sehr nach Nadel im Heuhaufen aus«, war der Kommentar von Jan Sternberg gewesen, doch Paul Wellmann hatte verbessert: »Wenn schon, dann Finger im Holzhaufen! Vielleicht taucht ja noch einer auf. Die Gerichtsmedizin würde es uns auf jeden Fall danken, wenn sie nicht nur lauter unförmige Gewebefetzen untersuchen müsste.«

»Mafia, ganz klar organisierte Kriminalität«, lautete die Einschätzung von Sternberg, als das Dreier-Team gegen Mittag wieder im Karlsruher Polizeipräsidium eingetroffen war, um die bisherigen Fakten zusammenzustellen. »Früher haben die ihre Opfer im Rhein versenkt, aber heute geht es ja viel problemloser. Hacker knacken, kurzschließen, warten bis die Messerscheibe genügend Schwung hat und dann eins-zwei-drei hinein damit.«

»Irgendwie denke ich dabei an Wilhelm Busch«, musste Oskar Lindt, der am Fenster stand, unwillkürlich lächeln. »Wenn ich mich recht erinnere, war das Ende von Max und Moritz doch ganz ähnlich. Rein in den Trichter, ab durch das Mahlwerk und hinten warteten schon die Gänse auf die Brocken.«

»Allerdings hatten die Mühlen damals keine 500 PS«, warf Paul Wellmann grinsend ein. »Aber wir könnten uns ja jetzt SOKO Max & Moritz nennen.«

Lindt stieß dichte Rauchwolken aus und meinte nachdenklich: »Ob auch in unserem Fall ein ›Böser‹ für seine Übeltaten bestraft wurde?«

»Oder vielleicht waren es ja auch zwei?«

»Das wird uns die DNA-Analyse wenigstens sagen können, aber wenn der Gen-Code nirgends gespeichert ist und die Fingerabdrücke genauso wenig, dann sieht es schlecht aus mit der Identifizierung.«

Sternberg nickte und zeigte nach vorne auf den Computermonitor: »Es gibt zwar im Kreis Karlsruhe momentan acht aktuelle Vermisstenfälle, aber ob von denen einer passt …? Das dürfte schwierig werden.«

»… nach den bisherigen Erkenntnissen ist ein Unfall zwar theoretisch denkbar, aber ein Gewaltverbrechen für uns sehr viel wahrscheinlicher«, verkündete Oberstaatsanwalt Wolf bei der Pressekonferenz am späten Nachmittag.

Es war unumgänglich geworden, die Öffentlichkeit zu unterrichten, denn der Fingerfund hatte sich in Rheinstetten wie ein Lauffeuer herumgesprochen und das Großaufgebot der verschiedensten Polizeieinheiten tat ein Übriges, die Gerüchteküche anzuheizen.

Sogar ein privater Fernsehsender war erschienen und hatte Mutter und Kind vor der Kulisse des Spielplatzes und der dort arbeitenden Kriminaltechniker gefilmt. Das Mädchen werde von einem ortsansässigen Psychotherapeuten intensiv betreut, um sein Trauma zu verarbeiten, hatte es im TV-Bericht geheißen.

Was Oskar Lindt von so viel öffentlicher Schaumschlägerei hielt, konnte man unschwer an seinem Gesicht ablesen, aber er gab vor den hungrigen Journalisten dazu lieber keinen Kommentar ab. Die Macht der Medien hasste er, wusste aber auch, dass er auf Tipps aus der Bevölkerung angewiesen war.

»Die Auswertung der Ergebnisse von Spurensicherung und Kriminaltechnik wird noch mehrere Tage dauern«, informierte Ludwig Willms die Presse über den Stand der Untersuchungen in seiner Abteilung und Hauptkommissar Lindt appellierte mit eindringlichem Tonfall: »… sachdienliche Hinweise bitte direkt an uns oder jede andere Polizeidienststelle. Wir gehen allen Spuren nach.«

Die Karlsruher KTU arbeitete zusammen mit den Spezialisten des Landeskriminalamtes unter Hochdruck. Wie ein riesiges Puzzlespiel sortierten vier Gerichtsmediziner in einem taghell erleuchteten Saal auf acht langen Edelstahltischen die wenig appetitlichen Fundstücke, die sie von der Spurensicherung geliefert bekamen. Am ergiebigsten hatte sich der Inhalt des Containers erwiesen, der in zweitägiger Kleinarbeit regelrecht durchgesiebt worden war. Nach und nach wurden von den Kriminaltechnikern insgesamt sechs Kubikmeter Holzhackschnitzel Schaufel für Schaufel auf mehreren, herbeigeschafften Tapeziertischen ausgebreitet und sortiert. Makabere Sprüche wie: »Die Guten ins Töpfchen, die Schlechten ins Kröpfchen« machten dabei die Runde, wenn sich wieder ein harmlos aussehendes Holzstückchen doch als Knochenfragment von menschlicher Schädeldecke oder Beckenschaufel erwies. Von weitem schon zu erkennen waren die weichen, lappigen Reste der inneren Organe, die der Hackscheibe nicht so viel Widerstand geboten hatten und deshalb weniger stark zerkleinert worden waren. Ein Teil des Dünndarms mit vierundzwanzig Zentimetern Länge war das größte Fundstück. Muskeln und vor allem Knochen waren dagegen auf höchstens fünf Zentimeter zerhackt worden. Fast unversehrt fanden sich neben dem Fingerteil vom Spielplatz noch drei Fingerkuppen, vier Zehen und sechs Zähne.

Gerade davon versprachen sich die Pathologen viel, denn vier wiesen Gold-Inlays auf. Das daraus rekonstruierte Zahnschema wurde zusammen mit hochauflösenden Digitalfotos an über hundertachtzig Zahnärzte in der Region Karlsruhe gemailt und auch als Download ins Internet gestellt.

Weitere körperfremde Metallteile oder Bruchstücke von Schmuck? Fehlanzeige!

Die Abdrücke der Finger ergaben zwar leidlich gute Ergebnisse, aber nach Abgleich mit den Datenbanken war keine Übereinstimmung mit registrierten Personen zu finden.

Die Untersuchungen des möglichen Tatorts und des Großhackers führten auch nicht weiter. Zwar gab es in Führerhaus und Krankabine Fingerabdrücke, die nicht zum Maschinist oder anderen Firmenangehörigen passten, aber keiner der Abdrücke war irgendwo gespeichert.

Schließlich lieferte das LKA nach vier Tagen auch die Ergebnisse der DNA-Untersuchung.

»Leider nichts Konkretes«, zuckte Ludwig Willms mit den Schultern, als er die Resultate an Lindt und sein Team weitergab. »Wir können nur ein wenig eingrenzen: Alle Proben stammen von einer einzigen Person, männlich, hellhäutig, Haare blond mit Übergang zu grau, daher ganz grob im mittleren Alter. Leider ist der

Erbgut-Code in keiner Datenbank gespeichert, also können wir die Person auf diesem Wege nicht identifizieren.«

»Aber ausschließen, ob es sich um eine der vermissten Personen handelt, könnten wir vielleicht«, hatte Jan Sternberg eine Idee. »Wenn wir zum Beispiel die Zahnbürsten dieser Leute untersuchen würden oder die Haare aus ihren Kämmen …«

Mit wenig begeistertem Gesichtsausdruck drehte sich Willms zu Lindt und wollte einen Kommentar über die Kosten und Zeitdauer einer derartigen Aktion abgeben, doch der Kommissar kam ihm flugs zuvor: »Immer die besten Ideen, unser Nachwuchs, meinst du nicht auch, Ludwig?«

»Na gut«, knurrte der, »aber fangt mal mit den Vermissten im näheren Umkreis an, dass es nicht gleich so viele werden. Ich sag solange in Stuttgart Bescheid.«

Der KTU-Chef war schon an der Tür, da fiel ihm noch etwas ein: »Halt, die Faserspuren, die hätte ich ja fast vergessen.«

»Faserspuren?«, fragten Wellmann und Sternberg wie aus einem Mund.

»Natürlich, Reste der Kleider. Oder glaubt ihr, der Mann war nackt, als er gehäckselt wurde?«

»Auf das Naheliegendste sind wir noch gar nicht gekommen«, musste auch Lindt zugeben. »Die ganze Zeit diskutieren wir hier über Darmfetzen und Kniescheibenfragmente, Leberhack und Lungenbläschen, aber an die Kleider hat tatsächlich noch niemand gedacht.«

»Deshalb habt ihr ja uns«, antwortete Willms mit einem Gesichtsausdruck, der die Freude widerspiegelte, diesmal der eingespielten Ermittlertruppe eine Nasenlänge voraus zu sein.

»Also«, fuhr er etwas theatralisch fort, »wir hätten da folgendes im Angebot: Schweizer Unterwäsche, reine Baumwolle, in weißer Oxford-Qualität als Oberhemd, Edel-Denim bei der schwarzen Hose, Alpakawolle für die Socken, ein genauso nobler Wollstoff für das Sakko und schwarzes Rindsleder von den Schuhen. Budapester Form übrigens, ein Stück der oberen Ziernähte ist vollständig erhalten.«

»Wie wäre es denn mit den Fabrikaten?«, stichelte Jan Sternberg etwas vorlaut.

»Kein Problem«, kam gleich die Retourkutsche. »Falls euch Calida und Bogner etwas sagen, dann wisst ihr über die Preisregion Bescheid. Von Hemd und Jackett konnten wir leider nichts finden, aber die Schuhe sind rahmengenäht und bestimmt nicht unter dreihundert Euro zu haben.«

Lindt pfiff leise durch die Zähne: »Also im Milieu der Obdachlosen brauchen wir wohl nicht zu suchen.«

»Und bei allzu großen Größen vermutlich auch nicht«, schielte Willms auf die etwas vollschlanke Figur des Kommissars. »Einen Gürtel musste der Mann jedenfalls nicht tragen. Seine Hüftknochen haben wohl weit genug herausgeschaut, um die teure Jeans zu halten.«

»Immerhin brauche ich noch keine Hosenträger«, verteidigte sich Lindt mit gespielter Schmollmiene.

»Noch nicht, mein Lieber! Nächste Weihnachten legt Carla dir bestimmt welche unter den Christbaum.«

Lindt machte sich nichts aus den kleinen Sticheleien des hageren Extremsportlers und revanchierte sich ab und zu mit spitzen Bemerkungen über Sportverletzungen und abgenutzte Kniegelenke.

»Jetzt aber zurück zu unserem Hacker-Opfer«, mischte sich Paul Wellmann ein. »Wenn ich recht verstanden habe, war es ein Mann mittleren Alters, gute Kleidung lässt auf passable finanzielle Verhältnisse schließen und eine sportliche Figur scheint er auch gehabt zu haben.«

»Stimmt genau, die Gerichtsmedizin schreibt hier von sehr wenig Körperfett.«

»Jetzt reicht's aber«, entrüstete sich Lindt. »Wahrscheinlich auch so ein hyperaktiver Triathlet wie du.«

»Aber Oskar, du musst nicht jede Bemerkung persönlich nehmen. Außerdem sind die Schlanken meist ausgeglichener und gehen nicht so schnell an die Decke«, grinste Willms über den Erfolg seines kleinen Seitenhiebes.

Der Kommissar schnaufte tief durch und blies zur Beruhigung ein paar dicke Rauchwolken aus seiner Pfeife in den Raum.

»Passt denn so ein Profil auf einen der Vermissten?«, wandte er sich an Jan Sternberg.

»Leider nicht, Chef. Ich hab auf die Schnelle mal die ganze Liste durchgeschaut. Allerdings sind das nur die Fälle aus unserem Landkreis. Vielleicht kam der Mann ja von außerhalb.«

»Denkst du schon wieder an die Mafia?«, warf Paul Wellmann ein.

»Ach so, wegen dem schwarzen Jackett meinst du? Aber dann hätten wir auch eine Sonnenbrille finden müssen«, lachte der KTU-Chef.

»Also bitte, Ludwig, jetzt aber mal wieder den nötigen Ernst bei der Arbeit!«

»Und wenn er gar nicht vermisst wird?«, überlegte sich unterdessen Jan Sternberg. »Vielleicht lebte er allein, Single, geschieden oder was weiß ich.«

»Aber am Arbeitsplatz, da müsste doch jemand was merken?«, gab Wellmann zu bedenken.

»Freiberufler, Künstler, Durchreisender … wer weiß?«

»Stimmt«, nickte Oskar Lindt. »Da ist alles Mögliche denkbar. Wir müssen einfach die gesamten Spuren und Hinweise abarbeiten. Irgendwo findet sich was. Das ganz perfekte Verbrechen gibt es nicht, davon bin ich fest überzeugt.«

»Ja, Chef«, gab ihm Sternberg recht. »Hackschnitzel verbrennen im Kraftwerk, das wäre perfekt gewesen.«

Lindt stimmte zu: »Das heißt wiederum, der oder die Täter hatten vermutlich keine Ahnung, dass das Material für einen Spielplatz gebraucht wurde.« Er besann sich einen Moment. »Oder es war ihnen egal. Vielleicht ging es ja nur darum, eine Leiche so unkenntlich wie möglich zu beseitigen – wer weiß?«

»Eines haben wir aber noch nicht bedacht«, meldete sich Paul Wellmann wieder zu Wort. »Auch wenn irgendeiner den LKW geknackt hat – um die ganze Maschinerie anzuwerfen, braucht es einiges an technischem Verständnis. Also ich wüsste nicht, wie man so ein Monstrum startet.«

»Richtig Paul. Wieder ein wichtiger Aspekt, um den Täterkreis einzugrenzen. Vielleicht müssen wir doch noch mal diese Hackerfirma genauer unter die Lupe nehmen. Zumindest aber war es jemand, der sich mit LKWs oder Großgeräten auskannte.«

»Zudem muss er gewusst haben, dass die Maschine dort arbeitet und …«, Wellmann machte eine Gedankenpause, »… wo sie über den Feiertag geparkt ist.«

»Und wenn das alles nur ein Zufall war? Vielleicht so: Zwei Männer müssen eine Leiche beseitigen …«

»Also bitte, Jan, das klingt aber sehr nach einem amerikanischen Billig-Krimi!«

»Lassen Sie mich doch mal fertig überlegen, Chef. Die wollten im Wald ein Loch graben, kommen aber mitten in der Nacht an diesem Holzhackmaschinchen vorbei und ändern kurz entschlossen ihren Plan. Einer der beiden ist technisch begabt, Baggerfahrer oder so, also Scheibe einschlagen, Maschine anwerfen und ruck-zuck ist die Arbeit erledigt. Längst nicht so ermüdend wie ein Loch auszuheben.«

»Du schaust einfach zuviel Fernsehen«, meinte Lindt schmunzelnd. »Vor allem die falschen Serien. Zuviel Action, zuwenig Hirn. Ich finde, du solltest dich mal an die Arbeit machen, was deinen Vorschlag mit den Vermissten betrifft. Der hat mir doch wesentlich besser gefallen, als die Theorie von den zwei Männern, die zufällig mit einer Leiche im Kofferraum vorbeikommen.«

»Aber ganz ausschließen, dass es sich so zugetragen hat, können wir auch nicht«, musste Sternberg doch noch das letzte Wort haben.

3

Oskar Lindt spürte, dass es Zeit wurde, sich dem Sachverhalt von einer unkonventionellen Seite zu nähern. Nicht, dass er der KTU, den Pathologen und ihren peniblen Untersuchungen misstraut hätte, aber als kreativer Querdenker, wie ihn ein früherer Polizeipräsident einmal halb bewundernd und halb mit disziplinarrechtlich erhobenem Zeigefinger bezeichnet hatte, fühlte er, dass es einen anderen Zugang, einen anderen Lösungsansatz geben musste.

Er beschloss die Sandsteinmauern des Präsidiums zu verlassen und auf Außenermittlung zu gehen. So sagte er zumindest. Wellmann und Sternberg kannten diesen Ausdruck aber nur zu gut als Umschreibung für einen ausgedehnten Spaziergang, bei dem ihr Chef alleine sein wollte.

»Bei dem tollen Wetter …«, begann Jan Sternberg.

»Ja, genau«, unterbrach ihn Lindt schnell, denn er hatte keine Lust auf Begleitung. »Paul und du, ihr könntet auch raus und euch um die Vermisstenliste kümmern.«

Er hatte schon oft darüber nachgedacht, aber noch nie eine wirklich passende Erklärung dafür gefunden, warum er manchmal einfach alleine sein musste. Vielleicht, damit er sich voll konzentrieren konnte? Lindt wusste es nicht, doch schon oft war er bei seinen einsamen Spaziergängen plötzlich auf Zusammenhänge gestoßen, die ihn in den Ermittlungen entscheidend vorwärts brachten.

So wollte er es auch jetzt versuchen und ließ sich in die weichen Sitzpolster seines dunkelroten Citroen XM sinken, den er als Dienstwagen fuhr. Ein unkonventionelles Fahrzeug, gewiss, keines aus der langen Liste der deutschen Behördenwagen und zudem hatte es einmal mehrere Kilo Kokain in den ausgehöhlten Polstern seiner Rückbank versteckt gehabt, aber Lindt liebte den französischen Charme des beschlagnahmten Wagens und seinen unübertroffenen Fahrkomfort. Er war immer noch stolz darauf, dass er den gepflegten Sechszylinder von der polizeieigenen KFZ–Werkstatt ergattern konnte.

Heute aber schien es so, als wollte das Auto ein Eigenleben entwickeln und wieder seine Heimat ansteuern. Der Kommissar war einfach ohne Ziel losgefahren und irgendwie, er wusste selbst nicht wieso, an der Rheinfähre bei Neuburgweier gelandet. Auf der anderen Seite des breiten Stroms war zwar noch nicht Frankreich, aber bis zur Grenze fehlten nur ein paar Kilometer.

Lindt blieb am badischen Ufer des Flusses, parkte und nahm den Weg auf dem vorderen Hochwasserdamm. Die ungeheuren Wassermassen, die sich nach Norden wälzten, faszinierten ihn stets aufs Neue und manchmal sorgte ein Frachtschiff für Abwechslung.

Sand und Kieselsteine knirschten deutlich hörbar unter den Sohlen seiner stabilen braunen Halbschuhe und zügig ausschreitend genoss der Kriminalist das ungewöhnlich warme Wetter, dessen Ende allerdings für den übernächsten Tag vorhergesagt worden war.

Ab und zu blieb er stehen, schaute auf ein vorbeifahrendes Schiff oder auch nur auf den Strom.

›Eine besonders perfide Art, jemanden loszuwerden‹, kam ihm schon nach wenigen hundert Metern das Bild des holzfressenden Großhackers wieder in den Sinn.

Er wandte seinen Blick hinüber zum Auewald und betrachtete die hohen Pappeln, die ihre unbelaubten, silbergrauen Kronenäste jetzt hoch in den Himmel streckten. Solche oder ganz ähnliche Bäume mussten es auch gewesen sein, die am Tatort gefällt worden waren.

Der Kommissar stellte sich vor, wie bei den Stämmen mit über einem Meter Durchmesser eine orangefarbene Motorsäge angesetzt wurde. Es war sicherlich ein schweres Gerät und besaß ein silbrig blitzendes Metallschwert, über das die scharf geschliffene Sägekette sauste und sich in das weiche Holz der schnell gewachsenen Bäume fraß. Auch den tropischen Urwaldriesen trachteten die Holzfäller mit derartig monströsen Kettensägen nach dem Leben.

Ein lauter Achtungsruf ertönte und im Zeitlupentempo neigte sich der dreißig Meter hohe Baum. Im Fallen nahm er Fahrt auf, wurde schneller und schneller und die ausladende Krone zerbarst schließlich mit infernalischem Krachen auf dem Asphalt des Feldweges.

Lindt rieb sich die Augen, schaute wieder zu den alten Pappeln und freute sich, dass die stolzen Bäume alle noch standen.

Seine Einbildungskraft hatte ihm einen Streich gespielt. Nein, er war nicht dort, wo der Holzhäcksler vor wenigen Tagen gearbeitet hatte, sondern immer noch einige Kilometer weiter westlich auf dem sonnigen Rheindamm.

Hatte das Verbrechen etwa direkt mit den Baumfäll-arbeiten zu tun? Der Kommissar schaute wieder aufs Wasser, begann fast automatisch Tabak in einen Pfeifen-kopf zu drücken und grübelte weiter.

Die Arbeiten waren von der Gärtnergruppe des Städ-tischen Bauhofs durchgeführt worden. Ein auf Baum-pflege spezialisierter Mitarbeiter hatte die Pappeln prä-zise gefällt, das Nutzholz abgetrennt und die sperrigen Äste etwas kleingesägt.

So stand es in Paul Wellmanns Notizen von der Orts-besichtigung.

Als nächsten Arbeitsschritt hatte der Kran eines gro-ßen Forstschleppers die Stämme seitlich aufgestapelt und erst danach kam die Hackerfirma zum Einsatz, um das übrig gebliebene Astwerk zu schreddern.

Bedächtig zog Lindt an seiner Pfeife und sah die Rauch-wolken vom Rhein weg nach Osten ziehen. ›Westwind‹, konstatierte er. ›Also hat die Vorhersage doch recht gehabt. Die stabile, warme Wetterlage wird sich jetzt ändern.‹

Er stand, schaute aufs Wasser, blies Wolke um Wolke von sich, sinnierte und überlegte weiter.

Die Gärtnerkolonne und den Fahrer des Forsttraktors müsste man auf jeden Fall mit zu den Verdächtigen zäh-len. Sie hatten gewusst, wo die Maschine arbeitete und vermutlich auch, wie sie zu bedienen war.

Genauso war diesem Personenkreis bekannt gewesen, dass die Hackschnitzel in einem Heizkraftwerk verfeu-ert werden sollten.

Aber – Lindt zweifelte – Mitarbeiter des Städtischen Bauhofes hatten den Inhalt des letzten Containers für die Spielplätze verwendet.

Also doch nicht verdächtig?

Oder war für Spielplätze wieder eine andere Abteilung zuständig?

Aber wer könnte dann ...?

Der Kommissar nahm sich vor, trotzdem von allen, die am Tatort gearbeitet hatten, Fingerprints abzunehmen und mit den Spuren in der LKW-Kabine zu vergleichen.

Reine Routine natürlich, würde er sagen, nein, nein, niemand ist direkt verdächtig, gehört alles zum üblichen Ermittlungsprogramm ...

Er wollte jeder möglichen Fährte nachgehen.

Doch diese Spur führte ins Leere.

Gleich am nächsten Morgen stattete Lindt zusammen mit einem Kollegen des Reviers Ettlingen dem Bauhof der Stadt Rheinstetten einen Besuch ab. Die Mitarbeiter waren sehr kooperativ, ließen bereitwillig ihre Fingerkuppen auf die Erkennungsdienstformulare stempeln und bedauerten ein ums andere Mal, wie leid es ihnen täte, nichts gemerkt zu haben, als sie die Holzhäcksel auf dem Spielplatz ausstreuten.

Allgemeines Erstaunen machte sich breit, weil die Identität des Opfers immer noch nicht geklärt war. ›Dass den auch niemand vermisst!‹, wunderten sich die Arbeiter ein um das andere Mal und schließlich erklärte der Vorarbeiter der Truppe: »Wer das auch war, eines ist sicher: Keiner von uns, wir sind alle komplett!«

Lindt zuckte nur die Schultern, brummte etwas von sehr langwierigen Ermittlungen, bedankte sich und steuerte wieder das Präsidium an.

Doch auch dort sollten die Nachforschungen nicht den kleinsten Fortschritt ergeben.

DNA-Spuren von allen aktuellen Vermisstenfällen im Umkreis zu sichern, war zwar nicht einfach, aber mit einigen Hürden schließlich doch gelungen. Sämtliche Angehörigen zeigten Verständnis für die Arbeit der Ermittler und nach einigem Suchen und drei Überstunden hatten Sternberg und Wellmann das nötige Material beisammen. Haar- und Zahnbürsten erwiesen sich dabei als besonders ergiebige Spurenträger.

Nun galt es wieder zu warten, bis das Landeskriminalamt mit Ergebnissen dienen konnte.

Lindt machte es sich in seinem Bürosessel bequem, überlegte hin und her, dachte zurück an die ›Außenermittlung‹ am Rhein, die aber auch nichts Produktives erbracht hatte, stellte Theorien auf, verwarf die Gedanken wieder und kam einfach nicht vorwärts. Seine Stimmung verschlechterte sich mehr und mehr, aber fatalerweise konnte er nichts dagegen tun. Allen denkbaren Spuren waren er und sein Team schon nachgegangen, alle Hinweise aus der Bevölkerung hatten sie ergebnislos abgearbeitet … Nur ein paar Ergebnisse aus Stuttgart noch … Vielleicht war ja dort etwas dabei? Er glaubte es eigentlich selbst nicht.

Der sinnierende und grübelnde Kommissar wurde durch das Klopfen an der Tür jäh aus dem pfeifenqualmenden Nachdenken gerissen. Paul Wellmann trat ein und mit ihm ein gut gekleideter Mann, der so groß war, dass seine graue, gewellte, nach hinten gekämmte Mähne fast oben am Türrahmen streifte.

»Herr Gero Langenbach«, stellte Wellmann den Besucher vor. »Inhaber der Baufirma ›Langenbach‹, Ettlingen, Hoch-, Tief- und Straßenbau.«

Lindt bot Platz an und hörte aufmerksam zu.

»Wir vermissen unseren Prokuristen«, kam der Bauunternehmer gleich zur Sache. »Konrad Fink, so heißt er, meine rechte Hand sozusagen. Er fuhr am Dreikönigstag zum Skilaufen nach Österreich, ins Montafon, wo er eine kleine Ferienwohnung besitzt und hätte eigentlich heute früh wieder zur Arbeit erscheinen sollen.«

»Und er kam nicht«, vervollständigte der Kommissar. Er schaute sein Gegenüber einige Sekunden lang mit zusammengekniffenen Augen an. »Ich verstehe. Was haben Sie unternommen?«

»Handy, Telefon, kein Kontakt, schließlich bin ich zu seiner Wohnung gefahren, aber nichts. Sie müssen wissen, der Conny, so nennen wir ihn alle, ist Single, eingefleischter Junggeselle, wie man so schön sagt und lebt in Forchheim allein in einer Dachgeschosswohnung.«

›Schon wieder Rheinstetten‹, dachte Lindt. ›Der abgehackte Finger lag auf einem Spielplatz in Mörsch, diesmal ist Forchheim dran. Wenn jetzt auch noch was in Neuburgweier geschieht, dann haben wir die drei Stadtteile komplett.‹

»Ich hab bei den Nachbarn geklingelt«, fuhr der Besucher fort. »Aber seit er sich abends zum Skifahren abgemeldet hatte, haben die ihn auch nicht mehr gesehen.«

Der Kommissar schaute Langenbach durchdringend an. »Das alles wäre aber noch kein Grund, schon am ersten Tag seines Fehlens hier bei uns aufzutauchen?«

Der Firmenchef schüttelte den Kopf: »Nein, eigentlich noch nicht, wenngleich der Conny sehr zuverlässig ist und in den über zwanzig Jahren, die er in der Firma arbeitet, noch nie unentschuldigt gefehlt hat. Nicht umsonst habe ich ihm vor fünf Jahren Prokura gegeben. Wir alle konnten uns bisher jederzeit auf ihn verlassen.«

»Aber …?«, ermunterte ihn Lindt, weiter zu berichten.

»Aber als ich schon wieder in meinem Wagen saß, um zurückzufahren, kam mir noch ein Gedanke. Ich erinnerte mich, dass seine Garage an der Rückwand ein schmales, langes, vergittertes Lüftungsfenster besaß. Das hat er mal extra einbauen lassen, weil ihm die üblichen kleinen, runden Luftlöcher nicht genügten. ›Zu feucht für mein teures Auto‹, sagte er damals, ›eine Garage braucht Luft.‹ Also habe ich mich nach hinten durchgekämpft – sie müssen wissen, sechs zusammengebaute Garagen und das Ganze schön mit allerlei stachligen Sträuchern eingegrünt – und durch dieses Gitterfensterchen geschaut.«

»Und?«

Langenbach nickte: »Sein schwarzer Sportwagen stand drin in der Garage und sogar die Ski und einen kleinen Rucksack auf dem Beifahrersitz konnte ich erkennen.«

»Und jetzt denken Sie …?«

»Es muss ihm etwas passiert sein! Ich habe da ein ganz komisches Gefühl. Ich bin mir sicher, dass er gar nicht im Skiurlaub war.«

Die beiden Kommissare sahen sich nur stumm an und dachten genau dasselbe.

»Wir fahren sofort hin«, entschied Lindt, sprang in einer für ihn ungewöhnlichen Schnelligkeit auf und griff nach seiner Jacke.

Er ließ sich noch die genaue Adresse geben, wies Jan Sternberg an, eine Streife und den Schlüsseldienst zu bestellen und war schon auf dem Weg zum Parkplatz.

Zusammen mit Paul Wellmann fuhr er hinter dem großen dunkelblauen Audi des Bauunternehmers her und nach gut zehn Minuten hatten sie ihr Ziel erreicht.

Langenbach, der sich durch das Verhalten der Kommissare in seiner bösen Vorahnung bestätigt sah, war schon aus dem Wagen gesprungen und zu der fraglichen Garage geeilt. Energisch versuchte er, den Handgriff zu drehen, um das Schwingtor zu öffnen, hatte aber keinen Erfolg.

Er führte die Ermittler nach hinten, wo sie einen Blick ins Halbdunkel des Garageninnern werfen konnten.

»Sie könnten recht haben«, stimmte Lindt zu.

Zeitgleich trafen die Funkstreife und der Geschäftswagen einer ortsansässigen Schlosserei ein.

Lindt zeigte erst seinen Dienstausweis und dann auf das Garagentor. »Bitte keine Beschädigung.«

Der Handwerker nickte und begann ohne weitere Fragen den Schließzylinder zu bearbeiten. Ein kleines Gerät in seiner Hand summte, dann klackte es vier Mal, der Knebelgriff ließ sich mühelos drehen und das Tor schwenkte nach oben.

Die Männer blickten auf einen vornehm glänzenden, schwarzen Zweisitzer-Mercedes.

Der Kommissar hatte sich zwischenzeitlich Einmalhandschuhe angezogen und trat als Einziger ein. Er öffnete Kofferraum und Fahrertür, erblickte eine Reisetasche, Skischuhe, Rucksack und Carving-Ski. Gleichzeitig bemerkte er aber auch noch eine seltsam verwischte

Schmutzstelle seitlich an der Fahrertür des ansonsten makellos sauberen Wagens.

»In die Wohnung?«, schaute Paul Wellmann fragend.

Lindt nickte, wies einen Streifenbeamten an, Garage und Auto abzusperren und wollte gerade den Schlosser bitten, mitzukommen.

»Halt, ich muss noch mal …«, drehte er sich um und ging zu dem schwarzen Sportwagen zurück. Er öffnete die Fahrertür und griff rechts neben die Lenksäule.

»Ich glaube, wir brauchen Sie doch nicht mehr«, wandte sich der Kommissar an den Handwerker und zeigte einen kleinen Schlüsselbund, den er aus dem Zündschloss des Sportwagens abgezogen hatte. »Da ist bestimmt auch der Wohnungsschlüssel dran.«

Schon der erste Schlüssel, den er in seiner Hand hielt, passte in das Zylinderschloss der Haustür.

Sie stiegen vier Treppen hoch, dann wies Bauunternehmer Langenbach auf die linke von zwei Türen am obersten Absatz. ›Konrad Fink‹ stand in schwarzer Schrift, säuberlich in ein Edelstahlschild geätzt, neben dem Klingelknopf.

Lindt wählte einen anderen Schlüssel und hatte wieder Glück. Zwei Mal umgedreht und die Wohnungstür öffnete sich.

Der Streifenpolizist und Paul Wellmann entsicherten ihre Neun-Millimeter-Pistolen, stießen die Tür vollends auf und drangen, sich gegenseitig sichernd, in die Wohnung ein.

»Sie bleiben bitte draußen«, drehte sich Lindt zu Langenbach in einem Ton, der keinen Widerspruch zuließ und folgte seinen Kollegen.

»Niemand hier«, meldete der Uniformierte. Auch Wellmann sicherte seine Pistole, steckte sie wieder in das eng anliegende Gürtelholster und bestätigte: »Alles leer.«

»Sagen Sie bitte der Spurensicherung Bescheid«, beauftragte Oskar Lindt den Polizisten, warf seinem Kollegen ein Paar Latexhandschuhe zu und begann, sich umzusehen.

Erstaunlich wenige Einrichtungsgegenstände verteilten sich über die weitläufige Fläche des Wohnzimmers. Ein Zweiersofa und zwei einzelne Sessel in streng rechteckiger Formgebung, bezogen mit schwarzem, glattem Leder, davor ein freistehender, großformatiger, offensichtlich teurer Fernseher, neuestes Modell mit Plasmatechnik und Edelstahlgehäuse.

Passend dazu auf der gegenüberliegenden Seite des Raumes ein Schreibtisch mit Edelstahlgestell und einer Platte aus weiß mattiertem Glas, kombiniert mit einem Bürosessel, natürlich aus Edelstahl und schwarzem Leder.

»Fühlst du es auch, Paul?«, schaute Lindt seinen Kollegen an. Der nickte: »Kalt, sehr kalt hier drin!«

»Genau – alles in denselben Farben gehalten. Weiß, schwarz, silbergrau. Eigentlich sind das ja gar keine Farben.«

Wellmann bestätigte: »Das Ganze passt ganz genau zusammen, fast wie in einer Ausstellung. Aber kein einziger warmer Ton im Raum.«

Die Wände und die Dachschräge waren hoch bis in den First mit feinem, weißem Streichputz versehen, das Grau der Bodenfliesen passte zum Metallton des Edelstahls und auch der Computer auf dem Schreibtisch war samt Monitor und Drucker im selben Silberglanz gehalten.

46

»Eigentlich hätte er die Bücher da hinten im Regal noch in passendes Papier einschlagen müssen.« Lindt drehte sich zur Rückwand. Dicke Regalbauteile, selbstverständlich in strahlendem Weiß, waren passgenau eingebaut und tatsächlich milderten nur die verschiedenfarbigen Bücherrücken die Kälte des Raumes. Mehrere Reihen von Aktenordnern, natürlich in glänzend schwarzem Kunststoff und sauber gedruckter Rückenbeschriftung, füllten die untersten Etagen der Regalwand aus.

Die Kommissare nahmen sich noch Küche, Bad und Schlafzimmer vor und fanden überall dieselbe Farb- und Formgebung.

»Möchtest du hier wohnen, Paul?«

»Schön ruhig scheint es ja zu sein und die Aussicht ist auch nicht schlecht.« Wellmann zeigte durch die großen Glasfenster der Giebelwand nach draußen. »Da drüben der kleine Bach und dahinter der Wald.«

»Wenn die Bäume dort in zwei Monaten grün werden, stört das die Farbkomposition in der Wohnung aber gewaltig.« Lindt schüttelte sich schaudernd. »Ich finde es hier drin richtig ungemütlich.«

»Wenn Conny wenigstens eine Holzdecke hätte einbauen lassen. Das habe ich ihm so oft gesagt«, mischte sich Langenbach in die Unterhaltung der Kommissare.

»Ach, wir hatten Sie ja ganz vergessen vor der Tür«, entschuldigte sich Lindt schnell. »Sie kennen sich aus hier?«

»Das wäre zuviel gesagt, aber ein paar Mal im Jahr habe ich ihn schon besucht in seiner Designerwohnung. Klare Formen und klare Farben, das ist so ein Tick von ihm. Im Büro übrigens auch … kein Schriftstück zuviel auf dem Schreibtisch. Telefon, Computer, Bleistifte, Füller … alles hat seinen genau festgelegten Platz.«

»Scheint ein sehr penibler Mitarbeiter zu sein. Sind Sie mit ihm zufrieden?«

»Mein Bester! Denken Sie, ich hätte ihn sonst zum Prokuristen gemacht? Der findet jeden noch so kleinen Fehler in den Abrechnungen und auch, was juristische Fragen anbelangt ist er fit wie kein anderer. Hat meinem Betrieb schon viel Geld eingebracht.«

»Dann ist er wohl weniger auf dem bautechnischen Gebiet tätig, eher als Buchhalter?«

»In der Buchhaltung hat ihn mein Vater vor zwanzig Jahren eingestellt, aber mittlerweile ist er unser kaufmännischer Direktor. Auf Conny ist wirklich hundert Prozent Verlass.«

Lindt schluckte: »Oder es war Verlass auf ihn. Die ganzen Indizien mit dem fertig gepackten Wagen in der Garage … ich habe gar kein gutes Gefühl.«

Man konnte dem Bauunternehmer ansehen, dass er ähnliche Befürchtungen hatte. Mit sorgenvoller Miene schaute er sich in dem fast steril wirkenden Raum um: »Allerdings scheint hier nichts durchsucht worden zu sein. So hat es schon immer ausgesehen, so lange ich mich zurückerinnern kann.«

Der Kommissar schwieg und begann, bedächtig in der Wohnung umherzugehen. Vorsichtig setzte er einen Schritt vor den anderen, als wenn er aufpassen wollte, die wie geleckt wirkenden Räume bloß nicht schmutzig zu machen.

Aus allen möglichen Perspektiven ließ er die Atmosphäre auf sich wirken. In der schmalen Küche nahm er auf einem Barhocker an dem thekenartigen Essbereich Platz und betrachtete die hochpreisigen Küchengeräte, die aber nur wenig benutzt zu sein schienen. Eine Ceranplatte mit Induktionskochfeldern, Edelstahl-Designer-Esse als Dunstabzug, Schweizer Nobelfabrikat eines Kaffeeautomaten und ... Lindts Herz schlug schneller ... sogar einen Einbauherd als Kombination von Backofen und Dampfgarer!

Ein derartiges Gerät hatte er sich zusammen mit Carla erst vor wenigen Wochen in einer Küchenausstellung angesehen. Ein Traum für jeden Hobbykoch! Die Worte des Verkäufers klangen Lindt noch im Ohr: ›unvergleichliches Geschmackserlebnis‹ – ›vitaminschonend zubereitete Gemüsegerichte‹ – ›alle Inhaltsstoffe bleiben erhalten‹ – ›die Profis garen nur mit Dampf‹ – aber knapp sechstausend Euro auf dem verschämt seitlich angeklebten Preisschild ließen die Wünsche wie eine Seifenblase zerplatzen.

Auf Gäste schien weder Finks Küche noch die restliche Wohnungseinrichtung zugeschnitten zu sein. An der Theke gab es nur drei Sitzplätze und ein großer Esstisch fehlte vollständig.

Das Schlafzimmer verstärkte diesen Eindruck noch. Lindt schätzte die Breite des Bettes, mit silbergrauer Seide bezogen, auf maximal einen Meter zwanzig – viel zu schmal, als dass dauerhaft zwei Personen hätten darin schlafen können. Allerdings musste er sich von Carla zu Hause auch immer wieder den Vorwurf gefallen lassen, er würde sich im Bett sehr breit machen.

In Gedanken versunken holte er die kurze, gerade Pfeife aus seiner Jackentasche und begann sie zu stopfen.

Noch bevor er nach seinem Feuerzeug tastete, drehte er den Griff an einer der vier Kleiderschranktüren. Schleiflack, schwarz, genauso wie das Bett, kontrastierte auch hier sehr hart zum Weiß von Wand und Deckenschräge.

Der Kommissar öffnete einen Schrank und fand vor, was er erwartet hatte. Weder bei den Anzügen, noch bei den Hemden oder der Wäsche gab es andere Farbtöne, als schwarz und weiß! Alles akkurat und fast millimetergenau ausgerichtet und gestapelt.

»Das hat Conny bestimmt nicht gerne«, zeigte Langenbach, der Lindt gefolgt war, auf dessen zwar gestopfte, aber noch kalte Pfeife. »Rauch hasst er wie die Pest. Wenn bei einer Besprechung in unserer Firma irgendjemand wagt zu rauchen, verlässt er sofort und kommentarlos den Raum.«

»Tut mir leid«, entschuldigte sich der Kommissar und schob die Pfeife vorsichtig wieder in seine Jackentasche. »Nur so eine Angewohnheit von mir – allerdings wird Pfeifenrauch im Gegensatz zum Gestank von Zigaretten meistens als wesentlich angenehmer empfunden.«

»Ja, mir geht es auch so. Pfeife rieche ich gerne, ab und zu genehmige ich mir eine Havanna, aber Conny ist da absolut kompromisslos. Auf unseren Baustellen draußen hätte er einen schweren Stand. Einer meiner Ingenieure hat ihn mal als ›militanten Nichtraucher‹ bezeichnet.«

Dieses Thema interessierte Lindt. »Wie kommt er denn sonst mit den Arbeitskollegen klar?«

Langenbach zögerte – für das Gespür des Kommissars eine Idee zu lange – bevor er antwortete: »Wissen Sie, ich messe meine Mitarbeiter an ihrer Leistung. Das Ergebnis ist mir wichtig und da gibt es wirklich nur Bestes zu berichten. Seine Kollegen … nun …«

Wieder kam eine Pause, wie wenn der eindrucksvoll große, grauhaarige Unternehmer sich seine Worte erst genau zurechtlegen müsste.

»Ich bin überzeugt, dass nicht alle seinen Arbeitsstil mögen. Korrekt, penibel bis in alle Einzelheiten. Die Genauigkeit eines erstklassigen Buchhalters hat er auch als kaufmännischer Direktor nicht abgelegt und damit natürlich manche Schlamperei in meiner Firma aufgedeckt.«

»Gab es denn irgendwann einmal richtige Reibereien?«

»Keine Probleme, die nicht zu lösen waren ...«

Lindt merkte sich diesen Satz ganz genau, denn er konnte nichts und doch alles bedeuten. Falls dieser Konrad Fink, den sein Chef immer nur Conny nannte, tatsächlich verschwunden oder gar durch die Einzugswalzen des 500-PS-Hackers gegangen war, müssten die Ermittlungen in dieser Richtung wohl noch sehr vertieft werden.

›Wenn der so kalt war wie seine Wohnung ...‹

Paul Wellmann unterbrach die Gedanken seines Vorgesetzten. »Oskar, die Kollegen von der Technik.«

Lindt schreckte hoch: »Alles auf den Kopf stellen hier. Zuerst natürlich DNA-taugliches Material suchen und schnellstens mit den Spuren aus dem Hacker vergleichen.«

»So sauber, wie es hier ist«, meinte einer der Kriminaltechniker im weißen Overall, »da werden wir unsere Mühe haben.«

Lindt klopfte ihm auf die Schulter. »Haare findet ihr bestimmt im Staubsauger und eine Zahnbürste hatte er sicherlich auch.«

Der Kommissar machte zwei Schritte zur Tür, griff sich dann aber an den Kopf und drehte wieder um, wie wenn er etwas vergessen hätte.

»Sagten sie nicht, er hätte nie mehr Papier als unbedingt nötig auf seinem Schreibtisch gehabt?«, wandte er sich an den Bauunternehmer. Der nickte.

»Na, dann müssen wir doch mal dort reinschauen.« Zielgerichtet ging er wieder in das großzügige Wohnzimmer und steuerte den Schreibtisch an.

Er tastete nach dem Einschaltknopf des PC's, drückte aber irgendwie daneben und erschrak. Ein Segment an der Gehäusefront gab nach und klappte zurück. Dahinter war nichts. Leere! Ein Loch. Verduzt rieb Lindt sich die Augen. So etwas hatte sein Dienstcomputer nicht.

»Was kann denn das …?«

Der Kollege von der Spurensicherung wusste die Lösung: »Herausnehmbare Festplatte! Optimale Datensicherung – fragt sich nur, wo die versteckt ist.«

»Na, dann sucht mal schön«, gab der Kommissar zur Antwort und wandte sich an Langenbach.

»Wenn Sie gestatten, würden wir jetzt gerne den Arbeitsplatz Ihres Prokuristen sehen.«

»Natürlich, klar, selbstverständlich«, stotterte der ansonsten so selbstsicher wirkende, imposante Bauunternehmer.

»Ach, Paul«, warf Lindt seinem Kollegen in einer plötzlichen Eingebung die Schlüssel des Dienstwagens zu. »Bleib du doch hier, bestelle Jan zur Firmenzentrale und versiegle nachher die Wohnung.«

Er sah Langenbach direkt in die Augen. »Sie nehmen mich doch sicherlich gerne mit.«

4

Der Kommissar versuchte mit einer unverfänglichen Plauderei die Fahrt in den bequemen Lederpolstern des großen Achtzylinder-Audi aufzulockern. Es war ihm durchaus nicht entgangen, dass der Gedanke an Ermittlungen in seiner Firma dem Bauunternehmer unbehaglich zu sein schien.

Lindts Interesse für den Werdegang des Betriebes war aber so überzeugend, dass sich Langenbach nach und nach wieder entspannte und mit wachsendem Stolz die Firmengeschichte zum Besten gab.

Ein typischer Wirtschaftswunder-Fall, sein Vater hatte das alles nach dem letzten Krieg quasi aus dem Nichts aufgebaut. Die erste Planierraupe, dann der erste Seilzugbagger, ein Allrad-Lastwagen mit Dreiseitenkipper, später der Einzug der Hydraulik im Baumaschinenbereich – gerne berichtete Langenbach von der Pionierarbeit des Seniors.

Er selbst hatte sich die ersten Sporen als frischgebackener Bauingenieur bei mehreren großen, namhaften Baukonzernen im In-und Ausland verdient. Straßen-, Brücken-, Staudammbau – knapp fünfzehn Jahre lang berufliches Zigeunerleben in der halben Welt, bis ihn ein schwerer Herzinfarkt seines Vaters quasi über Nacht in die Nachfolger-Rolle zwang.

Die Erfolgsgeschichte des Unternehmens zu erzählen, das sich in den beiden Jahrzehnten seiner Geschäftsführung von der Fünfundzwanzig-Mann-Firma zum Großbetrieb mit über fünfhundert Beschäftigten entwickelt hatte, erfüllte Langenbach mit Stolz. Autobahnen, ICE-Schnellbahntrassen – kaum ein namhaftes Bauprojekt im Südwesten, bei dem er nicht mitgemischt hätte. Unzählige Ortsumgehungen, Ausbaustrecken, Erschließungen für Industrie- und Wohngebiete – Oskar Lindt spürte die Zufriedenheit des knapp Sechzigjährigen mit seinem Lebenswerk.

Der Hauptkommissar war immer seltener zu Wort gekommen und wunderte sich nun, wie schnell trotz geschlossener Bahnschranken und einiger roter Ampeln die Fahrt bis zur Firmenzentrale von Langenbach im Ettlinger Industriegebiet vergangen war.

Ein Blick auf das dreistöckige Bürogebäude genügte, um auch hier die Handschrift des vermissten Konrad Fink zu erkennen. Glas und Edelstahl in einer schlichten geradlinigen Architektur zeichnete den imposanten, breiten Bau aus.

Langenbach erriet die Gedanken des Kommissars: »Sie haben richtig bemerkt. Auch hier sehen sie Connys Spuren. Als wir vor siebzehn Jahren diese neue Zentrale geplant haben, hat er sich mächtig ins Zeug gelegt. Es war wirklich bemerkenswert, wie er als Nichtfachmann, als gelernter Buchhalter, eine Skizze nach der anderen anbrachte. Ich glaube, er hat damals die Nächte durchgearbeitet. Jeden Morgen kam er mit einem verfeinerten Entwurf zu mir ins Büro.«

»Ihr Bester«, meinte Lindt nachdenklich beim Aussteigen, »so haben Sie ihn vorhin genannt. Aber kennen Sie denn auch etwas Privates von ihm?«

»Wenig, eigentlich fast gar nichts«, antwortete der Unternehmer und das Unbehagen war ihm anzusehen. »Sport, ja, da ist er ziemlich aktiv. Radfahren, Laufen, Skifahren …, aber eigentlich wird mir jetzt erst klar, wie beschämend es ist, mit seinem engsten Mitarbeiter immer nur über Geschäftliches zu sprechen.«

»Diese Sportarten …« Lindt wusste nicht, wie er es formulieren sollte. »… alles Disziplinen, die man alleine betreibt. Lebt er auch sonst ganz für sich?«

»Als Einzelgänger, meinen sie? Hm«, Langenbach zögerte. »Da hält er sich immer sehr bedeckt, aber soweit ich weiß, gab es in den letzten Jahren niemanden, mit dem er irgendwie näher … er scheint jedenfalls ganz zufrieden zu sein.«

Den letzten Satz sprach der Unternehmer sehr zögernd aus. Eigentlich hatte er noch nie richtig darüber nachgedacht, dass er so lange und so nahe mit einem Menschen zusammenarbeitete und dennoch fast nichts Privates über ihn wusste.

»Also vor Jahren«, schien sich Langenbach jetzt doch langsam zu erinnern, »zehn, nein eher fünfzehn oder noch mehr, da wohnte Conny noch in der Stadt. Aber wo das damals war?«

»Sie meinen hier in Ettlingen?«, versuchte ihm der Kommissar auf die Sprünge zu helfen.

»Nein, nein, in Karlsruhe, ich glaube … ja, es war in der Südstadt, gar nicht weit vom Stadtgarten.«

Kurz vor dem gläsernen Eingangsportal blieb er stehen und rieb sich die Schläfen, wie wenn er der Erinnerung durch leichte Massage etwas nachhelfen wollte.

»Sie müssen wissen, damals arbeiteten wir noch nicht

so eng zusammen … aber, ich meine, Conny hätte zu der Zeit … doch, so war es … sie hieß Marie.«

»Seine Freundin?«

»Ja, die beiden haben auch zusammengelebt, aber warum das auseinander ging, weiß ich nicht.«

Langenbach schloss sogar die Augen, um noch intensiver nachdenken zu können, kam aber zu keinem Ergebnis.

»Vielleicht fällt es mir ja noch ein, aber jetzt, kommen Sie bitte, Herr Kommissar, Sie wollten doch seinen Arbeitsplatz sehen.«

Eine automatische Tür aus dickem Glas ging auf und der große Bauunternehmer trat, gefolgt von dem eher untersetzt wirkenden Kommissar, in eine eindrucksvolle Empfangshalle.

Sie gingen auf grünlichem, spiegelblank poliertem Granit – aus China, wie Langenbach beiläufig erwähnte – und steuerten die Türen der beiden Aufzüge an.

Zwei stark geschminkte Empfangsdamen standen hinter einem halbrunden Tresen und grüßten ihren Chef und seinen Begleiter mit professioneller Herzlichkeit. Langenbach winkte freundlich zurück, erkundigte sich im Aufzug bei einem mit Planrollen bepackten Techniker nach den Fortschritten eines Straßenprojektes bei Pforzheim und bei einer sichtbar gestressten Mitarbeiterin der Lohnbuchhaltung, wie es ihrem kleinen Sohn nach seinem Fahrradsturz denn ginge.

Das Büro von Konrad Fink lag selbstverständlich in der obersten Etage und war nur durch das Chefsekretariat von Langenbachs Räumen getrennt.

»Bitte, schauen Sie sich doch um. Für den Computer

lasse ich Ihnen noch schnell einen EDV-Operator kommen.« Er griff nach dem Telefon, aber Lindt wehrte ab. »Das ist bestimmt nicht nötig. Einer meiner Mitarbeiter dürfte auch gleich hier sein, der ist unser Spezialist für diese Kisten.«

Langenbachs Gesichtsausdruck verriet, dass er nicht sehr glücklich darüber war, die Polizei selbständig in seinem Computer-Netzwerk recherchieren zu lassen, aber Lindt beruhigte ihn: »Sie können sicher sein, Ihre Betriebsgeheimnisse sind bei uns in den besten Händen und außerdem kommen wir nicht vom Wirtschaftsdezernat.«

Ein leichtes Zucken im Mundwinkel des Unternehmers verriet, dass der Kommissar wohl die Ursache seines Zögerns erraten hatte.

›In allen Firmen das Gleiche‹, dachte Lindt. ›Ein paar kleine Schweinereien, hier ein wenig Schmiergeld, da ein kleines Geschenk und schon wird die Abrechnung nicht mehr so genau kontrolliert oder die Bauabnahme findet in der nächstgelegenen Kneipe statt. Dreck am Stecken haben sie doch alle.‹

Absichtlich hatte sich der Ermittler zu Langenbach ins Auto gesetzt, um ihm keine Möglichkeit zum ungestörten Telefonieren zu geben.

In dem aufgeräumten Büro von Conny Fink schien allerdings nicht die kleinste Unregelmäßigkeit Platz zu haben. Das Mobiliar wirkte wie die Fortsetzung seiner Wohnungseinrichtung, nur in einer anderen Designlinie.

»Eigentlich bräuchten Sie ja einen …«

»Ach, Sie meinen einen Durchsuchungsbefehl? Kein Problem! Dann dauert das eben noch eine Weile länger. Meine Mitarbeiter müssten erst noch zum zuständigen Richter.«

Mit dem leichten Anflug eines Grinsens setzte er noch nach: »Ich bleibe aber trotzdem so lange schon mal hier.« Lindt angelte sein Handy aus der Hemdtasche.

»Nein, warten Sie, nicht doch.«

Langenbach nahm einen kleinen Schlüssel aus seiner Tasche und begann, die Rolltüren der Aktenschränke und die Schreibtischfächer aufzuschließen.

»Meiner passt für alle Möbelschlösser in der ganzen Zentrale«, hielt er das kleine silbrig glänzende Teil Lindt unter die Nase.

»Prima, dann gibt es vor dem Chef wohl keine Geheimnisse hier im Haus.«

»Nein, nur bei den Mitarbeitern untereinander. Da soll auch ruhig ein wenig Konkurrenz herrschen. Gute Ideen werden bei uns jeden Monat prämiert.«

Der Kommissar verstand. Brain-Power als Firmenkapital – eigentlich sehr sympathisch, fand er und von seiner eigenen Methode, die Fälle durch intensive Gehirnarbeit zu lösen, gar nicht so weit entfernt. Leider hatte der Polizeipräsident höchstens mal einen Buchpreis zu vergeben – meistens blieb es beim Schulterklopfen.

»Mit meinem Passwort komme ich auch in jeden PC.«

»Sehr sinnvoll. Aber machen Sie denn auch von Ihren Möglichkeiten Gebrauch?«

Langenbach schien ihm nicht unbedingt der typische ›Big Brother‹ zu sein.

Der Unternehmer lächelte vielsagend: »Ein guter Chef muss den Braten eben rechtzeitig riechen. Meistens reicht es schon, dass ich überall reinschauen kann.

Keiner weiß, wann und ob ich das mache, aber jeder weiß, wer gegen die Firmeninteressen arbeitet und mich auch nur ein einziges Mal hinter's Licht führt, der fliegt sofort.«

›Interessante Art der Personalführung‹, dachte der Kommissar. ›Lange Leine gepaart mit großer Keule, das muss ich mir merken.‹

»Gibt es sonst noch jemanden, der überall zugreifen kann?«

Langenbach schien zu überlegen: »Die EDV-Abteilung natürlich, allerdings nur auf die Programme, nicht auf die Daten. Aber da hätten unsere beiden IT-Spezialisten wirklich zu viel zu tun, wenn sie sich auch noch mit einzelnen Dateien befassen würden.«

»Dann muss das eben unser Spezialist tun«, meinte Lindt, denn er sah Jan Sternberg aus der Aufzugstüre treten. »Wenn Sie erlauben, selbstverständlich.«

»Wir haben wirklich nichts zu verbergen«, stimmte der Unternehmer zu.

Ein leises Flackern in seinen Augen entging dem Kommissar aber nicht.

»Wie weit ist die Spurensicherung, Jan?«, begrüßte Oskar Lindt seinen Mitarbeiter.

»Soviel ich weiß, haben die Kollegen genügend DNA-fähiges Material in der Wohnung von Konrad Fink gefunden. Die Proben wurden gleich nach Stuttgart ins LKA gebracht und das Ergebnis soll morgen gegen Mittag kommen.«

Langenbach schaute etwas irritiert. »Welches Ergebnis meinen Sie?«

»Na, den Vergleich, ob die genetischen Codes der Proben aus Finks Wohnung mit denen der zerhäckselten Person übereinstimmen.«

Schaudernd zog der Firmeninhaber die Achseln hoch. »Wenn ich mir vorstelle, wie ein Mensch durch einen solchen Hacker …«

»Daran sollten wir lieber nicht denken, Herr Langenbach«, versuchte Lindt beruhigend einzuwirken. »In diesem Fall aber fällt es selbst uns schwer, die Emotionen auszublenden.«

Schnell kam er wieder zum Thema: »Wenn Sie einverstanden sind, würden wir das Büro von Herrn Fink hier versiegeln und zumindest so lange nicht durchsuchen, bis wir ein Ergebnis aus Stuttgart haben.«

Langenbach hatte nichts dagegen.

»Nur den Computer hätten wir gerne schon mal näher angeschaut.«

Der Bauunternehmer zögerte. Lindt spürte, dass er überlegte, doch auf einem schriftlichen Durchsuchungsbefehl zu bestehen und fragte deshalb schnell: »Oder sollen wir zum Gericht?«

»Nein, nein«, atmete Langenbach tief durch und strich sich über seine gepflegte, graue Mähne. Dann schrieb er etwas widerwillig einen achtstelligen Code auf einen Zettel und reichte ihn Lindt. »Damit kommen Sie rein. Ich ändere mein Passwort dann wieder, wenn Sie mit ihrer Arbeit fertig sind.«

Jan Sternberg nahm gleich im schwarz gepolsterten Ledersessel hinter der gläsernen Schreibtischplatte Platz und startete den PC.

»Wir möchten Ihre Zeit wirklich nicht länger in

Anspruch nehmen. Vielen Dank für die Großzügigkeit«, versuchte Lindt den Unternehmer zum Gehen zu bewegen, denn er ermittelte lieber ohne Zuschauer.

Schweigend und mit sichtlichem Unbehagen im Blick verließ der das Büro seines kaufmännischen Direktors und zog die Glastür hinter sich zu.

»Was hast du vor, Jan?«, fragte Lindt irritiert, als sein Mitarbeiter aus der mitgebrachten Aktenmappe ein gut handtellergroßes Gerät holte und es schnell mit dem Computer von Fink verkabelte.

»Moment noch, Chef, das erkläre ich Ihnen gleich.«

Für den Kommissar war es nichts Neues, dass Sternberg als Technikfreak immer wieder überraschende Ermittlungswege vorschlug, aber was Jan jetzt vorhatte, konnte er nur ahnen.

Ein paar schnelle Fingerbewegungen auf der Tastatur und Sternberg schaute seinen Vorgesetzten zufrieden an.

»So sind wir am schnellsten. Wir brauchen hier höchstens eine Viertelstunde und können dem Langenbach nachher sagen, dass uns beim oberflächlichen Reinschauen nichts Besonderes aufgefallen ist. Aber später in unserem Büro ...«

»Was hast du denn da wieder für einen Apparat? Ist doch bestimmt nicht legal?«

Lindt hatte sich schon an die Spezialtechniken seines Mitarbeiters gewöhnt, wusste aber, dass er es mit der Einhaltung der Dienstvorschriften nicht immer ganz genau nahm. Er ließ ihn trotzdem meistens gewähren, denn auch er selbst war schon oft genug nur durch ›kreatives‹ Vorgehen zum Ziel gekommen.

»Was das ist …?«, beantwortete Sternberg die Frage seines Chefs. »Na, eine externe Computer-Festplatte und zwar das leistungsfähigste Gerät, was es derzeit auf dem Markt gibt. Mit USB und Fire-Wire-Anschluss für besonders schnelle Datenübertragung. Habe ich rasch bei unserer Technik abgestaubt, als mich Paul anrief und sagte, wo ich hinkommen soll. Damit machen wir jetzt im Handumdrehen eine Kopie von Finks Laufwerk und werten später unbemerkt und in aller Ruhe aus.«

»Das können wir aber niemals vor Gericht verwenden.«

»Also, wenn Sie mich fragen, Chef, dann ist sich der Langenbach ganz sicher, dass wir auf die Schnelle im Computer seines kaufmännischen Direktors nichts Brisantes finden. Sonst hätte er uns hier nicht alleine gelassen und sogar noch den Zugangscode verraten. Um versteckte Dateien aufzuspüren und spezielle Passwörter zu knacken, braucht es Zeit und da wir in ein paar Minuten hier wieder abziehen, ist klar, dass wir nicht fündig werden konnten.«

»Hmm«, brummte der Kommissar und kratzte sich reflexartig am Ohr, wie immer, wenn er nicht wusste, ob es richtig war, was er im Moment tat. Eigentlich hatte er bis jetzt den Eindruck, dass Langenbach höchstens Kleinigkeiten zu verbergen hatte und wirklich kooperieren wollte, um das Verschwinden seines obersten Buchhalters aufzuklären. Andererseits konnte der Inhalt des Computers vielleicht trotzdem helfen, weiterzukommen.

Also entschied er sich dafür, seinen ideenreichen Mitarbeiter gewähren zu lassen und abzuwarten.

Sternberg leistete schnelle und perfekte Arbeit. Lindt

schirmte das Ganze mit seinem breiten Körper ab. Ein zufällig durch die Verglasung spähender Beobachter konnte sicherlich nicht erkennen, dass gerade die Festplatte des Fink-Computers kopiert wurde.

In gut zehn Minuten war alles fertig, das Büro wurde versiegelt und die beiden Kriminalisten verabschiedeten sich von dem Bauunternehmer, nicht ohne zu versprechen, dass man ihn hinsichtlich der DNA-Analyse immer auf dem Laufenden halten würde.

»Langenbach steht glänzend da«, fasste Jan Sternberg am nächsten Tag die Ergebnisse zusammen. Die Bilanzen aus Finks Computer zeigten eine kerngesunde Baufirma mit hohem Eigenkapitalanteil und einem seit Jahren stetig steigenden Umsatz.

»Ich dachte, die Krise im Bausektor sei überall zu spüren«, schüttelte Oskar Lindt ungläubig den Kopf, aber die Auskünfte, die Paul Wellmann über mehrere Wirtschaftsinformationsdienste eingeholt hatte, bestätigten Sternbergs Aussage.

»Alles absolut sauber, Chef.« In seiner Stimme klang direkt Bewunderung für die bestens strukturierten und klar gegliederten Verzeichnisse und Ordner des durchsuchten PCs. »Alles perfekt und penibel bis in die letzte Kleinigkeit. Falls Fink wirklich nicht mehr lebt, kann ein Nachfolger jederzeit und ohne weitere Einarbeitung weitermachen.«

»Das passt ja dann genau zum übrigen Bild, was wir aus der Wohnung und der Büroeinrichtung über die Person Konrad Fink gewonnen haben«, meinte Lindt nachdenklich. »Aber sagt mal, ist das denn normal?«

Der absolut perfekte Mensch? Den gibt es genauso wenig wie den perfekten Mord, da war sich der Kommissar vollkommen sicher. Irgendwo hatte jeder seine Schwachstellen und je mehr er darüber nachsinnierte, um so klarer wurde ihm, dass er genau in dieser Richtung nachbohren musste, um den Fall lösen zu können.

Die Nachricht aus dem Landeskriminalamt, dass der zerhackte Tote tatsächlich Konrad Fink war, überraschte ihn nicht mehr. Zu viele Indizien hatten schon darauf hingedeutet und der DNA-Vergleich gab jetzt nur noch die letzte Sicherheit.

Fast zeitgleich mit dem LKA meldete sich auch noch ein eben von seinem Tauchurlaub zurückgekommener Karlsruher Zahnarzt. Er hatte sich anhand des per Mail versandten Zahnschemas an Konrad Fink erinnert und die Angaben umgehend mit der Patientenakte verglichen.

»Passt genau, diese Gold-Inlays habe ich eingesetzt«, klang der Dentist ganz aufgeregt und erwartungsvoll aus dem Telefonhörer des Kommissars, doch der musste ihn enttäuschen: »Leider waren Sie einige Tage zu lang auf den Malediven. Unsere Kollegen in Stuttgart haben das Ergebnis der DNA-Analyse schon vor einer halben Stunde geliefert.«

Lindt nahm sich Zeit. Schweigend am Fenster stehend stieß er dicke Qualmwolken aus und legte sich einen Plan für das weitere Vorgehen zurecht.

»Vielleicht müssen wir in den Bereichen suchen, über die wir bis jetzt noch gar nichts wissen«, erriet Paul Wellmann die Gedanken seines Vorgesetzten. »Privatleben zum Beispiel.«

»Auch seine Vermögensverhältnisse sind bestimmt nicht uninteressant.«

»Du meinst die Ferienwohnung in Österreich.«

»Zum Beispiel – aber das ist was für Jan«, begann Oskar Lindt die Arbeit zu verteilen und nickte seinem jungen Kollegen zu. »Du Paul, nimmst Dir erst die Wohnung und dann das Büro von Fink vor. Lass am besten alle Akten hierher schaffen.« Er dachte an die lange Reihe von Ordnern in der Regalwand.

»Und ich«, der Kommissar nahm den Telefonhörer in die Hand, »informiere jetzt mal unseren Staatsanwalt, organisiere die Durchsuchungsbeschlüsse und dann mache ich mich auf die Suche nach Finks Vergangenheit.«

Die Geschwindigkeit, die Sternberg bei Computerrecherchen an den Tag legte, erreichte Oskar Lindt nie, aber nach einer knappen Stunde hatte er die verschiedenen Adressen, unter denen ›Conny‹ Fink im Lauf der Jahre gemeldet war, fast lückenlos zusammen. Auch die Südstadt-Adresse, wo er nach Langenbachs Auskunft vor langer Zeit mit seiner Freundin zusammen gewohnt hatte, befand sich in der Aufstellung. Eine Marie gab es allerdings nicht in der Liste der damaligen Hausbewohner.

Da er auch keine Informationen über nähere Angehörige herausfinden konnte, setzte er sich in seinen Dienstwagen und steuerte die Baufirma ›Langenbach‹ an. Zum einen wollte er dem Unternehmer die traurige Nachricht, dass die Vermutung über seinen verschwundenen Prokuristen nun Gewissheit geworden war, persönlich überbringen und dann natürlich noch in Finks Personalakte Einblick nehmen.

Während der Fahrt rief er Paul Wellmann an. Der war mit zwei Kollegen vom Streifendienst gerade dabei, alle Unterlagen aus der Wohnung des Toten in einen Polizei-Kastenwagen zu laden.

»Vielleicht kannst du noch kurz mit den Nachbarn von Fink sprechen.«

»Habe ich schon gemacht, die stehen sowieso alle hier rum und schauen interessiert zu. Allerdings will keiner etwas gesehen haben.«

»Und Angehörige? Weiß jemand was über die familiären Verhältnisse? Irgendwen müssen wir doch auch noch benachrichtigen.« Wellmann versprach, sich darum zu kümmern.

Die Personalakte des kaufmännischen Direktors hatte der Chef Langenbach selbst unter Verschluss. Seine gepflegten Hände zitterten, als er Lindt die Unterlagen gab.

»Obwohl ich es geahnt habe, dass Conny etwas zugestoßen ist«, sagte der große Mann kopfschüttelnd und mit ganz leiser Stimme, »wenn man dann Gewissheit hat …«

Seine Augen wurden feucht: »Er war nicht nur irgendein Mitarbeiter für mich. Er hatte mein vollstes Vertrauen, auf ihn konnte ich mich immer hundertprozentig verlassen.«

Langenbach stockte. »Konnten Sie herausfinden, ob er schon …«

Jetzt war es Lindt, der den Kopf schüttelte. »Die Gerichtsmedizin hat leider festgestellt, dass er noch lebte.«

Langenbach schlug seine Hand vors Gesicht.

Lindt versuchte, ihn zu beruhigen: »Wir gehen aber davon aus, dass er bewusstlos war. An der Tür seines Wagens fanden sich Haut- und Haarspuren. Vermutlich wurde er in der Garage niedergeschlagen und streifte dort mit dem Kopf entlang, als er zu Boden ging.«

»Wer macht so etwas und warum?«

Der Kommissar zuckte nur mit den Schultern. War Langenbachs Bestürzung echt? Es schien so.

»Wir dürfen doch weiterhin mit Ihrer Unterstützung rechnen?«

Der Bauunternehmer sah ihn erschrocken an: »Vermuten Sie etwa einen Zusammenhang mit meiner Firma? Nein, nein, ganz bestimmt nicht. Sie können hier gerne alles durchsuchen. Eine genauere Buchführung als bei uns findet sich nirgends. Conny war bei sich und auch bei seinen Mitarbeitern penibel bis in die letzten Kleinigkeiten. Das Finanzamt hatte noch gar nie etwas zu beanstanden. Wir haben hier eine absolut weiße Weste.«

Lindt reichte Langenbach die richterliche Durchsuchungsanordnung. »Wir müssen trotzdem durchschauen. Routinemäßig eben.«

»Natürlich. Ich verstehe. Auch Sie müssen Ihre Arbeit korrekt machen.«

»Die Kollegen kommen gleich.« Er spähte nach draußen, wo gerade vier Polizeiwagen vorfuhren. »Aber das hier«, der Kommissar stand auf und nahm Finks Personalakte, »wollte ich gerne selbst abholen.«

5

Im Auto überflog Lindt schnell die Seiten.

Fink war als drittes von vier Kindern in Durlach geboren worden, die Eltern betrieben ein kleines Lebensmittelgeschäft. ›Das wird es wohl auch nicht mehr geben‹, dachte sich der Kommissar.

Ob Vater und Mutter noch lebten? Eher nicht, aber jemand von den Geschwistern bestimmt. Jan würde es herausfinden. Schnell gab er ihm per Handy den Auftrag.

Dann die Schulzeit: Gute Noten in der Realschule, Abschluss Mittlere Reife mit Belobigung.

Warum war er denn nicht weiter zur Schule gegangen? Abitur-Studium?

Stattdessen Lehre als Einzelhandelskaufmann in einer großen Baustoffhandlung im Hagsfelder Industriegebiet. Kaufmann? Sollte er vielleicht den kleinen Laden übernehmen? Anfang der siebziger Jahre ahnte man noch nichts vom kommenden Sterben der Tante-Emma-Läden.

Fink schien ehrgeizig gewesen zu sein. Mit einem hervorragenden Lehrabschluss konnte er im Betrieb bleiben, doch es hatte ihm wohl nicht genügt.

Was macht ein Einzelhandelskaufmann dort? Verkäufer war ihm anscheinend zu wenig.

›… suchte ich nach einer Möglichkeit, mich weiterzuentwickeln‹, las der Kommissar.

In mehreren Abendkursen bildete er sich zum Bilanz-
buchhalter fort. ›Passt genau zu seiner peniblen und akri-
bischen Art‹, nickte Lindt.

Im Karlsruher Tiefbauamt fand er eine Stelle in der
Abrechnungsabteilung. Wieso ging er nicht in die freie
Wirtschaft? Gerade zu dieser Zeit wurde man doch meistens ausgelacht, wenn man sich mit den mickrigen Gehäl-
tern im öffentlichen Dienst zufrieden gab. Was steckte
dahinter? Sicherer Arbeitsplatz?

Irgendwann hat er es dann wohl doch gemerkt, konstatierte der Kommissar, dass man trotz bester Beurtei-
lungen als städtischer Angestellter ein armer Tropf bleibt.
Fast genau an seinem dreißigsten Geburtstag war Konrad Fink zu Langenbach gewechselt.

Wieso? Vielleicht wollte er eine Familie gründen?

Es müsste die Zeit gewesen sein, als er mit seiner Freundin in der Südstadt zusammenlebte. Hatte Marie ihm die
Augen geöffnet, was das Einkommen anbelangte?

Lindt musste diese Frau finden. Zudem nahm er sich
vor, auch im städtischen Tiefbauamt nach ›Conny‹ Fink
zu fragen. Bestimmt konnte sich noch jemand an den
Mann erinnern.

Der Kommissar war gerade auf die B 3 eingebogen,
um von Ettlingen in Richtung Durlach zu fahren, als
sich Jan Sternberg meldete. Mutter und Vater von Fink
waren schon verstorben, aber eine seiner drei Schwestern lebte im elterlichen Anwesen. Lindt konnte sich
die Adresse merken und erreichte nach gut zehn Minuten das Ziel.

Mit einem einzigen Blick auf das Haus erfasste er auch das Schicksal seiner Bewohner. ›Anton Fink-Kolonialwaren‹ – verblichene, ehemals dunkelbraune Emaille-Lettern zwischen bröckelndem Putz. An zwei Schaufenstern und der früheren Ladentüre waren verwitterte Holzrollläden herabgelassen. Die Farbe blätterte ab. Das Geschäft war sicherlich schon jahrelang geschlossen. Lindt schaute sich um. Nicht gerade eine 1A-Lage.

Die Haustüre lag seitlich im Hof. Sechs Klingelknöpfe in der Sandsteinumrandung. Fink war der einzige deutsche Name, den er lesen konnte und ein deutlicher Geruch nach orientalischer Küche drang durch die Ritzen.

Er klingelte und legte sich nebenbei einige passende Worte zurecht, wie er die schlechte Nachricht vom Tod des Bruders überbringen wollte.

Im Hochparterre öffnete sich ein Doppelfenster. Ein Lockenwicklerkopf erschien.

»Was wolle‹ Sie?« klang es unwirsch zu Lindt herunter.

Der Kommissar holte kurz Luft und betrachtete die Farbkombination von brombeerfarbenem Rollkragenpullover unter hellgrün geblümter Kittelschürze, die er am Fenster zu sehen bekam.

»Sind Sie Frau Fink? Anneliese Fink?«

»Wer will das wissen?«

Lindt zeigte seinen Dienstausweis. »Kripo Karlsruhe.«

»Ja, und? Ist wieder was mit denen da oben?«

Mit einem Kopfruck zeigte sie zu den höherliegenden Stockwerken. »Ich hab damit nichts zu tun. In der Lage hier kriegt man halt keine anderen Mieter!«

»Nein, ich wollte eigentlich zu Ihnen. Sind sie Anneliese Fink?«

»Ja, die bin ich, aber was soll ich angestellt haben?«

»Hoffentlich nichts, aber sind Sie die Schwester von Konrad Fink?«

»Der Konrad?« Der Kommissar bemerkte, wie die Frau zusammenzuckte und ihn völlig konsterniert anblickte, als hätte sie mit dieser Frage nun überhaupt nicht gerechnet.

»Den hab ich das letzte Mal bei der Beerdigung von unserer Mutter gesehen und das war vor sieben Jahren. Was ist mit dem?«

»Könnte ich vielleicht kurz reinkommen?«

Eine Todesnachricht vom Hof aus zu einem Fenster hoch zu rufen, war dem Kommissar nun doch etwas zu profan.

»Wenn's unbedingt sein muss, aber passen Sie auf«, entfernte sich die Frau vom Fenster und drückte auf den Türöffner.

Den Grund für ihre Warnung erkannte Lindt sofort, als er die Tür aufgedrückt hatte. Der gesamte Flur und das Treppenhaus waren voll gestellt. Mühsam bahnte er sich einen Weg um Fahrräder, Mülltonnen, alte Bettroste, zwei brüchige Anrichten und einen Papageienkäfig, dem drei Gitterstäbe fehlten. Zwangsläufig kam ihm der Gedanke an Sperrmüll.

»Da wird immer alles abgestellt. Kommt bald weg, heißt es, aber als Hausbesitzer hat man ja heutzutage nichts mehr zu melden. Man kann froh sein, wenn die überhaupt ihre Miete zahlen«, zeterte der Lockenwicklerkopf aus einer Wohnungstüre hinter dem ganzen Gerümpel.

Der Kommissar kämpfte sich durch und erblickte schließlich unter der hellgrünen Kittelschürze noch eine abgetragene Jogginghose und dicke schwarze Wollsocken in weißen Billigschlappen.

Die Ordnung in der Wohnung war allerdings nicht viel besser als im Treppenhaus. Die Vermüllung setzte sich nahtlos fort und Lindt fragte sich, ob nicht das meiste da draußen der Schürzenträgerin gehörte. Diese zeigte mit einer schnellen Handbewegung auf einen freien Stuhl.

»Also, was gibt's jetzt so Wichtiges? Ist er tot?«

Für einen Moment war der Kommissar sprachlos, aber ein Blick in das herbe, scharf geschnittene Gesicht machte ihm klar, dass man diese Frau wohl mit nichts mehr schrecken konnte.

»Wie kommen Sie da drauf?«

»Sonst wird doch wohl keiner von der Kripo zu mir in die Wohnung wollen.«

»Leider haben Sie recht. Allerdings waren die Umstände seines Todes nicht gerade, nun ja …«

»Also, wie?«

»Ihr Bruder wurde zerhäckselt!«

»Ach, war der das? Hab ich im Fernsehen und in der Zeitung gesehen.«

Lindt lief ein Schauer über den Rücken. Noch kälter hätte wohl niemand reagieren können.

»Berührt Sie das denn gar nicht?«

»Ich hab's doch schon gesagt. Es gab keinen Kontakt mehr. Er wollte nichts von uns wissen, hielt sich für was Besseres als Prokurist in seiner Baufirma. Auch meine beiden Schwestern haben das Weite gesucht. Geheiratet und fort! Die eine ins Rheinland und die andere zu den Schwaben nach Ulm! Bloß ich hab hier bleiben und den Laden weiterführen müssen. Bis die beiden Alten dann gestorben sind. Erst der Vater und ein Jahr später auch noch die Mutter.«

»Und jetzt?«

»Das sehen Sie ja wohl deutlich genug. Kleine Lebensmittelgeschäfte rentieren sich nicht mehr. Alle kaufen bei den großen Billigketten ein. Noch nicht mal einer meiner sieben Türken da oben wollte die Räume mieten. Also lebe ich jetzt halt von dem bisschen Miete, was ich ab und zu bekomme. Aber glauben Sie bloß nicht, dass einer von denen regelmäßig zahlt!«

Und nach einer kleinen Pause setzte sie noch nach – etwas leiser: »Dabei war ich die Einzige von uns vier Kindern, die auf der Oberschul‹ war!«

Lindt spürte ihre Verbitterung.

»Kannten Sie denn wenigstens das Haus, in dem Ihr Bruder gewohnt hat?«

»Keine Ahnung. Ich hab nur von der Baufirma gewusst. Da hab ich ihn auch angerufen, als unsere Eltern tot waren.«

Der Kommissar überlegte kurz, konnte sich aber nicht einmal ansatzweise vorstellen, dass diese Frau irgend etwas mit dem Tod von Konrad Fink zu tun haben könnte.

Schwerfällig erhob er sich, drückte ihr schnell die Hand, atmete tief durch, murmelte etwas von ›Anteilnahme‹, gab ihr seine Karte und machte, dass er fort kam.

Als Lindt schon im Hof war, öffnete sich das Doppelfenster über ihm wieder.

»Gibt's überhaupt etwas von meinem Bruder, was ich begraben könnte?«

»Wir melden uns«, sagte er schnell und beschleunigte seine Schritte. »Das dauert noch ein paar Tage.«

›Fehlanzeige‹ musste der Kommissar bei seiner nächsten Station feststellen.

Über die Durlacher Allee hatte er wieder die Innenstadt angesteuert, war Richtung Hauptbahnhof abgebogen und am Zoo entlang bis zur Augartenstraße gefahren. Er fand die richtige Hausnummer, aber weit und breit keinen freien Parkplatz. Erst nach drei Runden durch die umliegenden Straßen hatte er Glück, allerdings einige hundert Meter von seinem Ziel entfernt.

›Nächstes Mal nehme ich wieder das Fahrrad‹ dachte er beim Aussteigen, doch kaum war er einige Schritte gegangen, spürte er erste Tropfen. ›Also gut, dann halt die Straßenbahn.‹ Radfahren bei Regenwetter war nicht nach seinem Geschmack. Er drehte um und holte erst einmal seinen großen schwarzen Stockschirm aus dem Kofferraum des Citroen.

Den Gang zum Haus, in dem Konrad Fink früher einmal gewohnt hatte, hätte er sich wirklich sparen können.

Seit damals hatten komplett alle Mieter der zwölf Wohnungen gewechselt. Selbst der Hausmeister, der ihm das berichtete und den sein starker Akzent als russlanddeutschen Übersiedler auswies, arbeitete erst sieben Jahre hier. Er zeigte sich aber sehr hilfsbereit und suchte mit Lindts Hilfe fast eine Viertelstunde in mehreren dicken Ordnern, bis endlich der gesuchte Name auftauchte.

»Heute wohnt da meine Cousine mit ihrer Mutter, Wohnung sieben, dritter Stock. Wollen Sie reinschauen?«, fragte er. Der Kommissar schüttelte den Kopf und überflog schnell noch die Unterlagen. Er notierte Ein- und Auszugsdatum – fünf Jahre hatte Fink hier gelebt – fand aber keinerlei Hinweis auf eine Mitbewohnerin namens Marie.

Er zuckte mit den Schultern, als er vor das Haus trat. ›War eben nicht gemeldet.‹

Böiger Wind pfiff mittlerweile durch die Straßen und trieb kalte Regenschauer vor sich her. ›Ob es doch noch Winter wird?‹ Er schlug den Kragen hoch, spannte den Schirm auf und war froh, dass nur seine Hosenbeine nass geworden waren, als er wieder zum Auto kam.

Gerade als er aus dem Parkplatz bog, begannen im Autoradio die Regionalnachrichten auf Lindts Lieblingssender der SWR-4 Badenradio.

Tatsächlich, die Pressestelle im Präsidium hatte schnell gearbeitet und die Erfolgsmeldung, dass der Hackertote von Rheinstetten mittels DNA-Analyse identifiziert werden konnte, schon an die Öffentlichkeit gegeben.

»Konrad Fink, kaufmännischer Direktor einer großen Baufirma«, las die Sprecherin weiter. »Die Kriminalpolizei geht weiterhin von einem gewaltsamen Tod aus. Genauer Tathergang und Motive liegen aber nach wie vor im Dunkeln.«

Lindt rieb sich am Ohr. Morgen würde die Nachricht auch in den Zeitungen zu lesen sein, natürlich mit einem Bild des Opfers.

›Vielleicht meldet sich ja jetzt endlich ein Zeuge‹, ging ihm durch den Kopf, doch da hatte er sein nächstes Ziel, das Städtische Tiefbauamt, schon erreicht.

Leider kam er auch hier nicht weiter.

Alleine zwei ältere Mitarbeiterinnen aus dem Schreibbüro konnten sich noch an die Zeit vor zwanzig Jahren und vage an Conny Fink erinnern. Andere Kollegen von damals waren entweder schon im Ruhestand oder hatten sich auf höher dotierte Stellen in anderen Bereichen der Karlsruher Stadtverwaltung beworben. Genaueres ließe sich aber nur über die Personalverwaltung herausfinden, bekam der Kommissar als abschließende Auskunft.

Unverdrossen steuerte Lindt auch noch diese Dienststelle an. Nicht, dass er von solcher Art kriminalistischer Kleinarbeit besonders begeistert gewesen wäre, aber es musste eben sein. Er tröstete sich mit dem Gedanken, dass Paul und Jan im Präsidium mit dem Sichten der vielen Ordner auch keine besonders spannende Arbeit hatten.

»Die Personalakte können wir Ihnen aus dem Archiv holen«, beantwortete eine junge Sachbearbeiterin die Frage nach Konrad Fink, »aber mit wem er vor so langer Zeit zusammengearbeitet hat?« Sie zuckte die Schultern. »Das lässt sich kaum mehr herausfinden. Wenn Sie wenigstens einen Namen hätten?«

Lindt nickte verständnisvoll. Er begnügte sich mit der schnellen Durchsicht der Akte, fand aber nichts Neues, bedankte sich höflich, hinterließ auch hier zur Sicherheit noch seine Karte und steuerte wieder zurück zum Präsidium.

»Wo man hinkommt, nur Neue«, berichtete er dort seinen Kollegen. »Eigentlich hatte ich gehofft, wenigstens im Personalbüro jemanden zu treffen, der sich wirklich noch erinnern kann und alle kennt.«

»Du meinst wohl, so eine Art wandelndes Gedächtnis.« Paul Wellmann verstand.

»Genau, aber die haben überall einen derart schnellen ...«

»Ist doch klar, Oskar, jeder versucht eben, auf der Karriereleiter nach oben zu kommen und wenn irgendwo eine bessere Stelle frei wird, dann dreht sich das Personalkarussell wieder. Ist ja hier bei uns genau dasselbe.«

»Aber trösten Sie sich«, meinte Jan Sternberg in Bezug auf die wenig ergiebige Tagesarbeit seines Chefs, »auch wir sind bisher noch nicht wirklich weitergekommen.«

Er zeigte auf die lange Reihe von Ordnern, die an der Wand entlang aufgestellt waren und den ohnehin nicht üppigen Platz im Büro noch deutlich einengten.

»Paul arbeitet an den Unterlagen aus dem Firmenbüro und ich kämpfe mich durch Finks privaten Kram.«

»Aber das kann noch dauern«, stöhnte Wellmann, »wenngleich alles sehr sauber und akkurat abgeheftet ist.«

»Die ganze Ordnung hilft uns aber gar nichts«, brummte Lindt, während er in das angrenzende Büro ging, um aus seinem Schreibtisch Tabak und eine neue Pfeife zu holen. »Um vorwärts zu kommen müssen wir jetzt endlich mal was finden.«

Er setzte sich, nahm auch einen der Ringordner aus Finks Wohnung und begann darin zu blättern.

Die Stunden verstrichen. Paul Wellmann riss im Halbstundentakt die Fenster auf, um Lindts Pfeifenrauch raus und neuen Sauerstoff reinzulassen. Immer öfter musste die Kaffeemaschine eingeschaltet werden, mehr und mehr Material wurde gesichtet, aber alles blieb ohne Erfolg.

Am späten Nachmittag waren die drei Kriminalisten mit ihrer Arbeit fertig.

Draußen in der Dunkelheit blies ein stetig kälter werdender Wind die Regenschauer um die Sandsteinfassade des Polizeipräsidiums und drinnen resümierte Oskar Lindt ziemlich resigniert: »Nichts, gar nichts, keine Spur, kein Anhalt, alles nur belangloses Zeug!«

Jan Sternberg meinte: »Dieser Tag heute war wirklich für die Katz!«

Weder in den Unterlagen, die sie im Firmenbüro beschlagnahmt hatten, noch in seinen privaten Ordnern war irgendein Hinweis darauf zu finden, warum Conny Fink auf so grausame Art und Weise beseitigt worden war.

»Für mich«, überlegte Paul Wellmann, »ist es geradezu auffällig, dass sich unter diesen vielen Papieren überhaupt nichts Wichtiges findet. Lasst uns doch mal zusammenstellen, was fehlt. Vielleicht kommen wir so weiter.«

»Bankunterlagen«, antwortete Jan Sternberg als erster. »Kein Kontoauszug, keine Scheckkarte, irgendwelche Dokumente über Depots, Sparbücher, nichts dergleichen.«

»Hmm«, brummte sein Vorgesetzter.

»Auch über Finks Eigentumswohnung findet sich nur Nebensächliches. Heizkosten-, Wasser- und Stromabrechnungen der letzten Jahre, aber kein Hinweis, dass ihm die Wohnung überhaupt gehört. Keine Darlehensverträge oder Grundbuchauszüge, noch nicht einmal die Police der Feuerversicherung, rein gar nichts.«

»Hatte er nicht auch eine Ferienwohnung in den Bergen?«, erinnerte sich Paul Wellmann wieder.

»Richtig, im Montafon, das hat uns doch der Langenbach erzählt.«

»Außerdem fehlt nach wie vor diese herausnehmbare Festplatte seines Computers«, warf Jan Sternberg ein.

»Er könnte sie rausgezogen und versteckt haben. Oder er wollte sie mit in den Skiurlaub nehmen.«

Paul Wellmann zweifelte: »Im Gepäck war nichts, einen Tresor in der Wohnung hat die SpuSi auch nicht gefunden, also bleiben noch zwei Möglichkeiten: ein anderes Versteck oder …«

»Was oder?«

»Oder der Mörder hat die Platte!«

Sternberg gab noch nicht auf: »Kann sein, aber vielleicht hat Fink dieses Teil auch vorsorglich dort untergebracht, wo die ganzen fehlenden Unterlagen sind.«

Lindt überlegte: »Wenn er aber seine ganzen wichtigen Sachen irgendwo gut versteckt hat, etwa in einem Bankschließfach, das wir nicht kennen, dann hat er dafür sicherlich einen triftigen Grund gehabt.«

»Sie meinen, er wurde bedroht?«

»Vielleicht? Oder«, der Kommissar zuckte mit den Schultern, »oder es ist gar nichts versteckt und der Mörder hat einfach alles mitgenommen, was wichtig war.«

»Die ganzen Unterlagen?« Sternberg schaute ungläubig. »Das wäre bestimmt jemandem aufgefallen und außerdem war die Wohnung gar nicht durchwühlt, alles schien an seinem Ort zu sein.«

»Ja, es hat so ausgesehen, als würde nichts fehlen – bis auf die Festplatte«, rieb sich Lindt stirnrunzelnd am Ohr und blies einen feinen Rauchfaden zur Decke.

Sternberg wurde ganz eifrig: »Und wenn auf eben dieser Festplatte alles Wichtige drauf ist? Auch wo die ganzen Dokumente aufbewahrt werden?«

»Das würde zu einem perfekt organisierten Menschen passen«, stimmte ihm Paul Wellmann zu. »Stellt euch doch nur mal vor: Ein Griff und du hast alles, was in deinem Leben von Bedeutung ist, bei dir. Da kann die Wohnung abbrennen oder überschwemmt werden – kein Problem, denn du packst deine Existenz morgens am Handgriff, ziehst sie aus dem Rechner und steckst sie in die Aktentasche.«

»Vielleicht«, spann Sternberg den Gedanken weiter, »hat Fink auch die Dokumente auf den Scanner gelegt und im Computer gespeichert. Das Gerät auf seinem Schreibtisch war kein normaler Drucker, sondern auch zum Kopieren, Faxen und Scannen geeignet.«

»Und alles, was nicht unbedingt ins Bankschließfach musste, ging gleich durch den Reißwolf? Auf dem Papierkorb war tatsächlich einer aufgesteckt.«

»Jetzt reicht's mir aber mit euren Spekulationen«, machte Oskar Lindt den Hirngespinsten seiner beiden Mitarbeiter ein Ende. »Selbst wenn ihr recht hättet, wissen wir nicht, wo diese verflixte Festplatte steckt. Beim Mörder oder in einem Versteck von Fink?«

Alle schwiegen, doch der Kommissar fuhr nachdenklich fort: »Wenn er sie aber wirklich versteckt hat, dann müssen wir uns doch fragen, warum? Übertriebenes Sicherheitsbedürfnis? Bedrohung? Oder weil er etwa selbst Dreck am Stecken und irgendwelche krummen Dinger am Laufen hatte?«

Sternberg und Wellmann schauten sich belustigt an. Dann kam wie aus einem Mund: »Und wer ist jetzt am Spekulieren?«

»Ja, aber es wäre schließlich nicht das erste Mal, dass wir einen Fall hier im Büro auf diese Art lösen.«

»Bank«, sagte Paul Wellmann unvermittelt. »Könnten wir nicht herausbekommen, welches seine Hausbank war und dort die Kontoauszüge einsehen?«

»Wenn sich ein Richter findet, der uns eine Anordnung unterschreibt.«

Der Wunsch erfüllte sich noch am selben Abend. In einem Mordfall war es leicht, den diensthabenden Untersuchungsrichter von der Notwendigkeit einer Kontoeinsicht zu überzeugen.

Sternberg und Wellmann machten sich tags darauf mit der Verfügung umgehend auf den Weg zur Filiale der Dresdner Bank am Karlsruher Marktplatz.

Hilfsbereite Mitarbeiter legten den beiden Kriminalisten alles vor, was mit Fink zu tun hatte.

Die zwei begannen zu stöbern, gut versorgt mit frischem, dampfendem Kaffee aus einer vornehmen Edelstahlkanne und arbeiteten sich Stück für Stück durch die Unterlagen der letzten sieben Jahre.

Stunde um Stunde verstrich. Was Wellmann durchgeschaut hatte, nahm sich Sternberg nochmals vor und umgekehrt genauso, aber der Wunsch, über die aufgelisteten Geldbewegungen wichtige Eckpunkte eines menschlichen Lebens rekonstruieren zu können, erfüllte sich genauso wenig, wie die Hoffnung, ein prallgefülltes Schließfach zu finden.

Alle, ja wirklich alle Buchungen wiesen auf ein völlig normales, unauffälliges Leben eines gut verdienenden Singles hin. Von Gas bis Müllabfuhr, Strom und Versicherungen, Autosteuer, Benzin und Tageszeitung deckten die Ausgaben alle üblichen Bereiche ab. Ein monatliches Gehalt, bei dessen unglaublicher Höhe von über zwölftausend Euro den beiden Beamten fast schwindlig wurde, reichte trotz häufiger großer Barauszahlungen bequem, um stets einen satten Überschuss im Haben anzuzeigen.

»Um Kreditkarten aller Art hat Fink wohl einen weiten Bogen gemacht«, bekam Oskar Lindt später im Präsidium von seinen Kollegen zu hören. »Selbst die EC-Karte wurde nur ganz selten benutzt.«

»Als gelernter Buchhalter schien er dem Plastikgeld nicht sehr zu vertrauen. Aber bis zu 8000 Euro im Monat hat er cash abgehoben.«

Lindt runzelte die Stirn. »Wie viel? Achttausend? Pro Monat? Wofür braucht denn ein alleinstehender Mensch solche Summen an Bargeld?«

»Findest du das viel?«, fragte Paul Wellmann. »Denk doch mal daran, was wir bisher über seinen Lebensstil wissen. Sportwagen, teure Klamotten, Designermöbel. Wenn noch noble Restaurants und luxuriöse Urlaubsreisen dazukommen.«

»Für unsereins schwer vorstellbar, aber trotzdem gefällt mir das nicht.«

Das Klingeln des Telefons unterbrach die Besprechung. Lindt meldete sich.

»Ja, ich erinnere mich. Doch, das würde uns sicherlich weiterhelfen. Wissen Sie auch, wo diese Kollegen heute? Ach, nur noch einer … per Fax geht's am schnellsten, prima, vielen Dank!«

Wellmann und Sternberg konnten sich keinen Reim auf die Bruchstücke des Telefonats machen, doch die Erklärung ihres Chefs ließ nicht lange auf sich warten.

»Habe ich mich nicht kürzlich darüber beklagt, dass sich an Finks früherem Arbeitsplatz bei der Stadtverwaltung fast niemand mehr an ihn erinnern konnte?«

»Stimmt, Oskar, lauter Neue überall, hast du noch gesagt. Sogar bei der Personalverwaltung konnte man dir nicht helfen.«

»Richtig, aber das war gerade diese junge Sachbearbeiterin, mit der ich gesprochen hatte. Die Angelegenheit hat ihr wohl doch keine Ruhe gelassen und tief in der Registratur ist sie fündig geworden.«

Das Faxgerät begann, eine Reihe von Blättern auszuspucken.

»Telefonverzeichnis-Stadt Karlsruhe-Tiefbauamt«, las Jan Sternberg stirnrunzelnd. »Komisch, bestimmt ein Irrläufer, das hat ja mit uns hier nichts zu tun. Oder haben Sie darauf gewartet, Chef?«

»Ganz genau darauf. Schau doch mal aufs Datum.«

Sternberg überflog das Blatt. »Wo steht denn, ach hier: Stand 01.07.1984.«

»Und jetzt such mal beim Buchstaben ›F‹.«

»Tatsächlich, bei ›Leistungsabrechnung‹ – ›Fink, Konrad‹.«

»Damit wüssten wir zumindest, wer damals im Tiefbauamt gearbeitet und ihn gekannt hat.«

»Wenn aber heute von diesen Ehemaligen keiner mehr da ist, hilft uns diese Liste auch nicht weiter.« Wellmann war skeptisch.

»Auch dazu müsste was dabei sein.« Lindt nahm ein weiteres Blatt von der Ablage des Faxgerätes. »Hier, sie hat sich wirklich viel Arbeit gemacht.«

Er überflog die Auflistung: »Fünf seiner früheren Kollegen sind mittlerweile im Ruhestand, drei haben gekündigt, aber einer arbeitet noch bei der Tiefbauabteilung, allerdings in einem anderen Bereich, ja, da steht's, ›Auftragsvergabe‹.«

»Es geht um einen früheren Kollegen von Ihnen«, begann Oskar Lindt, als er mit Paul Wellmann zusammen im städtischen Tiefbauamt bei Hans-Peter Roth angeklopft hatte. ›Sachgebietsleiter – Auftragsvergabe‹ wies das Türschild aus.

»Ach, der Konrad, ja«, nun erinnerte sich der Beamte, als die Kommissare ihm die Zusammenhänge erklärt hatten. »Das müssen bald zwanzig Jahre her sein, als wir eine Zeit lang zusammengearbeitet haben. Bei der Leistungsabrechnung war das damals, ich entsinne mich wieder. Wie ich meine, hat er dann aber gekündigt und ist in die freie Wirtschaft gewechselt.«

»Haben Sie ihn jemals wieder getroffen?«, interessierte sich Lindt. »Uns geht es hauptsächlich um sein Privatleben.«

Roth zögerte, nahm die randlose Brille ab und fixierte angestrengt nachdenkend einen Punkt an der Decke des Büros.

»Kann sein, dass ich ihn mal zufällig, vielleicht irgendwo in der Stadt. Aber was er jetzt genau, nein da kann ich Ihnen wirklich nicht weiterhelfen, keine Ahnung.«

»Und früher? Können Sie sich noch an seine persönlichen Verhältnisse von damals entsinnen? Gab es eine Frau oder Kinder? Wissen Sie, wo er gewohnt hat?«

Roth hatte sichtlich Mühe, in seinen Erinnerungen zu kramen. Es dauerte eine ganze Weile, bis endlich die Antwort kam. »Ich bin mir nicht ganz sicher, aber ich glaube, er wohnte mit einer Freundin zusammen in der Nähe vom Stadtgarten. Aber wo oder wie die Freundin geheißen hat und ob er immer noch mit der zusammen ist, weiß ich beim besten Willen nicht. Ein paar Jahre später bin ich dann ohnehin mit meiner Familie nach Bruchsal gezogen, da verliert man sich doch leicht aus den Augen.«

6

»Mühsam, unsere Arbeit«, stöhnte Hauptkommissar Lindt, als sie das Grau der Büromöbel im Tiefbauamt hinter sich gelassen hatten und wieder auf die Straße traten. »Keiner weiß etwas Konkretes über Conny Fink. Sein Chef nicht, sein früherer Kollege nicht – ich frage mich, ob der wirklich so unauffällig gelebt hat.«

»Ja, je mehr wir über die Person nachforschen, umso weniger kommen wir vorwärts. Aber Jan wollte sich doch um die anderen Adressen kümmern.«

Er griff zum Handy, doch Lindt wehrte ab. »Lass mal gut sein. Für heute reicht's mir. Machen wir morgen weiter.«

Der Feierabend-Wunsch sollte sich jedoch nicht erfüllen. Es klingelte in Lindts Jackentasche. Das Display zeigte die Büronummer im Präsidium.

»Raten Sie mal, Chef, wer hier ist«, meldete sich Jan Sternberg.

»Rück schon raus mit der Sprache«, knurrte Lindt ungeduldig, nach Ratespielchen war ihm wirklich nicht zumute.

»Na, einer von den fünf.«

»Wer sind die fünf?«

»Die fünf früheren Kollegen von Conny Fink, die schon im Ruhestand sind.«

»Aha«, Lindts Interesse war geweckt, doch er runzelte die Stirn und fuhr leicht ungehalten fort: »Du solltest doch nur die Adressen rausfinden und nicht gleich jemanden aufs Präsidium bestellen.«

»Nein, nein, der ist ganz von selbst gekommen und möchte eine wichtige Aussage machen, aber nicht bei irgendwem, nein, nur bei Ihnen, Chef. Können Sie gleich kommen?«

»Wird's halt wieder nichts mit rechtzeitigem Feierabend«, knurrte der Kommissar als Antwort. »Ist gut, in ein paar Minuten sind Paul und ich da.«

Ein mittelgroßer, kräftiger Mann mit schlohweißem Haarkranz um die mit Altersflecken übersäte Glatze erwartete sie schon ungeduldig.

Eine Bemerkung nach dem Motto ›Rentner haben anscheinend wieder am wenigsten Zeit‹, lag Lindt auf der Zunge, doch er schluckte sie schnell hinunter und begrüßte den Besucher.

»Sie sind Kommissar Lindt? ... der ›Lindt‹?«, vergewisserte sich der Mann schnell, ob er es auch wirklich mit dem Richtigen zu tun hatte, doch dann legte er los.

»Er hat sie sitzen lassen, einfach so, dieser niederträchtige ...«

Es fehlten ihm offensichtlich die richtigen Worte und der Kommissar hatte Gelegenheit, einzugreifen:

»Also jetzt bitte mal der Reihe nach, eins nach dem anderen. Wer hat wen sitzen lassen und überhaupt, wer sind Sie denn?«

Der Besucher hatte sich wieder etwas gefangen, doch die Röte im Gesicht zeigte seine Erregung überdeutlich.

»Wer? Na der Fink, der, den sie in die Hackmaschine

gestopft haben, dass er in kleinen Stückchen wieder raus-
kam. Gewünscht hätte ich ihm so einen Tod ja nicht, aber
verdient, verdient hätte er es schon.«

Er stockte: »Nein, so etwas will ich doch lieber
nicht …«

»Könnten Sie uns vielleicht erst mal sagen, wie Sie heißen?«, unternahm Lindt noch einen Versuch, Licht ins
Dunkel dieser verworrenen Sätze zu bringen.

»Das weiß Ihr Mitarbeiter doch schon!«

Sternberg schob seinem Chef schnell einen Notizblock
zu, auf dem er die Personalien notiert hatte.

»Entschuldigen Sie bitte, Herr …«, der Kommissar
linste auf das Papier, »Herr Moosbach, also, wenn ich
recht verstanden habe, kannten Sie Konrad Fink.«

»Kennen«, schnaubte der Angesprochene, »was heißt
schon kennen? Wann kennt man einen Menschen wirklich? In diesem Fink habe ich mich jedenfalls gründlich
getäuscht, damals, als er mit meiner Tochter …«

Lindt zuckte zusammen. Hatte er eben ›Tochter‹ verstanden? »Ach so, ich dachte, Sie waren ein Arbeitskollege von ihm?«

Die Gesichtsfarbe des Mannes wechselte wieder ins
Dunkelrote, aber betont ruhig und langsam antwortete
er: »Ich war nicht sein Kollege, sondern sein Chef, sein
Vorgesetzter, damals im Tiefbauamt. Abteilungsleiter der
Leistungsabrechnung, wenn Sie verstehen was ich meine
und Marie war meine Tochter und dieser Kerl hat sie ver-
dammt nochmal auf dem Gewissen!«

Alle Augen richteten sich auf Moosbach. Keiner der
drei Kriminalisten wusste spontan etwas zu sagen.

»Sie sind also«, begann Lindt vorsichtig wieder in das

Gespräch einzusteigen, »der Vater von Finks früherer Freundin?«

»Ich war sein Chef und wäre auch beinahe sein Schwiegervater geworden. Fünf Jahre waren sie zusammen, drei Jahre davon hatten sie eine gemeinsame Wohnung und dann, als es ernst wurde, da ist er einfach abgehauen!«

»Wie meinen Sie das denn, dass es ernst wurde? Haben Sie ihn vielleicht gedrängt, Ihre Tochter zu heiraten?«

»Gedrängt?« Die Stimme von Friedrich Moosbach zitterte. »Dazu blieb ja gar keine Zeit mehr. Als Marie es ihm gesagt hat, da war er weg. Weg aus der gemeinsamen Wohnung und genauso schnell weg von seinem Arbeitsplatz. Nahm sofort Urlaub und ließ sich dann in eine andere Abteilung versetzen. Wie er das so schnell bewerkstelligt hat, weiß ich nicht, aber auf jeden Fall war er blitzartig fort.«

»Verstehe ich richtig, Ihre Tochter war schwanger?«

Jetzt nickte der Besucher nur stumm.

»Von Konrad Fink?«

Wieder ein Nicken.

»Und der hat sie sitzen gelassen?«

Nochmals nickte er wortlos.

»Wollen Sie uns berichten, wie es weiterging?«

Das dunkle Rot in Moosbachs Gesichtsfarbe verblasste zusehends und sein Blick wurde leer: »Was dann kam, möchten Sie wissen? Zwei Wochen später eine schlimme Fehlgeburt – zwei Monate später versuchte sie, sich mit Schlaftabletten das Leben zu nehmen – zwei Jahre lang litt sie unter immer stärkeren Depressionen, erst machte sie ambulante Therapien, dann kam die geschlossene Psychiatrie in Wiesloch-erfolgreich, sagten die Ärzte – doch als sie zum ersten Mal wieder nach draußen durfte, riss sie sich von ihrer Begleiterin los. Nur zwei Schritte auf die Straße und der Betonmischer, der in diesem Moment entgegenkam, hatte keine Chance mehr, zu bremsen.«

Moosbachs Kopf war auf die Brust gesunken.

»Sie fragen sich, warum ich Ihnen das erzähle?« Er machte eine Pause und fuhr sich mit einem weißen Stofftaschentuch über die Augen – dann stand er auf.

»Ganz einfach, ich denke Sie sollten es wissen, um zu erkennen, was Konrad Fink für ein Mensch war.«

Die Bürotür schloss sich hinter dem alten Mann. Sternberg sprang auf und wollte ihm nacheilen, doch Lindt winkte ab.

»Lass ihn! Er läuft uns nicht weg.«

Schicksale wie dieses hatte Oskar Lindt in den vielen Jahrzehnten seines Berufslebens schon ab und zu mitbekommen. Dennoch konnte er die Erlebnisse nicht einfach abschütteln. Es tat ihm gut, mit seinen Kollegen, oder am Abend während des gemeinsamen Kochens mit seiner Frau, darüber zu reden.

»Eine Kurzschlusshandlung?« Carla zweifelte. »So Knall auf Fall abzuhauen und alles hinzuwerfen? Die Frau, mit der er schon fünf Jahre zusammen war, so urplötzlich sitzenzulassen?«

»Dass er nicht mehr weiterhin in der Abteilung seines Fast-Schwiegervaters arbeiten konnte, leuchtet mir ja noch ein«, sinnierte ihr Mann. Er stand am Herd und rührte Béchamelsoße für die Lasagne. »Aber dass er diese Marie dann so fluchtartig verlassen hat?« Er schüttelte den Kopf. »Nein, das verstehe ich nun wirklich nicht.«

»Vielleicht war das alles ja auch gar nicht so einfach, wie es euer Besucher dargestellt hat. Man könnte sich schon einige Erklärungen vorstellen, warum es zu einer solchen Reaktion kommt.«

»Woran denkst du?«

»Vielleicht hat es in der Beziehung bereits länger gekriselt und sie wollte ihn mit dem Kind an sich binden.«

»Hmm«, brummte Lindt einsilbig und rührte weiter, »nicht auszuschließen.«

»Kann ja gut sein, dass die Eltern der Frau davon gar nichts mitbekommen haben.«

Der Kommissar schwieg, fasste den Kochlöffel fester, mahlte etwas schwarzen Pfeffer in die helle Soße, rührte wieder, schmeckte nochmals ab.

»Und wenn er einfach nur Angst hatte«, sprach er einen Gedanken aus, der ihm spontan durch den Kopf ging.

»Du meinst, er fürchtete sich vor dem, was auf ihn zukam?«

»Könnte ich mir vorstellen. Gerade Menschen, die so akribisch und genau sind, wie er es als Buchhalter ja zweifellos war, verlieren nicht gerne die Kontrolle über ihr Leben.«

»Und was mit einem Kind auf einen zukommt …«

»Jeden Tag eine neue Überraschung und bestimmt nichts, was planbar ist oder in ein Schema passt, so wie vielleicht in ein Verbuchungssystem.«

»Das wissen wir beide ja noch zu genau – und gleich drei Mal«, lächelte Carla Lindt versonnen und dachte an die eigenen, in kurzen Abständen hintereinander geborenen Töchter.

Die mühselige Kleinarbeit bei den Ermittlungen ging am nächsten Tag weiter. Jan Sternberg arbeitete daran, die früheren Kollegen von Konrad Fink herauszufinden, Lindt und Wellmann klapperten die Adressen dann ab. Die Rentner waren schneller zu ermitteln als die drei, die angeblich zwar noch im Berufsleben standen, aber nicht mehr im Tiefbauamt tätig waren.

»Also Paul«, meinte Oskar Lindt, als sie im großen, dunkelroten Dienstwagen die erste Adresse im Albtal ansteuerten, »dann wollen wir doch mal schauen, wie der Rentner von heute so lebt.«

»Sechseinhalb Jahre müssen wir beide noch durchhalten«, stimmte ihm sein Beifahrer zu. Sie näherten sich Bad Herrenalb und bemerkten auf den Höhen der Berge die ersten weiß verschneiten Tannengipfel. »Dann können wir uns auch in eine solche Idylle zurückziehen.«

Alle vier Männer, die auf der Liste standen, wollten ihren Ruhestand wohl in abgelegenen Örtchen auf dem Land verleben.

Um mehr als zweihundert Kilometer hatte sich der Tachostand des Citroen schließlich erhöht, als die beiden Kommissare am späten Nachmittag wieder ins Karlsruher Polizeipräsidium zurückkehrten.

Nach ihrer Station im Kurstädtchen Bad Herrenalb waren sie über Gernsbach und Baden-Baden zum Grenzübergang bei der Rheinstaustufe Iffezheim gefahren und im elsässischen Töpferdorf Soufflenheim schließlich fündig geworden. Ein ähnlich malerisches Fachwerkhaus erwartete sie danach in der Pfalz bei Bad Bergzabern und auch die vierte Adresse bei Bretten stand für ländliche Abgeschiedenheit.

Gespannt wartete Jan Sternberg auf den Tagesbericht seiner Kollegen, doch er sollte enttäuscht werden. Beide zuckten nur die Schultern.

»Ein schöner Ausflug war's ja, selbst bei dem trüben Winterwetter, aber weitergekommen …«

»… sind wir eigentlich nicht«, vervollständigte Paul Wellmann.

»Doch Paul, kulinarisch war es durchaus ein Erfolg.« Lindt leckte sich kurz die Lippen, schnalzte mit der Zunge und stieß nur ›Saumagen‹ aus.

»Hätte ich mir ja denken können«, grinste Sternberg, denn er kannte die Vorlieben seines Vorgesetzten und dessen ›Riecher‹ für gute Restaurants mit ordentlichen Portionen mittlerweile genau.

»Du wohnst ja drüben in der Pfalz«, entgegnete ihm sein Chef, »da habt ihr das wahrscheinlich jede Woche, aber wann gibt's für mich schon mal die Gelegenheit, dienstlich so eine Rundfahrt zu machen. Das muss man doch ausnutzen.«

»Touristisch gesehen war unsere Strecke ja ganz nett«, fiel Paul Wellmann ein. »Schwarzwald, Elsass, Pfalz, Kraichgau. Diese Rentner haben der großen Stadt alle den Rücken gekehrt, aber ermittlungstechnisch gesehen ist der Erfolg unserer Tour doch sehr bescheiden.«

Lindt nickte: »Die tragische Geschichte von Marie, die uns ihr Vater gestern hier berichtet hat, fiel jedem der vier ein, als wir das Stichwort ›Konrad Fink‹ gaben. Doch sonst hatte der sich wohl nicht sehr im Gedächtnis seiner Kollegen vom Amt eingeprägt.«

»Sie betrachteten ihn gar nicht mehr als einen der ihren. Eher als Abtrünnigen, als Aussteiger, dem sein sicherer, ruhiger Bürojob nicht gut genug war.«

»Ja, Paul, aber trotzdem erstaunlich, dass er diesen Absprung gewagt hat, denn wir haben eigentlich gar nichts Typisches, nichts Besonderes über seine Person gehört. Eher alles so farblos und ohne Emotionen. Der Fink hat sich wohl nicht als starker Charakter verewigt – die vier Pensionäre vom Tiefbauamt sahen in ihm auch nach seinem Ausscheiden nur die pedantische, graue Buchhalter-Maus.«

»Na«, strahlte Jan Sternberg, »dann ist es ja gut, wenn wenigsten ich ein paar Schrittchen weitergekommen bin.«

Gespannt hörten ihm seine beiden älteren Kollegen zu.

»Es hat mich fast den ganzen Tag und mindestens zwanzig, nein eher dreißig Telefonate und Faxe gekostet, aber ich konnte tatsächlich die drei restlichen früheren Fink-Kollegen feststellen.«

»Die, die im Lauf der Zeit ebenfalls gekündigt haben?« Interessiert schielte Oskar Lindt auf den Monitor seines Mitarbeiters.

»Der hier war einfach rauszufinden.« Sternberg zeigte auf die oberste der Adressen. »Hat sich nach seinem Absprung aus dem Amt bei der ›Badischen Asphalt‹ hochgebuckelt und ist jetzt der dritthöchste in diesem Zweihundert-Mann-Betrieb.«

»Moment mal«, durchfuhr es Paul Wellmann. »Die ›Badische Asphalt‹, das sind doch die Straßenbau-Kolonnen mit ihren auffälligen gelb-roten Fahrzeugen.«

»Richtig Paul, gelb mit roter Schrift, die badischen Farben, fast wie bei der Tram, diese Fahrzeuge sind einem irgendwie bekannt aus dem Straßenbild«, erinnerte sich auch Lindt an die Firma.

»Das Mischwerk ist draußen im Hafengelände und meistens machen die Gruppen Instandhaltungsarbeiten im Straßennetz, Frostschäden ausbessern und so«, bestätigte Sternberg.

»Und die andern beiden?«

»Da hatte ich zwei harte Nüsse zu knacken, aber durch einen Kollegen vom Wirtschaftsdezernat habe ich den einen in Bruchsal und den andern in Landau wiedergefunden. Ebenfalls Karriere in mittelständischen Baufirmen, ganz wie es ihnen unser toter Fink vorgemacht hat.«

Lindt las laut von Sternbergs Bildschirm ab: »Abteilungsleiter Tiefbau bei der ›Oberhardt-Bau‹. Dieser Name ist auch nicht unbekannt«, kratzte er sich am Ohr.

»Und hier, Technischer Direktor bei der ›Seebold GmbH‹, Landau. Hmm, eine Firma in der Pfalz, was machen die denn?«

»Sehen Sie, Chef«, wies Sternberg auf eine Passage weiter unten in seinem Bericht. »Hauptsächlich Rohre verlegen, Gas- und Wasserleitungen zum Beispiel, aber auch Telefon- und Stromkabel pflügen die in die Landschaft.«

»Sagtest du vorhin Wirtschaftsdezernat, Jan?«, entsann sich Paul Wellmann. »Sind diese Herrschaften dort etwa aktenkundig?«

»Nein, nicht direkt«, druckste Sternberg herum. »Aber der Kollege, mit dem ich gesprochen habe, übrigens auch einer, der in diesem Sommer mit mir zusammen den Aufstiegslehrgang macht, der hört in dieser Branche sozusagen das Gras wachsen.«

»Wie, Gras? Das gehört aber eher in die Landwirtschaft und hier geht's um Tiefbau«, flachste Wellmann.

»Er hat wohl einige Informanten, die ihm öfter mal was flüstern, aber bisher gab es noch keine Möglichkeit, dort jemanden festzunageln.«

Oskar Lindt nickte: »Sicherlich geht's mal wieder um illegale Preisabsprachen. Wisst ihr nicht mehr, die Prozesse in der Zementbranche? Wie heißt es so schön: ›Du sollst dich nicht erwischen lassen‹! Aber vielleicht stellen es diese Firmen ja geschickter an.«

»Wieder eine Rundfahrt morgen?« Wellmann verdrehte die Augen bei dem Gedanken, auch noch diese drei ehemaligen Kollegen von Fink aufsuchen zu müssen.

»Also gut, Paul, wenn du so stöhnst, dann fährt Jan eben mit mir, aber um Hausbesuche kommen wir leider nicht rum. Irgendeiner wird uns doch noch Näheres über Conny Fink erzählen können. Oder glaubt ihr, der hat wirklich ein Schattendasein geführt?«

Diese Frage trieb den Hauptkommissar den ganzen Abend um. Beim Essen war er einsilbig. Er bemühte sich zwar, seiner Frau gegenüber nicht unhöflich zu sein, doch als sie gegen halb acht zum monatlichen Kegeln mit ihren Kolleginnen aufbrach, war Oskar Lindt gar nicht unglücklich darüber, alleine zu sein.

Er versuchte es mit einem gemütlichen Platz auf dem Sofa, aber keines der Fernsehprogramme, durch die er zappte, wollte ihm gefallen.

Er griff nach einem Krimi seiner Frau, den er ihr kürzlich in einer der Buchhandlungen auf der Kaiserstraße gekauft hatte, doch nach drei Seiten klappte er das Buch wieder zu. Nicht einmal die drastische Schilderung, wie ein Scheusal von Ehemann mittels Stromschlag aus dem manipulierten Toaster ins Jenseits katapultiert wurde, vermochte ihn zu fesseln.

›Holzhäcksler reicht mir vorerst an Brutalität‹ sagte er zu sich selbst, stopfte seine größte Pfeife, hüllte sich in eine dicke Jacke und trat auf den Balkon. Erst spürte er die Kälte der Winternacht kaum, lehnte an die Brüstung und betrachtete versonnen den Nachthimmel, an dem sich erste Sterne zeigten.

Über eine Stunde stand er so, trat ab und zu ein paar Schritte nach links, dann wieder nach rechts, betrachtete einige Hundebesitzer, die ihre abendlichen Runden drehten und schaute dann wieder zum Himmel, doch erst als seine Pfeife fast leer geraucht war, er einen etwas beißenden Geschmack auf der Zunge und die Kälte an seinen Beinen spürte, ging er wieder hinein in die Wärme.

Seine innerliche Unruhe setzte sich im Schlaf fort. Ab und zu schlief er tiefer, doch die halbe Nacht wälzte er sich von einer Seite auf die andere. Gegen vier Uhr wachte er fröstelnd auf, weil er seine Bettdecke wie ein großes Knäuel an das Fußende gewurstelt hatte.

Lindt war hellwach. Keine Chance wieder einzuschlafen, das war ihm völlig klar. Leise stand er auf, um seine Frau nicht noch mehr zu stören und ging im Morgenmantel zum Briefkasten. Tatsächlich, die Zeitung war schon da.

Am Küchentisch blätterte er sie durch, wie immer von hinten nach vorn, zuerst die Anzeigen mit dem schwarzen Rand, denn oftmals kannte er eine/n von denen, die hier letztmalig inserierten.

Den Sportteil ließ er wie üblich unbeachtet und widmete sich den Lokalseiten, doch was ihn normalerweise interessierte, überflog er nur und wusste schon gleich nicht mehr, ob er es eigentlich gelesen hatte.

Die Nachrichten aus aller Welt, den Wirtschaftsteil und die Landesmeldungen hatte er in zwei Minuten durchgeblättert. Kopfschüttelnd faltete er das Blatt zusammen.

Nichts hatte Platz in seinem Kopf, nur der immer rätselhafter werdende Konrad Fink, den sein Chef Conny nannte und den die Hackmaschine in lauter kleine Stückchen zerfetzt hatte. Ein Mann ohne Bekannte, ohne Freunde – nirgends hatte er Spuren hinterlassen.

›Zumindest keine, die wir bis jetzt gefunden haben – aber das kommt noch‹, sprach sich Oskar Lindt mehr zweifelnd als daran glaubend etwas Mut zu und stieg in die Dusche, um die Wärme des Brausewassers zu genießen.

Gegen sechs Uhr ging er zu Fuß ein paar Minuten bis zum nächsten Bäckerladen, kaufte zwei Brezeln und vier Milchbrötchen, deckte zu Hause den Frühstückstisch und weckte vorsichtig seine Frau.

Noch ganz schläfrig sah sie ihn kopfschüttelnd an und meinte nur: »Es wird Zeit, dass ihr vorwärts kommt mit diesem Fall.«

Selbst Staatsanwalt Conradi, der auch in der Waldstadt, nur ein paar Häuser von Lindt entfernt wohnte, schien ihm die durchkämpfte Nacht anzusehen. Mit seiner Terrierhündin an der Leine beim morgendlichen Gassigehen traf er den Kommissar, als der gerade in den Dienstwagen steigen wollte.

»Gibt's was Neues in Ihrem aktuellen Fall?«

Lindt zuckte nur mit den Schultern: »Zäh, alles sehr zäh. Nichts als mühselige Kleinarbeit. Bisher haben wir noch niemanden gefunden, der den Fink richtig gekannt hat. Wir gehen jedem kleinsten Hinweis nach, befragen sogar frühere Kollegen von vor zwanzig Jahren – gestern hatten wir über zweihundert Kilometer – aber das Ergebnis ist gleich Null!«

»Nicht aufgeben, Herr Lindt«, sprach ihm Conradi Mut zu, »das war doch immer Ihr Erfolgsrezept.«

7

»Der hat gut reden«, meinte der Kommissar später zu seinem Mitarbeiter Jan Sternberg, als die beiden am späten Vormittag gemeinsam in Richtung Rheinhafen unterwegs waren.

Ein stechender Geruch nach Bitumen lag über dem weitläufigen Firmengelände der ›Badischen Asphalt‹ und selbst in den geschlossenen Räumen des abseits stehenden Verwaltungsgebäudes meinten die beiden Kriminalbeamten noch etwas davon in der Nase zu spüren.

Um zu Udo Pohl vorzudringen, mussten sie in die oberste Etage des vierstöckigen Betonplattenbaues hochfahren. Feine Teppichböden, die man in diesem nüchternen Zweckbau nicht unbedingt vermutet hätte, dämpften die Schritte, doch der Unterton von Pohls ergrauter Vorzimmerdame zeigte, dass solche Art von unangemeldetem Besuch hier nicht sehr willkommen war.

»Sie müssen sich schon etwas gedulden«, zischte sie, »die Besprechung dauert noch.« Eine rasche Handbewegung wies zu zwei Stühlen draußen auf dem Gang.

Freundlich nickend bedankte sich Lindt – »nicht nötig, bitte keine Umstände« – blieb aber stehen, trat ans Fenster und begann, seinem Kollegen theatralisch das weitläufige Hafenareal zu erklären. Ganz nebenbei holte er ein Riesentrumm von Pfeife aus seiner Jackentasche und begann sie zu stopfen.

»Sie werden doch nicht!«

Entsetzt kam der spitze Schrei hinter dem Schreibtisch vor.

»Oh, Entschuldigung, das war ganz unabsichtlich, aber ich dachte, Sie wären froh über etwas Pfeifenduft als Gegensatz zum täglich Bitumengestank.«

Ein giftiger Blick traf den Kommissar, der graue Bürodrache im grauen Kostüm erhob sich und stöckelte zur grauen Tür des angrenzenden Büros.

»Zwei Herren von der Polizei«, meldete sie ihrem Chef in knappem Ton die Besucher. »Bitte, Sie können jetzt.«

Die unterkühlte Atmosphäre setzte sich fort.

»Wie, wegen Konrad Fink kommen Sie? Und wieso gerade zu mir?« Udo Pohl wandte den Blick kaum von seinem Monitor.

»Ja, stimmt, damals beim Tiefbauamt. Das muss aber Jahrzehnte her sein. Nein, keine Ahnung, was er jetzt macht. Was sagen Sie? Tot? Zerhäckselt?«

Für einen Moment fixierte der vielbeschäftigte Manager die beiden Kripo-Beamten. »Stimmt, da stand etwas in der Zeitung.«

»Vielleicht können Sie sich noch ein wenig an die alten Zeiten erinnern«, versuchte Lindt verbindlich lächelnd und mit einem liebenswürdigen Gesichtsausdruck dem leitenden Angestellten des Asphaltwerkes etwas zu entlocken – leider vergeblich.

»Weder privat noch beruflich, nein, keine Ahnung was aus Fink geworden ist. Und von früher? Das ist nun wirklich schon so lange her – da kann ich Ihnen auch nicht helfen, aber jetzt entschuldigen Sie mich bitte, ich habe zu tun, wir Betriebe der Baubranche stehen sehr hart im Wettbewerb.«

Udo Pohl rückte demonstrativ die teure Seidenkrawatte zurecht und wandte sich wieder seiner Arbeit zu.

»Selten, dass ich irgendwo mal so abgefertigt worden bin. Alle sehr kurz angebunden«, sinnierte Oskar Lindt, als sie kurze Zeit später wieder im Wagen saßen und das zweite Ziel ansteuerten.

Sternberg stimmt ihm zu: »Das war nichts anderes als ein Rausschmiss unter mühsamer Wahrung der Höflichkeit. Ob diese Baufritzen alle nervlich so angespannt sind?«

Zügig überquerten sie den Rhein und erreichten bald die ›Seebold GmbH‹ im pfälzischen Landau.

»Irgendwie gleichen sich diese Firmen«, stellte Jan Sternberg fest. »Großes Gelände, fest eingezäunt, überall Baumaschinen, LKWs und Dreck.«

»Und ein grauer Betonklotz für die Verwaltung«, ergänzte ihn Lindt.

›Tiefbau-Rohrleitungsbau‹ wies das riesige, aber schiefstehende und schon ziemlich verwitterte Firmenschild an der Einfahrt die Arbeitsschwerpunkte aus.

Frank Bausch, der technische Direktor, den die Kriminalisten aufsuchten, radelte mit Handy am Ohr über das weitläufige Areal, um zwei abfahrenden Sattelschleppern noch letzte Anweisungen zu geben. Er stieg nicht mal vom Sattel, als der Kommissar sein Anliegen schilderte und zeigte auch keine große Bereitschaft sich zu erinnern.

»Sorry, die da hinten warten auf mich«, war alles, was ihm als Entschuldigung über die Lippen kam, als er wieder in die Pedale trat und grußlos davon strampelte.

Lindt und Sternberg schauten ihm kopfschüttelnd nach.

»Bei denen scheint es aber nicht gut zu laufen, wenn der oberste Techniker selbst die Maschinen dirigieren muss«, hatte Oskar Lindt das Wesentliche der Firma ›Seebold‹ schnell erfasst.

»Lauter überalterte Fahrzeuge«, stimmte ihm Jan Sternberg mit Kennerblick zu. »Den neuesten LKW schätze ich auf mindestens zwölf Jahre und diese zwei Kettenbagger da hinten gehören eher ins Museum als auf eine Baustelle.«

Sie betrachteten noch eine Weile die Geschäftigkeit auf dem Gelände der offensichtlich maroden Firma und machten sich erneut auf den Weg. Paul Wellmann bekam telefonisch den Auftrag, sich über die finanziellen Verhältnisse der drei Baufirmen zu informieren, denn Lindt war sich ziemlich sicher: »So, wie die bei ›Seebold‹ momentan arbeiten, nimmt das kein gutes Ende.«

»Das würde ich eher als ›letzte Zuckungen‹ bezeichnen«, kommentierte Jan Sternberg den Eindruck, den beide von der pfälzischen Baufirma gewonnen hatten.

Sie wählten den Weg über die Landstraße zurück in Richtung Rhein, machten Station in einem gemütlichen Pfälzer Gasthof, nahmen nach einem ausgiebigen Mittagessen die Fähre bei Leimersheim und erreichten eine knappe halbe Stunde später die ›Oberhardt-Bau‹ in Bruchsal.

Ottmar Falk war der Mann, von dem die Kriminalisten nun endlich Näheres über die Person Konrad Fink zu erfahren hofften.

Lindt parkte den Citroen vor dem Verwaltungsgebäude, dann stiegen Sternberg und er aus, um jemanden auf dem Firmengelände zu suchen, den sie nach dem Leiter der Tiefbauabteilung fragen konnten.

Ein Gabelstaplerfahrer, der von einem Lastzug Pflastersteine ablud, zeigte in Richtung Bürogebäude: »Da geht er gerade zu seinem Auto.«

Nur Jan Sternbergs Schnelligkeit war es zu verdanken, dass sie Falk noch beim Wegfahren stoppen konnten.

Ohne den Motor auszumachen, mit stark gerötetem Gesicht und brennender Zigarette zwischen den Lippen, wartete der schwergewichtige Mann in seinem großen, amerikanischen Geländewagen, bis auch Oskar Lindt herangekommen war. Schwer atmend und immer wieder von Hustenanfällen unterbrochen drängte er zur Eile.

»In einer dreiviertel Stunde muss ich auf einer Autobahnbaustelle bei Darmstadt sein. Die warten da nicht gerne auf mich. Also, was wollen Sie? Fink, wer soll das sein? Konrad Fink, ach so, früher bei der Stadt Karlsruhe. Schon eine Ewigkeit her. Ja, dunkel kann ich mich noch an den erinnern. Buchhalter, war der, gell?«

Falk schaute fragend und Lindt nickte. Endlich einer, der sich noch etwas besser zu erinnern schien.

»Ein ganz Genauer, ja, jetzt weiß ich das wieder. Aber plötzlich war er fort. Irgendwas mit seiner Freundin, ach war das nicht die Tochter vom, na, jetzt komm' ich nicht auf den Namen. Sein Chef war's jedenfalls. Aber dann, was weiter mit dem Fink, ja, Conny Fink, so hat man zu ihm gesagt … also, ehrlich, keine Ahnung. Aber jetzt muss ich wirklich, tut mir leid.«

Ein Druck aufs Gaspedal, der Achtzylinder heulte auf und Ottmar Falk, der Tiefbau-Abteilungsleiter von »Oberhardt-Bau« verschwand samt seinem silbrig glänzenden Chevrolet Tahoe in einer Staubwolke Richtung Autobahn.

Zwei verdutzte Kriminalisten blieben zurück.

»Schade, im Moment hatte ich wirklich gedacht, der wüsste was.« Die Enttäuschung war aus Sternbergs Stimme zu hören.

Auch Lindt zuckte nur die Schultern und ging zurück zum Dienstwagen. Er lehnte sich an die Fahrertüre, atmete tief durch und kramte erst mal in der Jackentasche nach Pfeife und Tabak.

»Das muss jetzt sein«, sagte er zu seinem Mitarbeiter und Sternberg nickte verständnisvoll, lehnte sich ebenfalls zurück und steckte eine Camel an.

Einige Zeit standen sie da und bliesen Rauch in die kalte Winterluft.

Dann brach Lindt das Schweigen: »Irgendwie sind wir vom Pech verfolgt. Niemand, wirklich gar niemand kann uns etwas über diesen Fink sagen. Das kann doch eigentlich nicht sein. Je mehr Leute wir befragen, umso rätselhafter wird der ganze Fall.«

Sternberg, der eigentlich nie um einen guten Einfall verlegen war, zuckte nur wortlos die Schultern.

Lindt öffnete die Fahrertür: »Am besten, wir fahren wieder.«

Sein Blick blieb an etwas Weißem hängen: »Ach, ist

mir da was aus der Tasche gefallen?« Der Kommissar bückte sich nach einem schmalen, langen Zettel.

Ein schneller Blick darauf: »Ach, nein, nur eine Tankquittung. Ist wohl nicht von uns.«

Er zerknüllte den Zettel und warf ihn zurück auf den Boden.

»Aber Chef«, kam prompt der entrüstete Kommentar seines Mitarbeiters. Grummelnd bückte sich Lindt noch einmal und schob das Papier in die Jackentasche.

Um auf den Autobahnzubringer einzubiegen mussten die zwei Kripo-Beamten an einer roten Ampel warten. Lindts Augen blieben an einem stadteinwärts fahrenden, knallroten Neun-Elfer Porsche hängen.

»Das war aber kein Auto für Sie, Chef«, frotzelte Jan Sternberg, als der bemerkte, wie der Kommissar dem Sportwagen nachstarrte.

Lautes Gehupe von hinten – längst war es grün. Lindt trat das Gaspedal durch und stotterte nur: »Es war mir, als hätte ich den schon mal gesehen, irgendwo.«

»Wie, den Porsche? Stehen Sie heimlich doch auf sportliche Zweisitzer? Ich dachte immer, bequeme Limousinen wären eher Ihr Fall.«

»Nein, nein, nicht das Auto, Jan. Der Fahrer kam mir bekannt vor, aber ich weiß beim besten Willen nicht, wo ich den …«

Lindt grübelte noch weiter, kam aber nicht drauf und auf der Autobahn ließ ein gefährlich dicht vor ihm ausscherender französischer Gemüsetransporter seinen Adrenalinpegel so hochschnellen, dass er den Neun-Elfer schlagartig vergaß.

»Seebold ist praktisch pleite«, war die kurze Auskunft, mit der Paul Wellmann seine beiden Kollegen bei ihrer Rückkehr begrüßte.

»Haben wir uns doch fast gedacht, so, wie es da aussah«, meinte Jan Sternberg. »Weißt du auch was über die anderen Betriebe?«

»Nur Langenbach in Ettlingen steht einigermaßen gut da. Aber selbst der macht keine großen Gewinne. Die anderen haben gerade so leidlich zu tun. Der Wettbewerb scheint momentan ziemlich hart zu sein.«

»Okay«, meinte Oskar Lindt, »jetzt haben wir wenigstens einen Überblick, was derzeit in dieser Branche so geht. Immerhin war das für Konrad Fink ein wesentlicher Teil seines Lebens.«

»Wenn wir auch sonst praktisch nichts von ihm wissen«, zuckte Jan Sternberg resigniert die Schultern.

Wellmann hob die Augenbrauen: »Habe ich richtig verstanden? War das heute noch mal eine Sightseeing-Tour rund um Karlsruhe? Wieder mit Saumagen, Oskar?«

»Nein, Paul, zweimal hintereinander ist es mir dann doch zu viel«, antwortete Lindt betont spitz auf die Stichelei des Kollegen, machte auf dem Absatz kehrt und verschwand in sein eigenes Büro.

»Au, das hättest du wohl nicht sagen sollen. Jetzt ist unser Chef auch noch eingeschnappt.«

»Ach was, Jan«, winkte Wellmann ab. »Oskar und ich, wir kennen uns schon über fünfundzwanzig Jahre, da darf ich mir das schon mal erlauben. Und dass er gutem Essen nicht widerstehen kann, hast du ja schon oft genug erlebt.«

Tatsächlich dauerte es keine fünf Minuten und der Leiter der Karlsruher Mordkommission erschien wieder aus seinem Büro, einer Nebelgestalt gleich in eine dichte Wolke aus Pfeifenrauch gehüllt.

Er stellte sich an eines der Fenster – draußen war es schon ziemlich dunkel geworden – lehnte an den Sims und begann, laut zu denken, ohne dabei die Pfeife aus dem Mund zu nehmen:

»Konrad Fink – einst: kaufmännischer Direktor einer florierenden Baufirma – einst: wohlhabender Single mit Sportflitzer, schicker Wohnung, Designerklamotten und Ferienwohnung in Österreich – jetzt: Tot, gehackt, zerfetzt, geschreddert, zerhäckselt und auf einem Spielplatz in Einzelteilen wiedergefunden.« Lindt schloss die Augen und machte drei Sekunden Pause.

»Was haben wir? Erstens: Wir wissen, dass wir fast nichts über ihn wissen!

Beruflich: tolle Karriere, erfolgreiche Arbeit, akkurat, genau, vielleicht pedantisch, aber: alle zufrieden!

Privat: stammt aus kleinen Verhältnissen, wird vor zwei Jahrzehnten von einer Situation überfordert, weil sie sein Leben umkrempeln könnte, flüchtet, Beziehung endet tragisch.

Zweitens: Nicht nur wir, sondern auch andere wissen fast nichts von ihm! Die eigene Schwester – seine Nachbarn, heutige und frühere Arbeitskollegen – Fehlanzeige. Überall nur Achselzucken.«

Der Kommissar hielt nochmals inne.

»Drittens: Es ist unsere Aufgabe, Licht in dieses Dunkel zu bringen!«

Betretenes Schweigen im Raum. Die berühmte Stecknadel wäre zu hören gewesen.

Ein Außenstehender hätte Lindts Worte für eine Standpauke an unfähige Mitarbeiter halten können, Wellmann und Sternberg wussten aber, dass ihr Chef diese Predigt zuallererst für sich selbst gehalten hatte.

Nicht vorwärts zu kommen lastete er sich in jedem Fall selbst an. Vorwürfe an seine beiden Kollegen kamen ihm niemals in den Sinn, denn er war sich sicher, dass alle immer ihr Bestes gaben.

»Aber es reicht nicht, was wir geben, es langt nicht, was wir tun, einzig und alleine der Erfolg zählt! Das ist es, was man von uns erwartet!«

Paul und Jan wussten nur zu gut, was jetzt kam. Die Situation, nicht zu wissen, wie es weitergehen sollte, machte Lindt immer mit sich selbst aus.

So auch dieses Mal.

Ohne ein weiteres Wort zu verlieren, schnappte er sich seine Jacke und verschwand nach draußen, würzig duftende Schwaden von Tabakrauch hinter sich herziehend.

Der kalte Nordostwind zwickte ihm in die Ohren, als er aus dem markanten Sandsteinbau des Polizeipräsidiums trat. Er schlug den Kragen seiner Jacke hoch und bedauerte, keine Wintermütze mitgenommen zu haben.

Wohin?

Die Dienstzeit war eigentlich schon vorüber, aber nach Heimgehen war ihm gar nicht zumute. Carla schon wieder mit einer üblen Laune den Abend verderben? Nein.

Er hatte das Gefühl, er müsste sich ablenken, auf andere Gedanken kommen. Aber wie?

Auf der Fußgängerbrücke überquerte er die vierspurige Kriegsstraße, blieb oben stehen und schaute einige Minuten dem hektischen Verkehr zu. Dann spürte er die

Kälte wieder und ging weiter, immer der Lammstraße
nach. Kurz vor der Fußgängerzone blieb er stehen.

Ja, richtig, hier war er doch vorgestern gewesen. Technisches Rathaus, Tiefbauamt – das Gespräch mit dem früheren Kollegen von Fink – wie hieß er noch mal? Genau,
Roth, Hans-Peter Roth, Sachgebietsleiter Auftragsvergabe. Auch einer, der nichts wusste. Zumindest nichts
von vor zwanzig Jahren und nichts über seinen damaligen Arbeitskameraden.

Lindt rieb sich seine kalten Ohren und blickte an der
Fassade nach oben. Erstaunlich viele Fenster waren noch
erleuchtet.

Er linste auf seine Armbanduhr. Schon kurz vor sieben! Dann arbeiten da nur noch die Reinigungstrupps,
war er sich sicher.

Irgendetwas im Zusammenhang mit diesem Amt hielt
ihn zurück. Er klopfte seine Pfeife aus, schaute wieder
hoch, aber – nichts zu machen – er kam nicht drauf.

Ohne klares Ziel bog er nach links in die Kaiserstraße
ein. Vor einem guten Monat hatte die ganze Fußgängerzone noch von den Lichtern der Weihnachtsbeleuchtung gestrahlt.

Nun waren die Geschäfte schon voll auf Fasching
dekoriert. Luftschlangen, Pappnasen, phantasievolle
Kostüme – Lindt betrachtete im Vorbeigehen die bunten Schaufenster.

Die Kälte wurde ihm wieder bewusst, da kam ihm die
Buchhandlung weiter vorne wie gerufen.

Nicht nur der Wärme wegen trat er ein, nein, Lindt
mochte die Atmosphäre der vielen tausend Bände in den
langen Regalen. Fast jede Woche war er in einem der

Buchläden zu finden. Jedes Geschäft hatte seinen eigenen Charme und der Kommissar fühlte sich wohl inmitten der geballten Flut von Worten und Bildern, die darauf warteten, entdeckt zu werden.

Nur selten hatte er einen speziellen Wunsch und häufig ging er wieder, ohne etwas gekauft zu haben, aber das Umschauen, das Blättern in den ausgelegten Ansichtsexemplaren, kurz, das Stöbern gefiel ihm sehr.

Einmal sogar, beim ›Bucheckern-Fall‹, hatte er hier eine zündende Idee bekommen, wie er dringend benötigtes Beweismaterial beschaffen könnte. Seither besuchte er die Geschäfte noch lieber und auch das Verkaufspersonal kannte ihn als den immer nach Pfeife riechenden Stammgast.

›Schade, dass man hier nicht rauchen darf‹, dachte Lindt und nahm einen Bildband über den Hardtwald zur Hand. ›Sieh an, sogar die Waldstadt ist genau beschrieben.‹

Er hatte die Entstehung und stetige Vergrößerung des Stadtteils, in dem er jetzt seit einiger Zeit auch selbst wohnte, in seinen vielen Dienstjahren genau mitbekommen und nickte anerkennend, als er durch die Seiten blätterte.

Auch der Krimiabteilung stattete er einen Besuch ab. ›Erstaunlich, welche Fantasie die Autoren entwickeln‹, lächelte er vor sich hin. ›Häufig hat das, was sie schreiben, mit unserer tagtäglichen, mühseligen Puzzlearbeit zwar nicht viel zu tun, aber spannend zu lesen sind doch die meisten.‹

In der Haus- und Gartenecke fiel ihm ein Buch über Heizen mit Holz in die Hand.

Einen Kaminofen wollten Carla und er demnächst einbauen lassen. Wohlige Strahlungswärme und das knisternde Prasseln eines Holzfeuers sollte zukünftig an Winterabenden für Gemütlichkeit sorgen.

Außerdem hatte er sich vorgenommen, in ein paar Jahren, im Ruhestand, selbst mit Axt und Säge loszuziehen, um im Wald das nötige Holz zu sammeln.

Er blätterte weiter, doch als er zum Kapitel über Hackschnitzelfeuerungen kam, stellte er das Buch schnell ins Regal zurück. ›Konrad Fink in kleinen Stückchen‹ hatte ihm vollauf gereicht.

Ein Blick zur Uhr – schon kurz vor acht – bald Ladenschluss. Lindt schlug den Kragen hoch und wandte sich in Richtung Ausgang.

Kurz vor der Kasse stach ihm etwas knallig Rotes ins Auge. Er ging zwei Schritte zurück und nahm den großformatigen Bildband zur Hand. ›Faszination Sportwagen‹ lautete der Titel, aber das Bild war es, was seine Aufmerksamkeit erregte.

Täuschte er sich? ›Nein, nein, ich muss mich irren, das kann nicht sein.‹ Dann zweifelte er wieder: ›Oder doch? Aber wie kann sich der denn so was leisten?‹

Nachdenklich betrachtete der Kommissar das Titelbild und versuchte, Klarheit in seine Erinnerungen zu bekommen. ›Doch‹, nickte er und wurde sich immer sicherer.

Er dachte zurück an die Lammstraße, durch die er vorhin gegangen war, an das Technische Rathaus, vor dem er gestanden und zu den erleuchteten Fenstern hochgeschaut hatte und dann an den auffällig roten Sportwagen, dem er an der Ampel in Bruchsal heute Nachmittag nachgeblickt hatte.

Lindt wollte Gewissheit.

Schnell legte er das Buch zurück, ging nach draußen, bog in die nächste Seitenstraße ein und suchte einen Platz, wo er ungestört telefonieren konnte.

»Bitte, eine Liste von allen roten Porsche Neunhundertelf im Stadt- und Landkreis Karlsruhe, auch Ettlingen und Bruchsal. Wie lange wird das dauern?«

Der Kommissar war zufrieden. Die Kollegen würden sich sofort um seinen Wunsch kümmern.

Die Kälte brachte ihn dazu, ziemlich zügig zu gehen. Eine knappe Viertelstunde brauchte er zu Fuß zurück ins Präsidium. Beide Büros waren leer und dunkel. Paul und Jan hatten also rechtzeitig Feierabend gemacht.

Ohne die Jacke auszuziehen, schaltete er den Rechner an und wartete ungeduldig, bis die Anzeige über neue E-Mails erschien.

Tatsächlich, die angeforderte Liste war schon da.

Lindt scrollte durch die Tabelle, fand aber nicht sofort, worauf er es abgesehen hatte.

Der Nachname, den er suchte, tauchte zwar auf, aber nur mit weiblichem Vornamen. Nein, ›Claudia‹ passte nicht.

Oder war das vielleicht?

Schnell glich er die Adresse noch mit der Einwohner-Datenbank ab. Tatsächlich, ›Hans-Peter‹ fand sich unter derselben Anschrift.

Seine Vermutung stimmte, der gesuchte Wagen war auf die Ehefrau zugelassen.

8

Schon um halb sechs am kommenden Morgen bezog ein dunkelroter Citroen XM-Kombi Stellung in einem der nobleren Wohnviertel von Bruchsal.

Winterzeit, alles lag noch in tiefer Dunkelheit. Das bleiche Licht der Straßenlampen im Falkenweg erhellte die Umgebung nur dürftig. Der Schatten einer vorspringenden Mauer verbarg den Großteil des Wagens.

Oskar Lindt, hellwach, überraschend gut gelaunt, blies feine Rauchfäden aus seiner ersten Morgenpfeife, hörte leise die Musik von SWR 4-Morgenradio und ließ eine bestimmte Garagenausfahrt, dreißig Meter voraus, nicht aus den Augen.

Das Warten lohnte sich schon nach einer Dreiviertelstunde. Der charakteristische Klang des luftgekühlten Sechszylinder-Boxermotors drang klar und deutlich durch die kalte Winterluft und schon stieß ein roter Porsche in der klassischen 911-er Form rückwärts aus der Einfahrt.

Der Kommissar hatte seinen Standplatz so gewählt, dass der Wagen an ihm vorbeifahren musste. Problemlos und ohne selbst gesehen zu werden, erkannte er den Fahrer.

Seine Vermutung hatte sich voll bestätigt.

Schnell startete auch er seinen Wagen und folgte dem Porsche in unverdächtigem Abstand.

Im Stadtverkehr hatte er keine Probleme, dranzubleiben, aber auf der Autobahn brach der Sichtkontakt ab. Er drückte das Gaspedal seines Dienstwagens voll durch.

Rasante Fahrten waren eigentlich gar nicht Lindts Sache, aber wenn es sein musste …

Frei, die linke Spur, und trocken die Fahrbahn, trotz der Jahreszeit. Die Tachoanzeige kletterte sogar über die Zweihunderter-Marke.

Er hatte Glück. Kurz vor der Abfahrt Durlach, im Baustellenbereich, näherte sich der Kommissar den Rücklichtern eines Porsches. War es der Richtige?

Doch, rot glaubte er zu erkennen und an der ersten Ampel nach der Ausfahrt bestätigte sich die Beobachtung. Nur noch drei Autos trennten den flachen Flitzer von dem keilförmig zulaufenden, französischen Kombi.

Wie war der Titel des Bildbandes gestern Abend in der Buchhandlung noch gewesen? Richtig, ›Faszination Sportwagen‹! Vielleicht war das auch eine Art von Sucht, der Kick am Morgen, ein paar Minuten im Tiefflug auf der Dreispurigen bis zur nächsten Ausfahrt?

Lindt lächelte vor sich hin. ›Im Stadtverkehr sind dann wieder alle gleich schnell.‹

Doch halt, wo wollte der Verfolgte denn hin? Das war jedenfalls nicht die Richtung zur Innenstadt.

Nach ein paar Mal Abbiegen stoppte der Neunelfer auf dem P+R-Parkplatz an der Untermühlstraße. Der Kommissar tat es ihm gleich und stellte den Citroen weiter hinten in die andere Parkreihe. Mit dem hochgeschlagenen Jackenkragen versuchte er sein Gesicht zu verdecken so gut es ging und folgte in einigem Abstand in die Unterführung und dann die Treppen hoch bis zur Haltestelle. Ein Glück, dass alles noch ziemlich dunkel war.

Oben suchte sich Lindt eine etwas weniger beleuchtete Ecke und schielte nur verstohlen in Richtung des Mannes. Er war sich jetzt vollkommen sicher. Kein Irrtum mehr möglich. Hans-Peter Roth, Sachgebietsleiter-Auftragsvergabe beim Tiefbauamt der Stadt Karlsruhe war mit seinem Porsche, pardon, natürlich mit dem seiner Frau, von Bruchsal bis nach Durlach gerast und stieg nun gerade in die Straßenbahn, um mit der voll gestopften Linie zwei in Richtung Innenstadt zu zuckeln.

Der Kommissar betrat zwei Türen weiter hinten den selben Wagen, fand tatsächlich einen Sitzplatz und machte sich einige Gedanken.

Am Marktplatz stiegen beide aus. Lindt blieb an der Haltestelle stehen und sah dem Beamten nach. Folgen brauchte er jetzt nicht mehr, das Ziel war klar. Nur noch einige Schritte bis zur Lammstraße. Vor drei Tagen hatte er ihn an seinem Arbeitsplatz im Technischen Rathaus besucht.

Eine Tram, die Fünfer, rollte heran und verkürzte für Oskar Lindt den Weg zum Präsidium. Der Dienstwagen? Ach, den konnte er später noch holen.

»Was?«, wiederholte Jan Sternberg gerade ungläubig zum zweiten Mal. »Im Neun-elfer? Ein ganz normaler Beamter?«

Paul Wellmann kam zur Tür herein und Lindt musste die ganze Story noch einmal erzählen. »Immerhin Sachgebietsleiter«, war dessen Reaktion. »Der ist doch mindestens … na, ich schätze mal … A 14? Oder, was meinst du, Oskar?«

»Ober-Baurat? Vielleicht, wer weiß, aber für so einen Wagen reicht sein Gehalt nie und nimmer.«

»Reiche Frau, Chef«, war für Sternberg sonnenklar. »Bestimmt hat der vor der Heirat auf die Kontoauszüge vom zukünftigen Schwiegervater geschaut.«

Lindt nickte: »Kann ja alles sein. Das Haus in Bruchsal war auch ganz nett groß, aber trotzdem frage ich mich dann, warum er das letzte Stück bis zu seinem Arbeitsplatz mit der Straßenbahn fährt.«

»Umweltfreundlich, Oskar, der tut was für uns alle!«, grinste Paul Wellmann.

»Genau, erst zweihundertzwanzig auf der Autobahn und dann zum Schein noch mit der Tram fahren. Soll ich euch sagen, was ich glaube?«

»Der geniert sich, Chef, weil die Frau's Geld hat und das will er nicht zeigen«, platzte Jan Sternberg heraus.

»Das kannst du ja gleich mal überprüfen«, zeigte Lindt auf den Monitor, »aber meine Vermutung ist, dass dieser Roth zumindest bei seiner Arbeit möglichst unauffällig scheinen möchte. Bloß kein Gerede.«

»Kann schon sein, der Faktor Neid ist unter Kollegen bekanntermaßen sehr hoch.« Paul Wellmann war nachdenklich geworden. »Und du meinst, das stinkt?«

Oskar Lindt zuckte die Schultern. »Auf jeden Fall habe ich ein komisches Gefühl und außerdem war ich vor ein paar Tagen bei ihm wegen unseres aktuellen Falls. Erinnert ihr euch noch? Habe ich doch berichtet. Der konnte sich ja kaum mehr an seinen früheren Kollegen Fink erinnern. Kann alles auch ein Zufall sein, sicher, aber trotzdem.«

Paul Wellmann zwirbelte an seinem Schnauzbart: »So

wie alle andern auch – Gedächtnislücken beim Namen Konrad Fink!«

Jan Sternberg sprang auf: »Wie wäre es denn, wenn wir ihn mal eine Weile überwachen?«

»Wen? Den Roth? Nur, weil ich ein komisches Gefühl habe?«

»Genau, Chef, eben deshalb und ich könnte das doch übernehmen.«

»Ihn beschatten, möglichst auch mit einem Porsche, oder noch besser gleich mit einem Ferrari, dass er dich auch bestimmt nicht abhängt!«, musste Paul Wellmann lauthals loslachen. »Das ist wieder typisch, du hast dir vor dem Fernseher wohl zu viele Folgen der Autobahn-Cops reingezogen!«

Lindt verzog ebenfalls sein Gesicht: »Viel zu teuer, Jan. Auch wenn ich verstehen kann, dass es dich juckt, mal mit so einem Flitzer über die linke Spur zu brettern. Nein, nein, das genehmigt unsere sparsame Finanzab-teilung nie.«

»Und wer schreibt die Sachschadensmeldung, wenn der Polizei-Porsche auf der Autobahn an den Leitplan-ken entlang schrammt?« Wellmann grinst breit.

»Aber nein, überhaupt nicht«, verteidigte sich Stern-berg, »daran habe ich ganz und gar nicht gedacht – oder vielleicht nur ein ganz kleines bisschen. Aber drüben bei der Technik haben sie doch jetzt so ein neues Gerät zur Erprobung, einen Minisender mit GPS-Ortung. Den könnten die problemlos mit einem Magnet unten an den knallroten Neun-Elfer anheften.«

»Und dann?« Jans älterer Kollege war hellhörig geworden. »Kann man damit jederzeit auf unserem Computer hier den genauen Standort des Wagens anzeigen lassen?«

»Nicht gerade überall. Es muss schon ein schneller Rechner mit der speziellen Software sein, aber ich könnte mich ja mal schlau machen.« Fragend schaute er zu Lindt und verschwand auf dessen Kopfnicken hin in Richtung KTU.

»Ich glaube, Paul«, kratzte sich der leitende Kommissar am Ohr, »so was kann man jetzt auch kaufen oder leasen, um sein eigenes Auto wieder zu finden, wenn es irgendwelche Autoschieber mal in Richtung Osten entführt haben. Da kam doch neulich ein Bericht in einer Autozeitung.«

»Aber, ob wir das auch zu Ermittlungszwecken nutzen können?«

Weiter kam Paul Wellmann nicht, denn die Bürotüre ging schon wieder auf.

»Habe ich gerade auf dem Gang getroffen«, zeigte Jan auf Ludwig Willms, den er hinter sich her ins Zimmer schleppte. »Er weiß sicherlich Näheres.«

Der KTU-Chef runzelte die Stirn. »Ob ich euch unsere neueste Errungenschaft anvertrauen soll? Ich möchte den Sender schon gerne wieder heil zurück.«

»Aber Ludwig«, antwortete Lindt mit gespielter Entrüstung, »Haben wir denn schon jemals?«

»Gut, dass ich ein schlechtes Gedächtnis habe, sonst würde ich mich glatt an das Richtmikrofon erinnern, das ihr im letzten Sommer zum Totalschaden umgewandelt habt.«

»Nun sei doch nicht so nachtragend«, grinste Paul Wellmann. »Jetzt weißt du wenigstens, dass es für freien

Fall aus dem dritten Stock nicht stabil genug war und außerdem, wenn ich nicht über euer dummes Kabel gestolpert wäre.«

»Gut, gut!« Willms machte abwehrende Handbewegungen. »Wir wollen dieses Thema lieber nicht vertiefen. Der Sender, auf den ihr es abgesehen habt, ist völlig kabellos, kleiner als eine Zigarettenschachtel, dank einem sehr starken Magnet hochgeschwindigkeits-, waschstraßen- und streusalzfest und zudem kann man ihn mehrere Meter tief auf harten Betonboden fallen lassen.«

»Das konnte man mit dem Mikrofon auch machen«, meinte Wellmann augenzwinkernd, »aber danach …«

»Danach funktioniert dieser Sender immer noch einwandfrei. Wir haben es schon erprobt und außerdem hatten die Kollegen vom Drogendezernat damit bereits ihren ersten Fahndungserfolg. Drei Kilo Heroin von Genua bis Karlsruhe verfolgt!«

»Na, also«, schaltete sich Oskar Lindt jetzt ein. »Einen Versuch wäre es tatsächlich wert. Wir bräuchten den Wagen ja nicht die ganze Zeit zu überwachen, aber ein Bewegungsprofil von den nächsten Tagen, vielleicht übers Wochenende, das würde uns schon weiterhelfen. Ein normaler Beamter im Porsche 911, das kommt mir einfach etwas merkwürdig vor.«

Ludwig Willms nickte. »Aufzeichnungen sind gar kein Problem. Die Fahrten lassen sich später sehr zügig auswerten und wenn einer von euch mal zwischendrin genau wissen möchte, wo der Sportwagen gerade steht – auch das lässt sich machen.«

Lindt beschrieb noch den momentanen Standort des Porsches auf dem Park & Ride Platz und warf Jan Sternberg den Schlüssel seines Dienstwagens zu: »Bring gleich den Citroen mit – steht in der anderen Reihe.«

»Seid vorsichtig und macht euch nicht verdächtig!«, rief Paul Wellmann den beiden noch hinterher.

Die Wochenenden von Carla und Oskar Lindt waren meistens ziemlich turbulent. Mindestens zwei der drei studierenden Töchter kamen heim, brachten Reisetaschen voll schmutziger Wäsche mit und waren erstaunlicherweise viel mehr als zu früheren Pubertäts- und Schulzeiten an intensiver Kommunikation mit ihren Eltern interessiert.

Auch gemeinsame Aktivitäten kamen nicht zu kurz und die Küche stand sowieso regelmäßig im Mittelpunkt des Geschehens.

Doch nicht immer fanden die Kochexperimente der Töchter auch die Zustimmung des Vaters. Vor allem bei südostasiatischen oder afrikanischen Gerichten begnügte er sich erst einmal mit Probieren. Französisch oder mediterran waren mehr seine und Carlas Geschmacksrichtung und so gab es Sonntagabende, wo beide erst einmal durchatmeten, wenn sie die Wohnung wieder für sich hatten und intensives Lüften die fremdländischen Gerüche vertrieb.

Carla nutzte die Gelegenheit gleich noch, um die Jacke ihres Mannes auszubürsten – dieses Mal aber mit ungeahnten Folgen.

Mit einem schmalen, langen Zettel in der Hand trat sie vom Balkon wieder ins Wohnzimmer.

»Ist ja nett, dass ich auch mal erfahre, wo du dich die Woche über so rumtreibst«, schaute sie ihn halb vorwurfsvoll, halb verwundert an. »Ich möchte nur wissen, warum du mir nichts von solchen Dienstreisen erzählst.«

»Was meinst du?« Lindt verstand nur Bahnhof.

»Na, jetzt tu doch nicht so harmlos – oder wieso finde ich eine zerknüllte Tankquittung aus Österreich in deiner Tasche?«

Versonnen lächelnd saß der Kommissar am nächsten Morgen hinter seinem Schreibtisch und dachte an diese Situation des Sonntagabends zurück.

Es hatte doch einige Zeit gedauert, Carla zu erklären, wie die Tankquittung in seine Jackentasche gekommen war. Er war erst verdutzt gewesen.

»Das muss auf dem Parkplatz von dieser Baufirma in Landau, ach nein, in Bruchsal, gewesen sein, da habe ich den Zettel gefunden und eingesteckt.«

»Wie bitte? Gefunden?« Entrüstet waren flammende Blitze aus ihren Augen geschossen. »Ich habe wirklich keine Lust darauf, von dir hinters Licht geführt zu werden. Die Bruchsaler fahren wohl eben mal schnell nach Österreich zum Tanken und du hebst dann ihre Quittungen vom Boden auf!«

»Ich weiß ja, gefunden hört sich blöd an, aber so war es wirklich«, hatte Oskar versucht, seine schwach klingende Erklärung glaubhafter zu machen. »Der Wind, ich dachte, der Wind hätte einen meiner Belege aus dem Wagen geweht. Deshalb habe ich den Zettel aufgehoben.«

»Und eingesteckt, obwohl er dir gar nicht gehörte! Das soll ich glauben! Da musst du dir schon was Besseres ausdenken!«

»Ich hab ihn ja auch gleich wieder runtergeworfen, aber Jan hat energisch protestiert.«

Carlas Blick hatte sich etwas entschärft und schließlich schien die Erklärung akzeptiert worden zu sein.

»Also, dann will ich dir halt mal glauben, aber in letzter Zeit bist du ja öfter sehr spät nach Hause gekommen ...«

Immer noch lächelnd strich Lindt wieder und wieder mit dem Handrücken über die Falten des Tankstellenbeleges, den er im Büro mittlerweile in eine durchsichtige Hülle geschoben hatte.

›BP-Station A-6700 Bludenz‹ wies die Quittung aus und als Datum war der Dienstag vergangener Woche angegeben.

Der Kommissar stutzte. Das war ihm bisher noch gar nicht aufgefallen. ›97,54 Liter Bleifrei Normal‹ – welcher Wagen hatte denn einen derartig großen Tank?

Sein Dienst-Citroen jedenfalls nicht.

Etwas ratlos sah er einer kleinen Rauchwolke nach, die zur Decke seines Büros emporstieg.

›Auf jeden Fall ein Auto mit großem Durst, also sicherlich kein Kleinwagen‹, ging ihm durch den Kopf.

Er erinnerte sich an den Fundort und hörte die Tür des vorderen Büros.

»Schau mal hier, Jan. Die Tankquittung, die ich im Hof dieser Baufirma aus Versehen aufgehoben habe. Kennst du einen Wagen mit Hundert-Liter-Tank? Könnte das vielleicht zu einem ...?«

»Klar doch, Chef, Sie hatten dort direkt neben dem großen Ami von diesem Tiefbau-Kerl geparkt. Chevrolet Tahoe, Achtzylinder-Motor, ich hab noch das typische Blubbern im Ohr.«

Lindt verstand nicht viel von Motorengeräuschen, aber diesen Ausdruck kapierte er sofort.

»Du könntest recht haben, Jan. So eine Riesenkarre hat natürlich auch einen Mordsdurst.«

»Unter zwanzig Litern auf hundert Kilometer geht da wohl kaum was«, nickte der. »Und beim Gasgeben gibt's einen richtigen Strudel im Tank!«

Sternberg wurde nachdenklich. »Aber warum fragen Sie? Hat das was mit unserem Fall zu tun?«

Der Kommissar schüttelte den Kopf. »Nein, nein, sicher nicht. Aber wenn ich den Zettel wieder auf den Boden geworfen hätte, anstatt ihn einzustecken, wäre ich gestern Abend zu Hause nicht in Erklärungsnot gekommen.«

»Ach, hat Ihre Frau die Quittung gefunden?«, traf Sternberg den Nagel auf den Kopf.

Lindt nickte süffisant grinsend. »Aber darauf will ich lieber nicht näher eingehen.«

Er wechselte schnell das Thema: »Gibt's denn schon was von unserem roten Porsche?«

Sein Mitarbeiter winkte: »Kommen Sie mit, Chef. Die Software haben wir am Freitag noch auf meinem PC installiert und da können wir jederzeit ...«

Ein paar Mausklicks und Sternberg hatte das Programm geöffnet.

»Im Moment steht der Wagen wieder auf dem Platz an der Untermühlstraße.« Lindt staunte über die Genauigkeit des digitalen Stadtplanes. Eine rote Marke zeigte den aktuellen Standort des Porsche an.

»Und hier haben wir die Fahrten des gesamten Wochenendes.«

Eine weitere Straßenkarte erschien, allerdings in einem sehr viel kleineren Maßstab.

»Muss ja weit gefahren sein, dieser Roth«, brummte der Kommissar. »Sieh mal, Jan, sogar am Bodensee war er.«

»Und noch weiter«, zeigte Sternberg auf die rote Linie, die über Lindau hinaus ein gutes Stück nach Südosten reichte.

Lindt nahm seinen Pfeifenstopfer, den er gerade in der Hand hielt und fuhr auf dem Monitor der Strecke nach.

»Bregenz, Feldkirch«, murmelte er leise, »dann, hoppla, das hatten wir doch gerade schon mal, Bludenz und weiter ins Montafon bis nach Schruns.«

In dem bekannten Wintersportort endete die rote Schlangenlinie.

»Zum Skifahren natürlich, Chef. Ist doch klar, der war übers Wochenende im Pulverschnee. Von uns aus geht das ziemlich schnell und mit einem solchen Sportwagen sowieso.«

»Und das hier?« Oskar Lindt pochte auf die Klarsichthülle mit dem Tankbeleg. »Noch mal Bludenz! Da hat doch dieser schwergewichtige Baulöwe getankt. Ob der auch Skifahren war?«

»Kann ein Zufall sein!«

»Muss aber nicht«, knurrte Lindt.

»Ich könnte höchstens noch herausfinden, wem diese Kontonummer gehört.« Er zeigte auf den unteren Teil der Benzinrechnung, wo die Bankdaten der EC-Karte aufgedruckt waren, mit der die knapp hundert Liter Sprit bezahlt worden waren.

Solange Jan sich um eine Online-Auskunft bemühte, setzte der Kommissar seine mittlerweile ausgegangene Pfeife wieder in Brand und schaute nachdenklich aus dem Fenster. Leichtes Schneegrieseln hatte eingesetzt und begann die Gehwege mit einem zarten Hauch zu überzuckern.

Vor Lindts geistigem Auge zeichneten sich drei Linien ab. ›Drei Spuren im Schnee‹, sinnierte er. Ein roter Porsche, ein silbergrauer Chevy und auch ein schwarzer Mercedes SLK, alle unterwegs nach Österreich. Nein, fast alle, denn in Konrad Finks Sportwagen lagen zwar die Ski auf dem Beifahrersitz, aber das Wedeln im Tiefschnee hatte ihm irgendjemand verdorben. Doch auch sein Ziel war Vorarlberg gewesen. Montafon-Schruns-Bludenz. Alles dieselbe Richtung und alle drei Linien begannen in oder um Karlsruhe. Bis jetzt schien es, als wäre das ein reiner Zufall. Treffen wollten sich die drei dort anscheinend nicht. Völlig unterschiedliche Zeiten … und gute Bekannte waren sie wohl auch nicht … oder nicht mehr … oder vielleicht doch?

Lindt schloss die Augen. Wenn er die Spuren weiter zurückverfolgte, noch weiter, zwanzig Jahre weit, dann trafen sie sich im Tiefbauamt wieder!

»Hm«, brummte er, »hm«, und zwar so laut, dass sich Jan Sternberg angesprochen fühlte und konsterniert herüberschaute. »Moment noch, Chef, ganz so schnell sind die Datenleitungen dann doch nicht. Aber ich hab's gleich. Ja, hier, das Konto läuft auf die Oberhardt-Bau.«

»Also war die Tankquittung doch von Falk. Aber was sagt uns das? Doch nur, dass dieser Tiefbau-Mensch, dieser Ottmar Falk, am letzten Dienstag in Vorarlberg war. Was wollte er dort?«

»Wintersport kann ich mir bei dem, Entschuldigung bitte, echt nicht vorstellen«, war sich Sternberg völlig sicher. »Wir haben ihn zwar nur in seinem riesigen Geländewagen sitzen sehen, aber so massig, wie der aussah – nein, so was passt in keinen Skianzug!«

Der Kommissar nickte zustimmend und stellte sich dabei vor, welches Bild dieser schwergewichtige, rotgesichtige, von Hustenanfällen geplagte Kettenraucher wohl in einem wattierten Overall auf der Piste abgeben würde.

»Wenn der umfällt, geht er als Lawine zu Tal«, kicherte Jan, »und das ganz ohne Schnee!«

Ein strafender Blick seines Vorgesetzten – Lindt war bei Kommentaren zu Übergewicht etwas dünnhäutig und nahm sie gerne persönlich, obwohl seine eigene Körperfülle von der des Baulöwen noch meilenweit entfernt war.

»Nimm doch mal Kontakt mit unseren österreichischen Kollegen auf«, wechselte er flugs das Thema. »Fang in Schruns an und frag nach, ob die mit den Namen Roth, Falk und Fink etwas anfangen können.«

Lindt hatte zwar das Gefühl, hier mit einer Stange im Nebel herumzustochern, aber er klammerte sich an jede noch so kleine Spur.

»Wir könnten doch auch …«, kam es zaghaft von Sternberg. »Ich meine, wenn Ihre Frau sowieso schon meint, wir machen so weite Dienstreisen.«

»Würde dir wohl so passen«, entgegnete der Kommissar ein wenig unfreundlicher, als er es eigentlich wollte, schnappte sich dann aber seine Jacke und verschwand ohne ein weiteres Wort aus dem Büro.

9

»Ich dachte mir schon, dass Sie vorbeikommen würden.«
Friedrich Moosbach schien nicht überrascht zu sein, dass
Oskar Lindt an der Tür seines Rüppurrer Reihenhau-
ses klingelte.

Der Kommissar schüttelte sich ein paar Schneeflocken
von der Jacke, trat die Schuhe ab, wie es sich gehörte und
folgte ihm nach drinnen.

»Ihr Abgang im Präsidium war mir etwas zu schnell.«
Lindt spürte wohlige Wärme und schaute sich um. Ein
ockerfarbener Kachelofen verband Wohn- und Esszim-
mer. Er deutete auf den Weidenkorb mit fein gespalte-
nem Buchenholz: »Fertig gekauft?«

»Nein, nein«, leuchteten die Augen des Pensionärs.
»Droben im Rittnert, da mach ich schon seit Jahrzehnten jedes Jahr ein Hartholzlos. Zwölf Ster, die langen mir
für den Winter, so sparsam ist der Ofen. Damit krieg‹
ich das ganze Haus warm. Nur für Warmwasser springt
ab und zu noch die Ölheizung an.«

»Wenn ich mal im Ruhestand bin, in ein paar Jahren ...« Lindt war froh, eine Gesprächsbasis gefunden
zu haben und wärmte sich die Hände an den Kacheln,
»dann habe ich das auch vor – losziehen, Fahrradanhän-
ger mit Handsäge und Beil – im Hardtwald, gleich bei
uns um die Ecke, da hat's genug Holz.«

Moosbach lächelte über Lindts Vorstellungen: »Für ein kleines Quantum mag's reichen, aber wenn Sie wirklich längere Zeit heizen wollen, da braucht's schon eine Kettensäge und eine rechte Axt zum Spalten. Holz macht ein paar Mal warm, da kommt man ganz schön ins Schwitzen. Heimtransportieren und das Aufsetzen zum Trocknen darf man auch nicht vergessen. Das hab ich immer mit meiner Frau zusammen gemacht.« Sein Blick ging zu einer dunklen Anrichte.

Lindt bemerkte zwei Bilder, die dort standen. Zwei Frauen, eine jüngere und eine ältere – an beiden Rahmen ein schwarzes Trauerband.

»Der Krebs hat sie mir genommen, vor fünf Jahren und das mit unserer Tochter, das hab ich Ihnen ja schon erzählt.«

Lindt tat sich schwer, weiter zu fragen. Rein äußerlich machte Moosbach einen tatkräftigen Eindruck. Er war bestimmt schon über siebzig, aber breite Schultern und ein voluminöser Brustkasten zeigten, dass dem Mann körperliche Arbeit nicht fremd war. ›Bestimmt ein Praktiker vom Bau, der erst später im Tiefbauamt Karriere machte‹, vermutete der Kommissar.

Moosbach merkte, dass Lindt ihn eine Idee zu lange betrachtete und bot schnell einen Stuhl an. »Sie möchten doch sicherlich noch Näheres über den Fink wissen – oder weswegen sind Sie sonst gekommen?«

»Natürlich, klar doch, alles, was Sie wissen. Bisher haben wir noch nicht viel. Scheint unauffällig gelebt zu haben.«

»So war er schon immer, auch früher, als er noch mit unserer Marie zusammen war. Ein Bürohengst eben, ein

Griffelspitzer, wie er im Buche steht, penibel und genau bis zum letzten I-Tüpfelchen, aber von Anfassen und Zupacken keine Spur.«

Lindt wollte etwas sagen, aber es schien regelrecht aus Friedrich Moosbach herauszubrechen. Wie schon bei seinem Besuch im Präsidium verfärbte er sich wieder ins Dunkelrote und die Stimme wurde heftiger, als er über Konrad Fink, den ›Fast-Schwiegersohn‹ von vor zwanzig Jahren, sprach.

»Mir hat das damals sowieso nicht gepasst. Ernähren hätt‹ er eine Familie ja wohl können, aber ein rechter Mann, einer, der auch was zuwege bringt, das war er nicht. Als sein Chef konnte ich zwar froh sein, dass er so korrekt gearbeitet hat, aber ...«

Lindt runzelte die Stirn, als wisse er nicht genau, worauf sei Gegenüber hinauswollte.

»Sehen Sie, ich selbst habe einige Jahre als Maurer geschafft, bevor ich mich weitergebildet habe und zur Stadtverwaltung gegangen bin.«

Er schaute den Kommissar durchdringend an: »Sie können sich doch vorstellen – auf dem Bau, da muss man eben ran, damit die Arbeit fertig wird. Aber der Fink, der hatte ganz schmale Hände, lange feine Finger und geschrieben hat er soooo klein.«

Moosbach zeigte es mit Daumen und Zeigefinger und was er von ›Kleinschreibern‹ hielt, das konnte Lindt ihm direkt am Gesicht ablesen.

»Ihre Tochter hatte aber eine andere Meinung, sonst wäre sie wohl kaum fünf Jahre mit ihm zusammengeblieben.«

Die Gesichtsfarbe verdunkelte sich noch mehr: »Das

war ja gerade das Schlimme. Sie war ganz vernarrt und wollte ihn auf keinen Fall aufgeben. Ich hab oft genug versucht, sie davon abzubringen. Erst als er sie Knall auf Fall verlassen hat, da sind ihr die Augen aufgegangen.«

Der Kommissar schaute ihn zweifelnd an und bemerkte, dass der kräftige Mann jetzt, als die Erinnerung wieder hoch kochte, mehr und mehr in sich zusammensackte. Die Schultern kamen nach vorne, der Rücken wurde rund und das Dunkelrot im Gesicht seines Gegenübers blass und blasser, ja regelrecht fahl.

»Ich weiß«, fuhr er eher stockend fort und Lindt war es sehr recht, dass er nicht nachfragen musste, »ich weiß ja, Marie hätte das nicht tun sollen. Sie wollte ihn halt unbedingt an sich binden, aber dennoch!« Moosbach bäumte sich auf und haute mit der Faust auf den Tisch: »Wenn er es wirklich ernst gemeint hätte mit ihr, dann wäre er nicht abgehauen – trotzdem!«

Lindt verstand genau, was ›trotzdem‹ bedeutete. Er erinnerte sich: Carla hatte es auch schon vermutet.

Marie hatte ihren Konrad reingelegt.

Schwangerschaft als Heiratsgrund, Kind zur Festigung einer kriselnden Beziehung.

Der Kommissar blickte Friedrich Moosbach durchdringend an. »Ich weiß, was Sie mit ›trotzdem‹ gemeint haben. Aber hätten Sie sich denn über ein Enkelkind gefreut, wenn Konrad Fink der Vater gewesen wäre?«

Moosbach zuckte nur mit den Schultern. Es stand ihm ins Gesicht geschrieben, dass er den eigenen Anteil an der Tragödie von damals schon längst erkannt hatte. Ohne seinen dauernden Widerstand. Wer weiß?

Doch, ob er es selbst wahrhaben wollte? Ob er über seine eigene Rolle kritisch nachdenken konnte?

Völlig unpassend zu der deprimierenden Situation klingelte Lindts Handy. Es war die Nummer von Jan Sternberg, aber der Kommissar drückte den Anruf weg.

»Gibt es denn sonst noch irgendetwas, was Sie mir zu Konrad Fink sagen könnten?«, versuchte er, wieder ein Gespräch aufzunehmen.

»Über den? Nichts, absolut nichts, da habe ich Ihnen wirklich schon alles erzählt. Aber meine Frau, die konnte das Ganze nie verwinden und Krebs hat bekanntlich viele Ursachen!«

Betroffen schwieg Lindt.

Wollte Moosbach damit ausdrücken, dass Fink seiner Ansicht nach nicht nur Marie, die Tochter, sondern auch noch seine Frau auf dem Gewissen hatte?

War das ein Mordmotiv? Musste er ihn jetzt nach seinem Alibi für die Zeit um Dreikönig fragen?

Er tat es nicht, wahrscheinlich gab es keines.

Aber ein Mord aus Rache nach so vielen Jahren? Nein! Der Kommissar war sich instinktiv sicher, hier keinem Mörder gegenüberzusitzen.

Ratlos und wortlos drückte er Friedrich Moosbach die Hand. Er wusste nichts mehr zu sagen.

Draußen atmete er erst einmal tief durch. Er war richtig froh, der bedrückenden Gesellschaft des einsamen alten Mannes entronnen zu sein.

Er griff in die Jackentasche, angelte eine Pfeife heraus und steckte sie wieder weg. Es kam nur sehr selten vor, dass ihm nicht danach war.

Er schloss den Dienstwagen auf, zögerte, schüttelte den Kopf und drehte den Schlüssel wieder um. Ein kurzer Spaziergang war jetzt sicher besser, um den Besuch bei Moosbach zu verarbeiten und auf andere Gedanken zu kommen.

Die kamen schneller als gedacht, denn so nachdenklich, wie er durch das immer dichter werdende Schneegestöber ging, bemerkte er die Glätte auf dem Bürgersteig überhaupt nicht. Erst, als es ihm urplötzlich die Beine wegzog und er ebenso unvorbereitet wie schmerzhaft auf den Gehwegplatten saß, hatte ihn die Wirklichkeit wieder.

Schwerfällig rappelte er sich hoch, schüttelte den Schnee von Jacke und Hose, stellte weder Schmutz noch Beschädigung an seinen Kleidern fest, rieb sich den lädierten Steiß und ging langsam und leicht schmerzhaft hinkend zurück zum Wagen.

Gut, dass die Polster des Citroen so angenehm weich waren. Vorsichtig setzte er sich, steckte das Handy in die Halterung und wählte die Büronummer.

»Jan, was gibt's? Hast du schon Nachricht aus Österreich?«

»Sehr zurückhaltend und diskret, unsere Kollegen in der Alpenrepublik. Ich dachte immer, das wäre nur in der Schweiz so. Erst als sie hörten, dass es um Mord geht und auch noch um jemandem, der in ihrer Gegend eine Zweitwohnung besitzt, da wurden sie etwas kooperativer, aber bis wir Ergebnisse bekommen, das kann dauern. Alle völlig überlastet, Wintersportzeit ist anscheinend wirklich Hochsaison bei denen.«

Sternberg berichtete kurz, dass er sich vom Landespolizeikommando in Bregenz über das Bezirkskommando in Bludenz schließlich bis zur örtlichen Polizei-inspektion von Schruns durchgefragt hatte. Überall war er sehr höflich, aber mit einer unterschwellig spürbaren Distanz behandelt worden und jeder seiner Gesprächs-partner versprach, sich so bald als irgend möglich um die Ermittlungswünsche aus Karlsruhe zu kümmern.

»Kann wirklich dauern«, betonte Sternberg nochmals.

Lindt musste unwillkürlich lächeln. Am Tonfall sei-nes Mitarbeiters erkannte er mehr als deutlich dessen Wunsch nach einer Dienstreise in die verschneite Berg-welt des Nachbarlandes. Natürlich nur, um die Ermitt-lungen zu beschleunigen, klar, selbstverständlich.

»Na dann müssen wir eben Geduld haben«, raubte der Kommissar ihm die Illusion, bald mit den Skiern im Kofferraum an den Arlberg zu fahren und dort nach James-Bond-Manier auf den Pisten das Verbrechen zu bekämpfen. Die Haushaltsabteilung würde eine so weite Reise ohnehin nicht genehmigen.

Die Scheiben des XM hatten sich während des Telefonats von innen beschlagen. Lindt startete den Motor, drehte die Lüftung voll auf und schaltete die Klimaanlage an, um die Feuchtigkeit aus dem Wagen zu bekommen. Als die Sicht einigermaßen frei war, rückte er den Wählhebel der Automatik auf D und setzte den Blinker, um aus-zuparken.

Irgendetwas hielt ihn zurück. Ein Gefühl? Eine Ahnung? Nein, nicht ins Präsidium.

Manchmal hatten auch spontane Ideen etwas für sich …

Er verließ Rüppurr und erreichte schnell das Industriegebiet von Ettlingen. Freundlich grüßend ging er an den beiden verdutzten Empfangsdamen vorbei, durchquerte die großzügige Eingangshalle von ›Langenbach‹ und ließ sich in einem der in glänzendem Edelstahl gehaltenen Aufzüge ganz nach oben tragen. Zweifellos war seine Ankunft schon gemeldet worden, denn der Chef selbst kam ihm bereits entgegen.

Sein Lächeln mutete etwas unsicher an, aber dennoch streckte der Bauunternehmer dem Kriminalkommissar die Rechte entgegen und begrüßte ihn mit gewohnter Herzlichkeit.

»Was können wir noch für Sie tun, Herr Lindt? Ach, vielleicht haben Sie den Mörder ja auch schon geschnappt?«

»Leider, leider, so weit sind wir noch nicht. Nein, ich habe nur einen Wunsch.« Er zeigte auf die verschlossene Tür von Konrad Finks Büro.

»Sie möchten da drin noch weitersuchen?« Zweifelnd schaute ihn Langenbach an.

»Nein, nein, das machen unsere Kriminaltechniker besser als ich. Es mag Ihnen vielleicht merkwürdig vorkommen, aber ich wäre ganz gerne mal eine Weile alleine in dem Raum, wo Fink einen Großteil seiner Zeit verbracht hat.«

Langenbachs Gesichtsausdruck entspannte sich wieder. »Wenn's weiter nichts ist.« Er öffnete dem Kommissar die Tür: »Bitte, nehmen Sie Platz, bleiben Sie so lange Sie möchten, Kaffee kommt sofort«, er zwinkerte, »und ein Aschenbecher selbstverständlich auch.«

Lindt wollte halbherzig etwas entgegnen, doch Langenbach machte eine abwehrende Handbewegung: »Nein, nein, Sie können Ihre Pfeife ruhig anzünden, daran stört sich hier niemand. Sie haben doch sicherlich einen aromatischen Tabak dabei?«

Seit Lindt als stadtbekannte Persönlichkeit einmal vom Karlsruher ›Tagesspiegel‹ porträtiert und mit Pfeife fotografiert worden war, erwartete die Öffentlichkeit geradezu von ihm, dass er qualmenderweise der Arbeit nachging. Es verwunderte ihn also nicht, dass der Bauunternehmer von seiner Leidenschaft wusste.

Er nahm in Finks vornehmem, mit schwarzem Leder bezogenem Bürosessel Platz, stellte die Wippmechanik so ein, dass er sich bequem zurücklehnen konnte, dankte Langenbachs persönlicher Sekretärin für eine Designerkanne voll starkem Kaffee, bat noch um eine Extraportion Milch und bekam vom Chef selbst einen massiv silbernen Zigarrenascher auf den Tisch gestellt.

»Conny hat ja nicht geraucht, aber in meinem Büro riecht es ab und zu mal nach einer guten Zigarre.«

Lindt dankte, räumte drei Pfeifen, Tabaksdose, Streichhölzer und Stopfer aus den vielen tiefen Taschen seiner Winterjacke, die er dann sorgsam auf einen Edelstahl-Bügel hängte, schloss die Tür des Zimmers, öffnete das Fenster einen Spalt breit und setzte sich wieder, um hingebungsvoll mit dem Stopfen einer ziemlich voluminösen, gelblichen, geraden Pfeife zu beginnen.

Großflächige Glasscheiben begrenzten das Büro zum Gang hin und der Kommissar wunderte sich, wie viele Mitarbeiter doch auf der Chefetage zu tun hatten. Es schien sich schnell in der Baufirma herumgesprochen zu haben, dass der Leiter der Karlsruher Mordkommission gekommen war, um es sich hinter dem Schreibtisch des Ermordeten gemütlich zu machen. Praktisch jede und jeder, die vorüberkamen, trugen, um geschäftig zu wirken, irgendwelche Aktenordner mit sich herum, aber niemand ging vorbei, ohne nicht wenigstens einen kurzen, auffällig unauffälligen Blick in Richtung des breit und massig dasitzenden Hauptkommissars Oskar Lindt zu werfen.

Mit der Handkante wischte er ein paar beim Stopfen herausgefallene Tabakskrümel von der schwarzen, echt rindsledernen Schreibunterlage wieder zurück in seine alte verbeulte Navy-Flake-Dose, nahm noch einen großen Schluck vom mit viel Milch versetzten Kaffee, lehnte sich genüsslich zurück und riss ein Streichholz an.

Über eine Stunde saß er so da, rauchte, bewegte sich kaum, stopfte ab und zu nach, nahm vom Kaffee, der inzwischen so weit abgekühlt war, wie er ihn gerne trank, schaute halb dösend, fast schläfrig im Büro umher und bemühte sich, nicht auf die Zuschauer zu achten, die ihn im Vorbeigehen durch die Scheiben betrachteten.

Er war sich sicher, dass auch Langenbach, obwohl er selbst nicht vorbeischaute, ab und zu einen seiner Mitarbeiter nach dem Kommissar fragte, der mit verschränkten Armen dasaß und mit zufriedenem Gesichtsausdruck blaue, duftende Wölkchen in die Luft blies.

Obwohl er das Fenster etwas geöffnet hatte, bildete sich bald ein regelrechter Nebel in dem Raum, der für zwanzig Jahre Konrad Finks Büro gewesen war. Waagerecht wabernd zogen die Schwaden umher, bis sie endlich ihren Weg durch den Spalt nach draußen gefunden hatten. Lindt war sich sicher, dass der Duft auch auf den Gängen der gesamten obersten Etage zu riechen war. Er lächelte: Ein zusätzliches Lockmittel, das Zuschauer anzog.

Durch diesen Schleier nahm er die Atmosphäre des Raumes in sich auf. Es waren nicht die Einzelheiten, die ihn interessierten. Den nüchtern-sachlichen Stil aus Schwarz, Weiß und Edelstahl kannte er ja schon aus Finks Wohnung. Nein, der Kaufmann, der Buchhalter hatte dieses Büro geprägt, in ihm unzählige Tage, Wochen, ja Jahre seines Lebens verbracht, Statistiken und Bilanzen erstellt, Abrechnungen kontrolliert, Geldbeträge eingenommen und ausgegeben, sich durch Steuervorschriften gekämpft und über Investitionen nachgedacht.

Der Mann hatte diesem Raum seinen Stempel aufgedrückt und genau diesen Abdruck versuchte der Kriminalist nun auch zu erspüren, ja regelrecht in sich aufzusaugen.

In zweieinhalb Stunden und ebenso vielen Pfeifen stand Lindt nicht auf und bewegte sich kaum – nur den Kopf, den er ab und zu drehte und die Hände, die nach Tabak oder Kaffeetasse griffen – sonst schien er völlig unbeweglich.

Man hätte ihn durchaus für träge halten können, doch plötzlich zuckte er wie elektrisiert zusammen.

In der Brusttasche seines Hemdes vibrierte es. Umständlich fingerte er das Handy heraus. Er hatte den Klingelton abgeschaltet.

Das Display zeigte keine Nummer.

»Ich muss Sie dringend sprechen«, hörte Lindt eine gedämpfte Frauenstimme.

»Wieso?«

»Sage ich Ihnen lieber persönlich.«

»Wann?«

»Um acht heute Abend?«

»Wo?«

»Kennen Sie das Zollhaus am Rhein bei Neuburgweier?«

»An der Fähre?«

»Ja, können Sie kommen? Es ist wirklich sehr wichtig!«

»Ich bin dort.« Er überlegte kurz: »Sind Sie hier aus der Firma?«

Klick – aufgelegt.

Der Kommissar warf einen Blick durch die Glasscheiben auf den Gang. Das Gespräch? Höchstens zehn Sekunden. Ob es jemand bemerkt hatte?

Er zuckte die Schultern – na, wenn schon – gehört hatte es sicherlich niemand.

Schwerfällig erhob er sich, öffnete das Fenster nun vollständig, um frische Luft in den verräucherten Raum zu lassen, kratzte seine drei Pfeifen aus, verstaute die Utensilien in der Jacke, trat auf den Gang und klopfte zwei Türen weiter, um sich bei Langenbach zu verabschieden. Er vergaß nicht, sich für den Kaffee zu bedanken, aber auf den fragenden Blick des Bauunternehmers hin zuckte er nur mit den Schultern.

»Das könnte aber auch eine Falle sein, Chef«, meldete Jan Sternberg seine Bedenken an, als Lindt knappe zwanzig Minuten später wieder im Präsidium ankam und berichtete.

Auch Paul Wellmann runzelte die Stirn: »Eine Frauenstimme? Anonym?«

Sternberg wurde eifrig: »Ich glaube, wir könnten die Anruferin trotzdem ermitteln. Ja doch, über die Telefongesellschaft.«

Lindt winkte ab: »Ich bin mir ziemlich sicher, dass es jemand aus der Baufirma war. Sicherlich kein Zufall – gerade, als ich es mir dort in Finks Büro gemütlich gemacht hatte.«

»Wir kommen natürlich mit, Chef!«

Der Kommissar schüttelte energisch den Kopf: »Auf keinen Fall, Jan. Ihr beide seid bei Langenbachs Belegschaft doch genauso bekannt wie ich. Nein, nein, vom Tonfall her hörte es sich nicht nach einer Falle, sondern mehr nach einem Tipp an, vertraulich eben und nicht da, wo jeder sieht, dass man mit der Kripo spricht.«

»Wir wären völlig unsichtbar«, versuchte es Sternberg noch einmal.

»Und wie soll das gehen? Draußen schneit es und heute Abend um acht hat es vielleicht zehn Grad unter Null? Wollt ihr da etwa eine halbe Stunde hinter einem Baum warten.«

»Du hast ja recht, Oskar«, lenkte Paul Wellmann ein. »In der Gaststätte drin geht nicht, weil wir erkannt werden könnten. Im dunklen Wald auch nicht ...«

»Und im Auto genauso wenig, weil ihr den Motor laufen lassen müsst, damit die Scheiben nicht beschlagen und zufrieren«, stellte Lindt fest. »Jetzt lasst mich, ich stecke auch ganz bestimmt die 9-Millimeter ein.«

»Und wenn wir Sie verkabeln, so mit Mikro und Funksender? Der hätte eine Reichweite von mindestens zwei Kilometern.«

Der Gesichtsausdruck des Kommissars verhieß nichts

Gutes. Das war ihm dann doch zu viel Penetranz. Er rollte mit seinen Augen, was er gewöhnlich erst kurz vor einem Wutausbruch tat und wenn nicht gerade das Telefon geklingelt hätte, wäre ein mittleres Donnerwetter über Jan Sternberg niedergegangen.

Paul Wellmann nahm schnell den Hörer von der Gabel und zeigte auf das Display. Die Nummer begann mit 0043.

»Nicht gemeldet, schade. Beide nicht, was ein Appartementzwei Mal, richtig verwüstet, wie? Steinbock? Ach so, die Spuren werden noch ausgewertet. Na dann vielen Dank, das hilft uns sicher weiter.«

Lindt und Sternberg warteten gespannt auf die Erklärungen ihres Kollegen: »Die Österreicher, super freundlich und sogar richtig schnell. Weder Porschefahrer Roth noch Chevy-Fahrer Falk waren in den letzten Wochen in irgendeinem Hotel am Arlberg gemeldet. Alle Meldelisten in den ganzen Gemeinden haben die Kollegen durchschauen lassen, aber leider Fehlanzeige.«

»Vielleicht unter falschem Namen?« Sternberg wurde ganz eifrig. »Oder …«

»Was oder?«

»Wenn die nun dort auch eine Zweitwohnung besitzen, so wie Fink? Ein Appartement vielleicht? Dann brauchen sie ja keinen Meldezettel auszufüllen.«

»Appartementanlage Steinbock, genau«, schaltete sich Paul Wellmann ein. »Ein Einbruch und sogar gleich zwei Mal, alles wurde auf den Kopf gestellt und nun ratet mal, wem die Wohnung gehört?«

»Fink?«, antworteten beide wie aus einem Mund.

»Richtig. Na, ist das ein Zufall?«

»Also doch noch eine Dienstreise, Chef?« Sternberg trat vorsichtshalber gleich zwei Schritte zurück. Sicherheitsabstand, denn Lindts Blick verdüsterte sich schon wieder.

»Per Telefon kannst du auf Reisen gehen, denn wenn die Österreicher uns schon so gerne Amtshilfe leisten, dann können sie auch noch gleich bei den Banken rumfragen, ob der Fink vielleicht irgendwo ein Konto oder ein Schließfach hatte.«

Mit einem resignierten: »Man kann's ja mal probieren!«, zog sich Jan an seinen Schreibtisch zurück und tippte die Nummer der Bludenzer Bezirkspolizei ein.

»Bankgeheimnis? Und bei Mord? Also dann schriftlich. Ja, das kommt per Fax und mit Unterschrift vom Staatsanwalt.«

Sternberg schaute zu Lindt. Der nickte: »Also, du schreibst und ich rufe solange bei Conradi an.«

Zum Glück war der freundliche kleine Staatsanwalt noch in seinem Büro und sofort hilfsbereit. »Sie brauchen sich nicht zu bemühen, Herr Lindt, wir haben hier einige Vorlagen für internationale Amtshilfe-Ersuchen. Wenn Sie vielleicht noch wegen den Einzelheiten vorbeikommen könnten?«

»Glück gehabt, du brauchst nichts extra aufzusetzen. Conradi hat was«, warf der Kommissar im Vorbeigehen seinem Mitarbeiter zu, schnappte sich die Jacke und eilte in Richtung Staatsanwaltschaft davon.

»Irgendwie hat ihn jetzt das Jagdfieber gepackt«, schaute Paul Wellmann seinem Kollegen kopfschüttelnd nach. »So schnell war er schon lange nicht mehr.«

10

Zu Carlas Erstaunen kramte Lindt zu Hause seine gefütterten Winterstiefel, Strickhandschuhe, eine Daunenjacke, die er schon seit fünf Jahren nicht mehr getragen hatte und eine dicke, dunkelblaue Wollmütze hervor.

»Brichst du heute Abend noch zu einer Polarexpedition auf?«, fragte sie belustigt. »Pass aber auf, dass du nicht irgendwo einen verschneiten Abhang hinunterrollst!«

Die aufgeplusterte Jacke ging zwar erstaunlicherweise immer noch gut zu, verlieh aber Lindts rundlicher Gestalt durchaus etwas Tonnenförmiges.

»Es wird kalt, bestimmt«, brummte er. »Minus fünf haben sie angesagt und du weißt ja, wenn ich kalte Füße bekomme …«

»Ja, ja, Kälte ist nichts für dich, ich erinnere mich noch gut.«

Lindt bemerkte den flackernden Blick in ihren Augen. »Jetzt fang bloß nicht wieder mit diesen alten Geschichten an.«

»Ich hab ja gar nichts gesagt.«

Doch Oskar Lindt spürte, es war kurz davor, dass ihm wieder die Story vom Schlittenfahren aufgetischt wurde.

»Wegen einer halben Stunde sind wir da hoch- gefahren«, begann Carla dann immer und erzählte meist bei irgendwelchen Familienfesten von einem fünfzehn Jahre zurückliegenden missglückten Ausflug in den Schwarzwaldschnee.

Die drei Töchter zogen begeistert ihre Schlitten und Plastikbobs ein um's andere Mal den Rodelhang hoch. Laut johlend sausten sie wieder hinunter. Auch die Mutter fuhr öfter mal mit, nur Papa Lindt stand am unteren Ende der Piste und fror.

Der schneidende Ostwind ging ihm schon nach wenigen Minuten durch Mark und Bein. Die Mütze so weit wie möglich über die Ohren heruntergezogen und die Hände tief in den Jackentaschen verborgen, peinigte ihn die Kälte mehr und mehr.

Erst an den Füßen, dann immer weiter die Beine hoch – er begann herumzutrampeln, aber es half nichts. Die Arme wurden klamm, doch als er seine Zehen schon fast nicht mehr spürte und einige unachtsame Schritte in Richtung der Piste machte, konnte ein besonders schnell daherrasender Junge nicht mehr bremsen oder ausweichen und erwischte den vor Kälte klammen Familienvater mit voller Wucht. Lindt riss es die Beine weg, er knallte mit der Hüfte seitlich auf eine harte, vereiste Stelle, rutschte noch einige Meter auf dem Hosenboden zu Tal und blieb in einer tiefen Schneewehe liegen.

Mühsam rappelte er sich wieder hoch, war erleichtert, noch alle steifgefrorenen Glieder bewegen zu können, aber der feine Schnee hatte ganze Arbeit geleistet. An Kragen, Ärmeln, Hosenbeinen, ja sogar irgendwo am Bund waren die weißen Kristalle nach innen gedrungen und begannen nun, zuerst langsam und dann immer schneller, sich zu verflüssigen.

Das war schon schlimm genug, aber dass die drei Töchter samt ihrer Mutter nur Schadenfreude zeigten und den vor Eiseskälte schlotternden Papa auch noch auslachten, war ihm dann doch zu viel.

»Alle sofort ins Auto, wir fahren heim!«, bestimmte Oskar Lindt mit grimmiger Miene und trotz Protestgeheul und Tränen setzte er sich kompromisslos durch.

Die Rückfahrt verlief sehr schweigsam, die Stimmung war auf dem Nullpunkt, die Mädchen drei Tage lang beleidigt und Carla schmierte ihm diese Geschichte noch jahrelang bei jeder passenden Gelegenheit aufs Brot.

Daunenjacke und Mütze legte der Kommissar auf den Rücksitz, stellte während der Fahrt die Heizung seines Dienstwagens auf die höchste Stufe und versuchte so, noch etwas Wärme zu erhalten.

Pünktlich traf er am Zollhaus ein. Vor ein paar Tagen hatte ihn eine völlig ziellose Fahrt doch schon einmal hierher geführt. Merkwürdig!

Damals war es allerdings heller Tag gewesen und bei weitem noch nicht so kalt und winterlich wie jetzt.

Wenige trübe Lampen beleuchteten den Parkplatz bei der Gaststätte eher schlecht als recht. Eine fingerdicke Schicht von Pulverschnee hatte sich auf dem gefrorenen Boden gebildet und vom Rhein her trieben immer wieder feuchtkalte Nebelfetzen vorbei.

Lindt spähte umher, konnte aber nur ein paar zugeschneite Autos entdecken. Wahrscheinlich die Stammgäste, dachte er sich, drin im Lokal. Draußen war weit und breit keine Menschenseele zu sehen.

Fünf Minuten, zehn Minuten – nichts passierte. Nach einer Viertelstunde war es im Wagen auch schon wieder so kalt, dass der Atem sich gefrierend an der Innenseite der Fenster niederschlug.

Er hüllte sich in Wolle und Daunen und beschloss die Beine etwas zu vertreten.

Quer über den Parkplatz stiefelte er in Richtung Fähre. Jetzt in der Nacht hatte sie ihren Betrieb eingestellt.

Plötzlich ein Knacken! Das Geräusch kam von hinten. In der Jackentasche fasste seine Hand den Griff der Dienstpistole etwas fester. Ein leises Quietschen, er hörte das Geräusch einer sich öffnenden Autotür.

Langsam drehte sich der Kommissar um.

Eine Bewegung im Schatten an einem abseits stehenden Kleinwagen – Lindt bemerkte, wie langsam jemand dahinter auftauchte.

Eine zierliche Frau kam näher, geschickt die unbeleuchteten Bereiche am Rand des Platzes ausnutzend. Sie flüsterte ihm zu: »Kommen Sie mit, weg von hier, rüber zum Damm.«

Er folgte ihr und als sie zwangsläufig an einer Straßenlampe vorbeikamen, meinte er, das Gesicht zu erkennen.

»Sie arbeiten doch bei Langenbach« Er schätzte die Frau auf Mitte Dreißig.

»Ja, in der Buchhaltung. Zwei Türen weiter.«

»Sie sind mindestens vier Mal vorbeigegangen, stimmts?«

Sie nickte. »Kann ich sicher sein, dass alles, was ich Ihnen jetzt sage, absolut vertraulich behandelt wird?«

»Angst um den Arbeitsplatz?«

»Ja!«

Sie schaute fragend.

»Es könnte sein, dass wir Sie als Zeugin benötigen«, wich er aus, um nicht etwas versprechen zu müssen, was er später nicht halten konnte.

»Auf keinen Fall, das werde ich niemals …« Die Frau stockte. »Aber Sie finden bald genügend Beweise, da brauchen Sie meine Aussage gar nicht.«

»Falls Sie bedroht werden, bekommen Sie natürlich entsprechenden Zeugenschutz.«

»Neue Identität oder so? Nein, nein, ich möchte nicht weg von hier, was wird aus meinen Kindern? Dann sage ich lieber nichts.«

Sie drehte sich um, ging ein paar Schritte zurück in Richtung Parkplatz, doch dann blieb sie wieder stehen.

»Aber das Ganze ist so eine gewaltige Sauerei, das kann ich einfach nicht für mich behalten.«

Trotz des Nebels glänzte die Helligkeit der feinen Schneedecke in ihren Augen.

»Na dann los«, ermunterte sie der Kommissar. »Wir tun unser Möglichstes, um Sie aus der Sache herauszuhalten.«

»Haben Sie etwas gefunden bei Fink?«

»Was meinen Sie?«

»Na, irgendetwas, das Ihnen sagt, warum er tot ist, weshalb er so grausam umgebracht wurde?«

Sie stockte.

Der Kommissar zögerte: »Unsere Spurensicherung hat alles genau untersucht und wir haben schon einige Anhaltspunkte.«

»Aber in Wirklichkeit tappen Sie doch völlig im Dunkeln!«

Die Frau schleuderte ihm diesen Satz regelrecht entgegen.

»Na ja, ganz so würde ich das nicht sehen.«

»Ach was, sonst hätten Sie doch heute nicht stundenlang Ihre Zeit in seinem Büro vertrödelt.«

»Wir sind natürlich sehr dankbar, wenn wir von Ihnen einen Hinweis bekommen. Wissen Sie denn etwas über die Hintergründe?«

Sie schwieg einige Sekunden: »Seine Sekretärin hat er jedes Jahr gewechselt, niemand sollte ihm zu nahe kommen, dem Mister Super-Perfect. Niemand sollte ihm zu lange auf die Finger schauen. Auch bei uns in der Buchhaltung hat er immer wieder Veränderungen durchgesetzt. Neue Zuständigkeiten, andere Aufgabenbereiche, oft von einem Tag auf den anderen.«

Lindt schaute der Frau ins Gesicht. Die dunklen Haare unter der mit Kunstpelz besetzten Kapuze waren streng nach hinten gekämmt. Das spärliche Licht gab den schmalen Lippen einen leicht silbrig-blauen Schein.

Was wollte sie?

Sich für etwas rächen?

War sie ungerecht behandelt worden?

Hatte Fink ihr vielleicht privat Hoffnungen gemacht und sie dann abgewiesen?

Weshalb hatte sie sich nicht schon längst gemeldet?

Kein Mut?

Musste erst ein Kommissar provokativ pfeiferauchend in Finks Büro sitzen, damit irgendjemand sich endlich traute, auszupacken?

Ziemlich schnell ging die Frau voraus. Der Neuschnee lag ganz frisch und unberührt und seit es aufgehört hatte, zu schneien, war wohl niemand mehr auf dem Rhein-damm entlanggegangen.

Sie dreht sich immer wieder um, wie wenn sie sicher sein wollte, ob er auch wirklich nachkam.

Erst nach über zweihundert Metern blieb sie stehen, nein, sie ging noch einige Schritte weiter bis zu einer Stelle, wo es etwas dunkler war.

Lindt schnaufte, er war außer Atem gekommen, als er die Frau erreichte.

»Jetzt sollten Sie mir doch vielleicht erstmal Ihren Namen nennen«, rang er nach Luft.

»Ja, natürlich, klar.« Wieder schaute sie suchend um sich. »Barbara Steinle, ich bin schon seit zwölf Jahren bei Langenbach.«

»Immer in der Buchhaltung?«

Sie nickte. »Ja, zwei Mal habe ich pausiert, aber seit meine beiden Kinder größer sind, arbeite ich wieder ganztags.«

Sie zuckte mit den Schultern: »Mein Ex-Mann schafft nichts, zahlt nichts, lebt von der Stütze, also habe ich gar keine andere Wahl, wenn wir drei einigermaßen über die Runden kommen wollen.«

»Kein neuer Partner?«

Fast resigniert schüttelte Barbara Steinle den Kopf. »Wer will sich denn heute noch eine Mutter mit zwei Kindern ans Bein binden?«

»Also, was wollten Sie mir erzählen?« Lindt kam ohne Umschweife zur Sache.

Der Kommissar stand mit dem Rücken zum Rhein. Die wenige Helligkeit, die vom dunkelsilbern glänzenden Wasser abgestrahlt wurde, spiegelte sich im Gesicht der Frau und gab ihm einen eigenartigen Glanz. Es fiel ihr sichtlich schwer, die richtigen Worte zu finden.

Lindt ermunterte sie: »Bitte, schießen Sie los!«

Sie atmete noch einmal tief durch: »Es gibt da eine Tochter ...«

Ein ohrenbetäubendes Krachen, gleichzeitig ein greller, rotgelber Blitz unten am Waldrand. Instinktiv ließ sich der Kommissar zu Boden fallen.

Reflexartig wollte er noch nach Barbara Steinle greifen, doch er fasste ins Leere.

Er schlug hart und schmerzhaft auf, die wenigen Zentimeter Neuschnee dämpften seinen Fall nicht.

Gelähmt vor Schreck und unfähig, sich zu bewegen, riss er die Augen auf.

Er lag platt auf dem Bauch und starrte direkt auf den Kopf der Frau, die mit dem Gesicht nach unten kaum zwanzig Zentimeter von ihm entfernt ebenfalls im Schnee lag. Die Kapuze hatte sich beim Fallen bis in ihren Nacken zurückgeschoben.

Lindt streckte den Arm aus, zuckte aber blitzartig zurück. Er spürte es feucht und warm durch die Wolle seines Handschuhs.

Vorsichtig hob er seinen Oberkörper etwas und konnte über den Kopf der völlig regungslos daliegenden Frau hinwegsehen. Was sich dort im Schnee dunkel und dampfend ausbreitete, war zweifellos Blut.

Der Kommissar stemmte sich auf die Knie. Er rüttelte an der Schulter – »Hallo« – »Frau Steinle« – »Können Sie mich hören?«

Keine Reaktion.

Lindt riss sich den rechten Handschuh herunter und

tastete unter dem Pelzkragen ihrer zurückgeschobenen Kapuze nach vorne. Vorsichtig schoben sich seine Finger am Hals entlang bis fast zum Kehlkopf.

Tatsächlich! Er spürte einen schwachen Puls.

Kniend rutschte er um die Frau herum. Sein Atem stockte. Die ganze rechte Schädelhälfte war eine einzige, riesige, zerrissene, blutende Wunde. Haare, Hautfetzen, Knochensplitter. Schockiert erkannte er einen großen Hautlappen als die herabhängende Ohrmuschel.

Zitternd griff der Kommissar nach der dicken Kapuze und presste sie, so gut er konnte gegen die Wunde.

Es kam ihm vor wie eine Ewigkeit, bis er endlich mit der anderen Hand sein Handy aus der Jackentasche gezogen und die ›110‹ gedrückt hatte.

»Lindt hier, schnell Notarzt nach Neuburgweier zur Fähre«, stammelte er keuchend ins Mikrofon. »Eine Frau, Schussverletzung am Kopf, auf dem Damm, ja, sie lebt noch, blutet ganz fürchterlich, schnell! – Und natürlich alle verfügbaren Kräfte, ringsum abriegeln, der Schütze ist flüchtig.«

›Hoffentlich! Hoffentlich ist der flüchtig‹ schoss es dem Kommissar durch den Kopf, denn selbst auf Knien gab er oben auf dem Hochwasserdamm immer noch ein deutlich sichtbares Ziel ab.

›Stabile Seitenlage‹ – ›Erste-Hilfe-Kurs‹. Vorsichtig drehte er Barbara Steinle und wischte ihr den Schnee etwas vom Gesicht, damit sie besser Luft bekam. Gott sei Dank, die Atmung funktionierte noch. Stoßweise kondensierten kleine Wölkchen in der kalten Winternacht.

Die Kapuze verdeckte die Wunde fast ganz. Eine breite Blutbahn zog sich über die Wange nach vorne bis zur Nasenspitze und tropfte von dort nach unten in den Schnee.

›Druckverband!‹

Entschlossen presste Lindt die Kapuze fest an den Kopf, zog seine Hand aber wie elektrisiert zurück. Ein Gefühl, wie wenn er einen Schwamm ausgedrückt hätte. Der Stoff hatte sich schon vollgesogen und der Kommissar spürte, wie es jetzt auch an seinem Handgelenk feucht und warm wurde.

›Lebenssaft!‹ Der pathetische Ausdruck schien auf einmal zu passen. Das Leben von Barbara Steinle tropfte hier in den Schnee und lief warm an der Innenseite seines Unterarms entlang.

War es richtig, auf die Wunde zu drücken? Konnten die Knochensplitter sich irgendwie nach innen spießen? Aber die Blutung hörte nicht auf. Lindt drückte wieder dagegen und diesmal zog er seine Hand nicht zurück.

Die Atmung der Frau wurde flacher, die Kondenswölkchen kleiner – oder bildete er sich das nur ein?

Der altgediente Kommissar bekam Angst, richtige scheußliche Angst. Wie ein Kloß saß sie plötzlich in seinem Hals. Was, wenn sie plötzlich aufhörte zu atmen?

In fünfunddreißig Dienstjahren hatte er jede Menge Tote gesehen. ›Leichen pflastern seinen Weg‹, war der etwas respektlose Titel von Jan Sternbergs flapsigem Gedicht zu Lindts Fünfzigstem gewesen. ›Der Tod ist sein Geschäft‹, hatte der junge Kollege damals gereimt und die ganze Gesellschaft zu dröhnendem Lachen gebracht, doch so hautnah wie jetzt war Lindt noch nie mit dem Sterben konfrontiert worden.

Viele schlimme Bilder hatten sich tief in seinem Inneren eingegraben, aber er war noch nie direkt dabei gewesen, wenn ein Mensch starb. Die Objekte seiner Ermittlungen waren bisher immer schon tot gewesen, meistens sogar bereits richtig kalt.

Aber hier, die junge Frau, nein, sie durfte einfach nicht sterben!

Er tastete wieder an ihren Hals. Wo war denn nur der Puls? Nicht zu finden! Verzweifelt fühlte Lindt weiter.

Endlich spürte er ein leises Pochen unter seinen Fingerkuppen. Gott sei Dank!

Die Minuten kamen ihm wie Stunden vor. Endlich hörte er in der Ferne ein Martinshorn.

Den Rest erlebte er wie in Trance.

Die Blaulichter, der Rettungswagen, noch einmal ein Blick auf die zerfetzte Kopfseite von Barbara Steinle, die Sanitäter, die alles mit sterilen Kompressen abdeckten und verbanden.

Der Notarzt, der im Schein einer großen Handlampe zwei dicke Nadeln in ihre Unterarme rammte, Infusionen anhängte, nach Medikamenten verlangte, einen Plastikschlauch in ihre Luftröhre einschob und sie an eine Beatmungsmaschine anschloss.

»Wird sie durchkommen?«

Der Arzt zuckte nur mit den Schultern.

Immer mehr Polizeifahrzeuge trafen auf dem Parkplatz bei der Fähre ein. Fragen der Kollegen prasselten auf Lindt nieder.

»Wie? Wo? Wer? Was?«

Mühsam gelang es dem Kommissar erst nach und nach, sich wieder zu beruhigen.

Reifenspuren in einem Waldweg wurden gefunden, Fußabdrücke im frischen Schnee wiesen von dort aus in mehrere Richtungen, zum Parkplatz, ins Gebüsch, auch zum Waldrand, wo ein Hundeführer spontan eine Patronenhülse fand, die im Schnee versunken war.

Oskar Lindt nickte. Ja, von dort konnte der Schuss gekommen sein.

Eine Jagdpatrone! Der Kollege hielt sie dem Kommissar unter die Nase. Kein Zweifel, immer noch deutlicher Pulvergeruch.

Paul Wellmann traf ein.

»Ein Jagdgeschoss, Paul, weißt du, was das bedeutet? Weißt du, wie die konstruiert sind?«

Natürlich wusste er es. Die Frage war rein rhetorisch gewesen.

»Oh, je«, seufzte Wellmann, »Dann sieht es wohl nicht gut aus. Hohe Energieabgabe für schnellen Tod!«

»Meistens auch noch Splitter!«, ergänzte ihn Lindt, »und gerade wollte sie mir etwas von einer Tochter erzählen.«

»Wie, von ihrem Kind?«

»Ich weiß nicht, was sie meinte. Sie sagte noch: ›Es gibt da eine Tochter‹ und dabei krachte der Schuss.«

Der Kommissar bückte sich und schob einen kleinen Berg Schnee zusammen, um seine blutverschmierten Hände damit abzureiben. Die Wollhandschuhe hatte er verloren, aber das war ihm mittlerweile egal.

Schaudernd schüttelte er sich. »Komm, lass uns ins Präsidium fahren, da ist es wenigstens warm.«

Schnell instruierte er noch Jan Sternberg, der von seinem Wohnort in der Pfalz einen längeren Anfahrtsweg gehabt hatte. »Bitte einen genauen Plan mit allen Fahrzeugen drauf, Reifen- und Fußspuren.«

Dann wurde ihm schwarz vor Augen.

Das erste, was Oskar Lindt fühlte, als er wieder zu sich kam, war das scheußliche Gefühl von kaltem, nassem, schmelzendem Schnee an seinem Hals.

Das erste, was er sah, als er seine Augen aufschlug, waren die besorgten Gesichter von Paul und Jan, die mit schreckgeweiteten Augen über ihn gebeugt da standen und immer wieder ›Chef‹ und ›Oskar‹ riefen.

Er bewegte seinen Kopf und blickte erstaunt umher.

Er hatte das Gefühl, sich selbst von außerhalb betrachten zu können.

Er sah, er fühlte, er spürte, dass er lag – auf dem Rücken – auf dem Rheindamm – in der Nacht – im Schnee.

Er bemerkte, dass jemand, ja es war Paul Wellmann, ihm die Beine hochhielt.

Etwas drückte unangenehm in seinen Rücken, ein runder, faustgroßer Kieselstein.

Lindt versuchte, sich aufzusetzen.

»Bleib doch liegen, Oskar, die Sanis kommen gleich!«

»Was, wieso die Sanis? Bin ich denn?«

Ruckartig setzte er sich hin.

»Nein, ich brauche niemand, es geht schon wieder.«

Halb benommen schüttelte er den Kopf.

»Was war denn?«

»Plötzlich hast du die Augen verdreht. Man konnte richtig das Weiße sehen. Jan und ich haben dich gerade noch aufgefangen.«

»Bestimmt ein Schock, Chef.«

»Na, so schlimm wird's schon nicht sein«, brummte Lindt und stemmte sich mit Jan Sternbergs Hilfe hoch, doch als er sich halb aufgerichtet hatte, begann die Umgebung Karussell zu fahren. Schwer atmend setzte er sich wieder.

Zwei gelb-rot gekleidete Retter waren inzwischen im Laufschritt herangeeilt und öffneten flugs ihren silbern glänzenden Notfallkoffer.

»Puls ziemlich tachykard und der Druck, 90 zu 55, total im Keller«, konstatierte der eine, nachdem er eine breite schwarze Blutdruckmanschette um Lindts mittlerweile entblößten Oberarm gestrafft hatte.

»Zugang?«, fragte der andere und reichte mit routinierten Handbewegungen Stauschlauch, Desinfektion und Tupfer.

»Nur ein kleiner Pieks«, aber da steckte die Kanüle schon in einer dicken Vene auf dem Handrücken des Kommissars.

Die temperierte Infusion suchte sich angenehm wärmend ihren Weg in Oskar Lindts Kreislaufsystem und ehe er sich versah und die Situation im Ganzen begreifen konnte, lag er auf einer Trage und wurde von den Rettungsassistenten und seinen beiden Kollegen vom Rheindamm zum bereitstehenden RTW getragen.

»Puh, Oskar, das nächste Mal lassen wir dich aber liegen, bis du von selbst wieder gehen kannst. Meine Arme sind ein ganzes Stück länger geworden«, spielte Paul Wellmann auf das ansehnliche Gewicht seines Kollegen an, als der schließlich auf einem Rollwagen in der Notaufnahme des Städtischen Klinikums lag.

Lindt fühlte sich schon wieder bedeutend besser und setzte sich auf.

»Bin ich echt weggesackt?«

Wellmann nickte: »Der Kreislauf halt, der ging durch den Schreck eben in die Knie.«

»Jetzt sind die Werte wieder ganz okay«, verabschiedeten sich die beiden Sanitäter. »Aber der Arzt wird Sie sicherheitshalber nochmals durchchecken.«

»Mach dir keine Sorgen, Oskar. Carla kommt bestimmt auch gleich. Ich habe ihr schon Bescheid gesagt. Jetzt musst du dich erst mal erholen«, beruhigte ihn Paul Wellmann. »Jan und ich kümmern uns um den Fall, bis du wieder auf den Beinen bist.«

»Weißt du denn«, Lindt fuhr sich mit seiner immer noch leicht blutbefleckten Hand über die Stirn, wie wenn er die Gedanken wieder zusammensuchen wollte, »weißt du denn, was mit der Frau ist?«

Wellmann zuckte die Schultern. »Noch nichts Näheres, aber ich gehe nachher gleich mal nachfragen.«

Auch Barbara Steinle war ins Klinikum gebracht worden und im Moment kämpften ganze Heerscharen von Schwestern, Pflegern, Anästhesisten, Laborärzten, Gesichts- und Neurochirurgen um das Leben der zweifachen Mutter.

Wellmann erfuhr nichts, er wurde nur immer weiter vertröstet und entschied sich um ein Uhr nachts schließlich, nicht länger bei den zwischenzeitlich herbeigerufenen Angehörigen zu warten, sondern nach Hause zu gehen.

Zwei Kollegen von der Schutzpolizei wurden zur Sicherheit vor dem Operationsbereich postiert und hatten den unmissverständlichen Auftrag, bei wichtigen Veränderungen sofort anzurufen.

Oskar Lindt bekam von alledem nichts mehr mit, denn er schlief, ab und zu grässlich schnarchend, zu Hause im warmen Bett seinen Kreislaufkollaps vollends aus. Ein Internist hatte ihn noch eine knappe Stunde lang mit EKG und Sonografie in der Mangel gehabt, aber glücklicherweise nichts Weiteres finden können und so durfte Carla ihren Mann endlich mit nach Hause nehmen.

11

»Von Mädchen auf Rockkonzerten hat man so was ja
schon gehört«, stichelte sie am nächsten Morgen gegen
halb zehn am Frühstückstisch. »Doch dass jetzt auch
schon ausgewachsene, alterfahrene, schwergewichtige
und zu Bluthochdruck neigende Hauptkommissare
plötzlich umkippen …«

»Mach dich nur lustig über mich«, schmollte Oskar,
stippte aber mit gutem Appetit ein frisches Croissant
in seinen Milchkaffee. »Ich bin nur knapp dem Tod
entronnen. Vielleicht hat der Schuss ja auch mir gegol-
ten.«

»Das glaube ich jetzt wiederum nicht«, lächelte Carla.
»Aber ein richtig guter Schütze war das wohl kaum.«

»Wieso?«, fragte Lindt verblüfft. »Wie willst du das
denn beurteilen?«

»Ganz einfach, Jan hat gerade angerufen. Die Frau
liegt zwar noch im Koma, aber sie ist außer Lebensge-
fahr. Das Geschoss hat ihren Kopf nur knapp gestreift,
aber die Ohrmuschel abgerissen, sie hat eine große
Fleischwunde, allerdings haben zwei Splitter oberhalb
der Schläfe den Knochen durchschlagen. Zum Glück
nicht weit. Die haben sie unbeschadet rausgeholt.«

Carla holte Luft: »Und das Ohr wurde auch wieder
zusammengeflickt und angenäht!«

»Vielen Dank, Frau Doktor für diesen gerichtsmedizinischen Bericht!«

Er schloss die Augen und stellte sich nochmals vor, was sich auf dem Hochwasserdamm am Rhein ereignet hatte. Nur schwaches Licht und die Frau, Barbara Steinle, war mit dem Gesicht zu ihm, zum Fluss hin gestanden.

»Ja, das kann passen«, nickte er Carla zu und nahm sich noch ein Hörnchen. »Ein Streifschuss, unten vom Waldrand, von hinten, trifft die Ohrmuschel und schrammt über die Schläfe bis hier.«

Mit der Spitze des Croissants fuhr er vom Ohr aus an seinem Kopf entlang, seitlich nach oben bis zum Stirnbein.

»Und da«, er tippte auf die etwas herausragende, festere Knochenplatte, »da sind bestimmt die Splitter eingetreten.«

»Hmm«, nickte seine Frau, »das kann vielleicht sein, aber magst du das Hörnchen jetzt noch?«

Lindt warf einen kurzen Blick darauf, doch dann tauchte er sein Frühstücksgebäck ungerührt wieder in den Milchkaffee und ließ es sich schmecken.

»Du scheinst dich ja schon gut erholt zu haben nach deiner kurzen Ohnmacht«, flachste Paul Wellmann, der zwischenzeitlich gekommen war, um seinen Kollegen abzuholen und zeigte auf den reich gedeckten Frühstückstisch.

»Ernsthaft krank«, zwinkerte Carla, »ernsthaft krank ist er nur, wenn es ihm mal richtig den Appetit verschlägt.«

»Wir wollen jetzt aber nicht gleich den Teufel an die Wand malen!« Lindt stand auf und zog seine Jacke an.

»Komm, Paul, lass uns wieder da raus fahren. Mein Auto steht noch dort.«

Die Kriminaltechniker waren eifrig bei der Arbeit.

Wellmann zeigte nach vorne und lachte: »Ob es die da nicht friert?« Mit einer nur leicht bekleideten Schaufensterpuppe hatten die Kollegen die Position des Opfers nachgestellt und an der rechten Kopf-seite mit roter Farbe die Verletzung markiert.

»Das hier ist der Weg, den das Geschoss genommen hat.«

Ludwig Willms, der KTU-Chef, zeigte mit einem Kugelschreiber auf eine schwarze Linie inmitten des rot aufgemalten Blutes.

»So weit habe ich es beim Frühstück mit meinem Croissant auch schon rekonstruiert«, murmelte Lindt halblaut und zum Glück unverständlich vor sich hin, aber statt auf die fragenden Gesichter seiner Kollegen zu antworten, wollte er schnell wissen, woher das Geschoss denn gekommen war.

Willms zeigte auf einen gelben Markierungsstab direkt unten am Waldrand. »Entfernung genau 68,3 Meter«, las er aus seinem Notizblock vor. »Und das Geschoss ist jetzt«, er drehte sich um hundertachtzig Grad und wies mit dem ausgestreckten Arm weit über den Fluss, »vielleicht … irgendwo dort drüben in der Pfalz. Die Kollegen suchen schon.«

Einige dunkelgrün gekleidete Gestalten waren jenseits des Rheins in der weißverschneiten Winterlandschaft zu erkennen.

Der KTU-Chef hob eine durchsichtige Plastiktüte gegen das Licht. Messingfarben glänzte darin eine längliche Patronenhülse. »Die haben wir heute Nacht dort unten am Waldrand gefunden. Ist dem Schützen wohl in der Aufregung aus der Hand gerutscht und im Schnee verschwunden. Kaliber 6,5x68, eine hochrasante Jagdpatrone, hauptsächlich für Schüsse auf weite Entfernungen. Auslandsjagd, Steppe, Gebirge oder so. Wir haben die genauen Tabellenwerte für die ballistische Kurve, also müssten wir das Geschoss eigentlich finden, außer ...«

Lindt und Wellmann schauten fragend. »Außer?«

»Ja, wenn ein Projektil natürlich stark deformiert ist, nach dem Aufprall auf ein Hindernis zum Beispiel, dann fliegt es nicht mehr so, wie die Rechenwerte angeben.«

»Klar, am Kopf der Frau kann es abgelenkt worden sein, oder es kam ins Trudeln«, nickte Paul Wellmann.

»Und dann fiel es vielleicht – plupp – in den Rhein ...«, ergänzte sein Kollege.

»Aber ohne Geschoss keine Zuordnung zu einer bestimmten Waffe. Jeder Lauf hinterlässt darauf sozusagen seine individuelle Visitenkarte. Nur damit lässt sich beweisen, aus welcher Waffe geschossen worden ist.«

»Hmm«, Oskar Lindt begann schon wieder zu frieren und kramte in den Jackentaschen, um seinen Tabakskocher in Betrieb zu setzen, »habt Ihr denn schon ein Gewehr gefunden?«

»Jan ist bereits dabei, die Behördendateien abzugleichen. Alle Jagdgewehre 6,5x68 im ganzen Landkreis Karlsruhe, das wird eine Zeit dauern. Obwohl, es ist kein gängiges Kaliber. Ein mittelbadischer Wald- und Wiesenjäger wird es sich kaum anschaffen.«

»Und wenn der Schütze aus der Pfalz kam, oder aus Rastatt, Pforzheim, Mannheim, vielleicht sogar aus dem Elsass?«

»Jetzt beruhige dich nur mal wieder, Oskar«, versuchte Ludwig Willms seinen langjährigen Kollegen zu beschwichtigen. »Du kennst doch den Jan, der hat schon oft den richtigen Riecher gehabt.«

Leider stimmte es dieses Mal ganz und gar nicht. Im Kreis Karlsruhe waren vierundfünfzig Repetierbüchsen vom Kaliber 6,5x68 aufgelistet, aber keiner der Besitzer schien auch nur ansatzweise mit dem aktuellen Fall in Verbindung zu stehen.

»Schade, kein Glückstreffer, Chef«, Jan Sternberg war deprimiert. »Soll ich auch die Nachbarlandkreise …?«

»Es wäre zu schön gewesen, wenn einer, mit dem wir in den letzten Tagen zu tun hatten, tatsächlich eine solche Waffe in seinem Tresor gehabt hätte. Wir können diese Jagdgewehre sowieso erst dann für Vergleichsuntersuchungen einziehen, wenn die KTU das Geschoss hat. Vorher ist eine solche Aktion sinnlos.«

Auch die Nachrichten aus dem Klinikum gaben Anlass zu großer Sorge. Sie hörten sich gar nicht mehr so hoffnungsvoll an, wie noch am frühen Vormittag.

»Die Auswirkungen der beiden Geschoss-Splitter, die wir hinter dem Schläfenknochen entfernt haben, sind noch nicht genau zu prognostizieren. Die Patientin muss auf unbestimmte Zeit im künstlichen Koma gehalten werden«, war die lapidare Auskunft der diensthabenden Anästhesistin, als Lindt nachfragte.

»Kein Geschoss gefunden, die Frau ist nicht vernehmungsfähig, keine Spur von dem Schützen oder seinem Auto. Mit dem Abriegeln waren wir heute Nacht auch nicht schnell genug«, stöhnte Oskar Lindt, »also totale Pleite im Moment.«

»Ein paar Details gibt es aber, Chef.« Jan Sternberg wedelte mit den KTU-Akten. »Es war wohl ein großer Wagen. Die Reifenspuren sind bereits ausgewertet. Pirelli Winterreifen, 255/55 R 18. Die Größe gehört entweder zu einem starken Geländewagen oder zu einer Oberklasse-Limousine.«

»Passt auf mindestens viertausend Autos in fünfzig Kilometern Umkreis.« Lindts Stimmung besserte sich nicht.

»Auch die Schuhsohlen haben sie schon analysiert!«

»Lass hören.«

»Aigle Jagdstiefel, also Gummistiefel, französisches Fabrikat, teuer, teuer. Größe 45.«

Die Tür ging auf und Ludwig Willms stürmte ins Zimmer. Erstaunt schaute er sich um. »Oskar, warum so trübsinnig? Es gibt doch schon eine ganze Menge Spuren.«

»Ja, ja, Reifen oder Schuhsohlen zum Beispiel«, antwortete Lindt einsilbig. »Und, wo passen die?«

Willms zuckte mit den Schultern.

»Was ist mit der Patronenhülse? Irgendwelche Fingerabdrücke drauf, oder habt ihr endlich das Geschoss gefunden?«

»Nein, leider nicht.«

»Und da fragst du noch, weshalb hier so gedrückte Stimmung herrscht? Soll ich vielleicht alle Jäger aus der Umgebung, die einen großen Wagen fahren, Aigle Stiefel Größe 45 tragen und dieses hochrasante Kaliber schießen, hier antanzen lassen und nach ihrem Alibi fragen? Das kannst du doch vergessen! So kommen wir niemals weiter.«

Willms verschwand schnellstmöglichst und ließ Sternberg, Wellmann und ihren deprimierten Vorgesetzten nachdenklich zurück.

»Die Frage ist doch«, grübelte Lindt, nachdem er seine Kollegen durch den dichten Pfeifenrauch fast nicht mehr sehen konnte, »ob das eine Verbrechen etwas mit dem anderen zu tun hat.«

»Beide Opfer haben immerhin bei Langenbach gearbeitet«, warf Paul Wellmann ein, »und die angeschossene Frau Steinle wollte dir noch etwas anvertrauen.«

»Die Sache mit der Tochter«, nickte Lindt, »aber was sagt das aus? Wer hat eine Tochter? Fink? Langenbach? Hat diese Tochter etwas mit der Baufirma zu tun, oder ist das eine rein private Angelegenheit?«

»Dazu kommen noch der Porschefahrer vom Tiefbauamt, der sich nicht traut, mit seinem Flitzer bis zum Arbeitsplatz zu fahren und dann diese Verbindungen nach Österreich«, gab Jan Sternberg zu bedenken.

»Richtig, zwei Einbrüche in Finks Appartement in Schruns. Der Bericht von dort ist immer noch nicht da.«

»Ich glaube, wir kratzen bisher nur an der Oberfläche, die Wahrheit liegt irgendwo viel tiefer«, meinte Oskar Lindt, dann stand er unvermittelt auf.

»Nein, so geht es wirklich nicht weiter, wir müssen

jetzt aktiv werden. Paul, du unterhältst dich in der Baufirma intensiv mit den direkten Kolleginnen von Barbara Steinle. Vielleicht wissen die ja auch, was sie mir sagen wollte. Jan bitte sprich mit den Angehörigen. Möglicherweise hat sie sich ihren Eltern anvertraut, oder die Kinder haben was aufgeschnappt.«

Jan und Paul waren einverstanden. »Auf jeden Fall besser, als hier rumzusitzen und auf eine Eingebung zu hoffen.«

Lindt wartete, bis die beiden gegangen waren und zog sich dann in sein separates Büro zurück. Fenster öffnen, neue Pfeife anstecken, im Schreibtischsessel zurücklehnen, Beine auf den Tisch, was er aber nur tat, wenn keiner zusah, Augen halb geschlossen – der Kommissar wartete.

Worauf? Das wusste er selbst nicht genau.

Wenn nicht ab und zu kleine Rauchwölkchen aufgestiegen wären, hätte ein Außenstehender denken müssen, Lindt würde schlafen. Sein breiter Brustkorb hob und senkte sich gemächlich beim Atmen. Die Hände hatte er über dem Bauch gefaltet und nur selten bewegte er sich, um nachzustopfen.

Das, was Barbara Steinle ihm sagen wollte, musste auf jeden Fall für irgendjemanden gefährlich sein.

Jemand aus der Baufirma? Jan Sternberg hatte es überprüft. Niemand, der bei Langenbach arbeitete, besaß den Jagdschein. Das ging aus der aktuellen Datei des Landratsamtes einwandfrei hervor. Unter allen Personen, mit denen er bei den aktuellen Ermittlungen zu tun gehabt hatte, war nur ein einziger, der überhaupt auf die Jagd ging.

Lindt dachte an den rotgesichtigen, schwergewichtigen Ottmar Falk von der Bruchsaler ›Oberhardt-Bau‹. Er sah den Kettenraucher in seinem massigen Ami-Geländewagen wieder vor sich. Jäger war er wohl, aber keine seiner Waffen hatte Kaliber 6,5 x 68. Wozu auch? Dieser Mann war bestimmt nicht der passionierte Gebirgs- oder Steppenjäger. Für lange anstrengende Fußmärsche schien Falk nicht geschaffen zu sein. Eher würde der Kommissar ihm zutrauen, von einem stabilen, bequemen, geheizten Hochsitz aus einen dicken, mit reichlich Mais angelockten Keiler umzulegen.

Außerdem – ob Falk Barbara Steinle überhaupt kannte?

Privat? Geschäftlich?

Hatten die Baufirmen Kontakt untereinander?

Wenn ja, zu welchem Zweck?

Halfen sie sich gegenseitig?

Oder etwa doch für illegale Preisabsprachen?

Vor zehn Jahren hätte das Lindt nicht überrascht, aber heutzutage, bei der miserablen Baukonjunktur? Da ging es nicht mehr darum, den Auftragskuchen zu möglichst hohen Preisen zu verteilen. Jede Firma musste selbst zusehen, wie sie über die Runden kam. Er dachte an die ›Seebold GmbH‹ in Landau, wo der Geruch nach Insolvenz geradezu in der Luft lag.

Nein, Ottmar Falk war sicherlich nicht der gesuchte Schütze. Obwohl … große Füße und einen protzigen Chevy hatte er ja.

Die Kriminalaußenstelle Bruchsal versprach, dessen Reifenabdrucke diskret zu überprüfen.

Wer fuhr denn noch einen schweren Wagen?

Langenbach natürlich! In seinem Audi A8 hatte Lindt schon gesessen. Der Bauunternehmer war aber wiederum kein Jäger, also unverdächtig.

Eine Weile verharrte Lindt fast bewegungslos.

Plötzlich schwang er die Beine vom Tisch und setzte sich aufrecht hin. ›Natürlich, wieso bin ich da nicht schon früher draufgekommen?‹

Er griff nach einem dicken Ringbuch, blätterte zielstrebig darin, hatte bei ›Justizbehörden‹ schließlich gefunden, was er suchte und griff zum Telefon.

Er musste sich durchfragen, aber schon nach dem dritten Weiterverbinden bekam er die zuständige Sachbearbeiterin an den Apparat.

»Fink, Konrad Fink, in Rheinstetten hat er gewohnt … ja, Forchheim, genau …«

Sie versprach, sich um die Angelegenheit zu kümmern und notierte Lindts Telefonnummern.

Sein Stimmungsbarometer stieg ein klein wenig. Vielleicht könnte er so weiterkommen?

Das Telefon auf seinem Schreibtisch schrillte. ›Das ging aber schnell‹, wollte er sich schon melden, doch er erkannte auf dem Display die Handynummer von Paul Wellmann.

»Fehlanzeige, Oskar. Die Kolleginnen von Barbara Steinle arbeiten erst ein paar Monate mit ihr zusammen. Die wissen nichts. Der Fink hat das Personal in seiner Abteilung anscheinend immer wieder umorganisiert.«

»Das bestätigt, was sie mir draußen am Rhein gesagt hat. Niemand sollte zu tiefe Einblicke bekommen. Bevor jemand Zusammenhänge herstellen konnte, war er auch schon wieder versetzt.«

Wellmann zögerte einen Moment: »Aber Oskar, umgekehrt müsste das auch bedeuten, dass ein Mitarbeiter, der zuviel weiß, ein Sicherheitsrisiko darstellt.«

Lindt gab ihm recht: »Zumindest, wenn da was Krummes läuft, was unter keinen Umständen auffliegen darf.«

»Fink kann's aber wirklich nicht gewesen sein. Ein Toter, der in einer Winternacht auf seine Mitarbeiterin schießt?«

»Dann müssen wir einen anderen suchen, dem das Wissen von Barbara Steinle hätte gefährlich werden können.«

»Denkst du etwa an …?«

»Genau, Paul, der Firmenchef persönlich. Ich glaube, wir sollten dem Langenbach intensiver auf den Zahn fühlen.«

»Wenn Fink da was gedreht hat, war sein Chef doch bestimmt mit von der Partie.« Lindts Überzeugung hatte sich gefestigt, als er eine halbe Stunde später mit Paul Wellmann auf dem Firmenparkplatz der Ettlinger Baufirma zusammentraf.

»Auf jeden Fall Grund genug, ihn mal nach seinem Alibi zu fragen.«

»Reine Routine«, versuchten die Kommissare eine entkrampfte Stimmung herzustellen, als sie an die Bürotüre des Unternehmers klopften.

»Sie haben ja bestimmt schon erfahren, was mit Ihrer Mitarbeiterin Barbara Steinle passiert ist und da müssen wir halt jeden überprüfen …«

Die Betroffenheit stand Langenbach buchstäblich ins Gesicht geschrieben. »Selbstverständlich, ich verstehe, das ist furchtbar, was da geschehen ist. Wie geht es ihr denn?«

»Unverändert kritisch, soviel wir wissen, aber können Sie uns denn sagen, wo Sie gestern Abend gegen acht Uhr waren?«

»Wer? Ich? Wieso? Halten Sie mich denn für verdächtig?«

Die Kommissare schwiegen.

»Wo ich war ... ja, sagen kann ich Ihnen das schon, allerdings gibt es keine Zeugen dafür. Ich war alleine auf der Autobahn ... Oder doch!«

Langenbach sprang auf. »Bitte, kommen Sie mit!«

Er eilte den beiden Kriminalbeamten vorweg zum Aufzug. Im Untergeschoss verließen sie den Lift. Eine dicke Stahltüre öffnete sich auf Knopfdruck und gab den Blick in eine weitläufige Tiefgarage frei.

Einige Transporter und Kastenwagen standen im Hintergrund, alle in der einheitlich königsblauen Firmenlackierung und dem silbernen ›Langenbach‹-Schriftzug. Auch mehrere Kombis und Geländewagen, teilweise bis zu den Fenstern hoch mit einer dicken Schlammkruste überzogen, verteilten sich auf verschiedene Parkplätze.

»Unsere Geschäftswagen«, antwortete der Bauunternehmer lächelnd auf den fragenden Blick des Kommissars. »An der Dreckfarbe können Sie erkennen, von welcher Baustelle die Wagen gerade kommen. Zum Autoputzen haben meine Ingenieure eben nur selten Zeit.«

Er ging direkt zu seinem dunkelblauen Audi A8, öffnete die Fahrertür, beugte sich hinein, griff nach einem länglichen Zettel und hielt ihn Lindt hin.

›Schon wieder eine Tankquittung‹, fuhr dem durch den

Kopf. Er dachte an den Beleg, den er in Bruchsal versehentlich neben dem Geländewagen von Ottmar Falk aufgehoben hatte.

»Hier, bitte, sehen Sie«, zeigte Langenbach erleichtert auf die Uhrzeit. »Um 20.24 Uhr habe ich an der Raststätte Neckarburg getankt. A 81 bei Rottweil. Ich hatte von fünf bis kurz nach sieben noch einen privaten Termin am Bodensee.«

»Dürfen wir wissen, mit wem?«

Langenbach wurde verlegen: »Es wäre mir sehr recht, wenn ich darüber nichts sagen müsste. Reicht denn der Beleg nicht als Alibi?«

»Doch, doch, war ja auch nur reine Routine«, beruhigte ihn Oskar Lindt. »Gestatten Sie noch einen Blick in Ihren Wagen?«

»Selbstverständlich, nichts zu verbergen«, öffnete Langenbach die Türen. Der Innenraum war leer, pieksauber, lediglich eine englische Wachsjacke hing seitlich auf einem Bügel.

»Den Kofferraum auch?«

»Ja, bitte.«

Der Deckel schwang auf. Lindt und Wellmann lugten hinein und starrten auf ein Paar grüne Gummistiefel.

Langenbach bemerkt die vielsagenden Blicke. »Die brauche ich häufig mal auf unseren Baustellen.«

Wellmann hob die Stiefel hoch. »Welche Größe ist das denn?«

»Ich habe 45!«

Die beiden Kriminalisten nickten. Die Größe war neben dem Markenschild aufgedruckt. »Le Chameau«, las Lindt laut vor.

»Kennen Sie die Marke? Kommt aus Frankreich. Hier, mit Neopren-Innenfutter. Gerade jetzt im Winter sehr warm.«

Warum Oskar Lindt auf diese Beschreibung mit einem enttäuschten »ja, leider« antwortete, konnte Langenbach nicht verstehen.

»Und ich dachte schon, als ich diese Stiefel im schönsten Jägergrün sah ...«

»Ich auch, Paul«, gab Lindt seinem Kollegen recht. »Sogar die Größe hätte gepasst, aber dummerweise stand nicht Aigle drauf.«

»Meistens werden solche Gummistiefel zwar von Jägern getragen, aber kaufen kann sie jeder und wahrscheinlich harmonieren sie farblich und vom Stil her eben besser mit Langenbachs Original englischer Wachsjacke, als wenn er klobige, gelbe Baustiefel mit Stahlkappen nehmen würde.«

»Die Reifen allerdings könnten passen. Marke, Modell, Größe. Ich hab einen Blick drauf geworfen. Soll die KTU mal eine genauere Analyse machen?«

»Meinetwegen«, brummte Lindt, »aber was ist mit den anderen zweitausend Wagen, die mit diesen breiten Pirellis in unserer Umgebung durch den Winter fahren?«

»Ja, ja, Oskar«, Wellmann seufzte. »Bei Langenbach werden wir wahrscheinlich nicht fündig. Aber vielleicht hat Jan schon etwas rausgebracht.«

Sternbergs Bericht war ebenso kurz wie ergebnislos. Sehr viel Zeit hatte er gebraucht, um die Angehörigen von Barbara Steinle zu finden.

Drei Anläufe waren nötig, bis er die Eltern erreichte. Sie kamen gerade vom Klinikum. Der Zustand ihrer Tochter war unverändert ernst. Eventuell mussten die Neurochirurgen noch eine weitere, komplizierte Operation vornehmen.

Sternberg fühlte die gedrückte Stimmung und fasste sich deshalb so kurz wie möglich mit seinen Fragen.

Nein, von ihrer Arbeit hatte Barbara nie viel erzählt, schon gar nichts Geheimnisvolles.

Ob sie ihnen etwas anvertraut hätte?

Nur Schulterzucken. Keine Ahnung.

»Aber fragen Sie doch mal Waltraud, ihre Schwester.«

Die war in Barbara Steinles Wohnung gerade dabei, sich um deren Kinder zu kümmern und öffnete Jan Sternberg mit umgebundener Küchenschürze.

»Die beiden brauchen doch wenigstens was zu essen.«

Sie bemühte sich, gleichzeitig zu kochen und die Fragen des Kripo-Beamten zu beantworten.

»Von ihrer Arbeit? Nein, da hat sie kaum was gesagt. Von einem Herrn Fink? Hat sie nie gesprochen. Es gibt wirklich wichtigere Themen. Der Ex, der nicht zahlt. Die Kinder, die dauernd was für die Schule brauchen. Das Geld langt echt hinten und vorne nicht.«

Sternberg bekam sogar die Erlaubnis, sich in der engen Wohnung umzuschauen. Fünf Ordner standen in der untersten Reihe des Regals im Wohnzimmer. Jan warf einen flüchtigen Blick hinein. Kontoauszüge, Scheidungskram, Schriftverkehr mit irgendwelchen Ämtern, Versicherungen, Rechnungen. Alles sauber abgelegt, aber nichts dabei, was einen Hinweis hätte geben können.

Die Kinder, offensichtlich voll pubertierend, lebten

unübersehbar in ihrer eigenen Welt und schüttelten auf Sternbergs Fragen immer wieder nur den Kopf.

»Fehlschlag, Chef«, fasste er später im Büro seine Ermittlungen zusammen. »Von denen weiß keiner was.«

Das Klingeln des Telefons unterbrach Sternbergs Bericht.

»Wellmann, Kripo Karlsruhe«, meldete sich Lindts Kollege, gab den Hörer aber gleich weiter: »Für dich, Oskar, ein Justizrat Berger vom Notariat.«

»Ach ja, da hatte ich nachgefragt«, erinnerte sich der Kommissar und zog einen Notizblock zu sich her. Jan Sternberg reichte seinem Chef schnell einen Bleistift.

»Ja, genau, es geht um den Mordfall Konrad Fink. Wir ermitteln in dieser Angelegenheit und es wäre sehr wichtig zu erfahren, wer erbt und welche Vermögenswerte vorhanden sind.«

Ab und zu nickte Lindt, schrieb einiges mit und meinte schließlich: »Also, wenn ich das alles jetzt richtig verstanden habe, ist bisher kein Testament von Fink aufgetaucht. Zumindest keines, das irgendwo in amtlicher Verwahrung wäre.«

Er schüttelte den Kopf – »nein, wir haben bei der Wohnungsdurchsuchung auch nichts gefunden« – und drückte die Lautsprechertaste, damit Wellmann und Sternberg mithören konnten.

»Wenn kein Testament mehr auftaucht, dann gilt die gesetzliche Erbfolge. Abkömmlinge, so nennen wir Kinder oder Enkel, sind nicht vorhanden und die beiden Eltern ebenfalls schon verstorben, also erben Finks Schwestern. Eine lebt bei Köln, die andere in Ulm und die dritte in Durlach.«

»Letztere kenne ich bereits persönlich und zwar zur Genüge.« Lindt verdrehte die Augen, als er sich an seinen Besuch dort erinnerte.

»Welche Vermögenswerte hinterlässt Fink?«

»Wir haben bisher die Eigentumswohnung in Rheinstetten, geschätzter Verkehrswert knapp zweihundertfünfzigtausend, dann einen Mercedes-Sportwagen für ungefähr fünfunddreißigtausend Euro«

»Dieser SLK steht ja immer noch bei unserer Kriminaltechnik«, unterbrach ihn Lindt.

»Ja, genau, und dann noch einen Bestand auf seinem Girokonto von rund achtzehntausend Euro. Allerdings, und das ist merkwürdig, sind uns keine Sparbücher, Wertpapiere oder sonstige Geldanlagen bekannt oder wissen Sie vielleicht?«

»In Österreich, im Montafon«, antwortete der Kommissar, »gibt es eine Ferienwohnung, die Fink gehört. Wir sind mit den Kollegen von der örtlichen Polizei in Kontakt. Unser Staatsanwalt hat auch bereits ein internationales Amtshilfe-Ersuchen hingeschickt, falls es dort Bankkonten oder Schließfächer gibt. Wir halten Sie darüber auf dem Laufenden.«

»Und dann noch die Tochter, Oskar«, warf Wellmann ein, nachdem Lindt das Gespräch beendet hatte.

»Was meinst du, Paul?«

»Na, von der dir die Frau Steinle gerade berichten wollte.«

»Ach so, klar, wenn damit eine Tochter von Konrad Fink gemeint war, dann erbt die natürlich alles und seine drei Schwestern gehen leer aus.«

»Also müssen wir jetzt vor allem«, Jan Sternberg griff nach einem dicken Filzschreiber, »diese Tochter finden.«

Er angelte aus dem Computerdrucker ein leeres Blatt, nahm es quer, schrieb mit dicken Buchstaben: ›T O C H T E R‹ darauf und heftete es mit vier Reißnägeln in die Mitte der korkbespannten Pinnwand.

Sein Chef nickte zustimmend: »Ganz bestimmt eine Schlüsselfigur, aber«, er linste auf seine Armbanduhr, »die suchen wir morgen!«

Pasta mit selbstgemachter Sauce Bolognese gehörte zu Oskar Lindts absoluten Lieblingsgerichten. Die Geschwindigkeit, mit der er Zwiebeln und Knoblauch in kleinste Stückchen hackte, war zwar von der eines Profikochs noch himmelweit entfernt, aber der Kommissar konnte sich bei dieser Tätigkeit bestens entspannen. Der Duft des Olivenöls, in dem er die Zutaten anschwitzte, erinnerte ihn an die herrliche Wärme eines Sizilienurlaubs im Frühling und ließ ihn für eine Weile die winterliche Kälte vergessen.

Carla putzte derweil eine Schüssel Ackersalat und stellte das Wasser für die Spaghetti auf.

»Und wenn nun«, begann Oskar unvermittelt, während er das Hackfleisch in die Pfanne gab, »und wenn nun?«

»Was meinst du?« Seine Frau schaute fragend: »Ach so, du denkst über den aktuellen Fall nach.«

»Ja, endschuldige bitte. Der lässt mich eben auch zu Hause nicht los. Also, wenn es bei diesem Mordfall so ist wie bei unserer Sauce hier?«

»Wie bitte?« Carla schaute empört. »Was hat denn die Bolognese mit deinem Mord zu tun. Ich habe Hack-Fleisch eingekauft, keine Hack-Schnitzel!«

»Nein, nicht so, wie du jetzt denkst.« Oskar zerdrückte das Gehackte während des Anbratens mit einem hölzernen Kochlöffel.

»Die ganzen Zutaten hier, lauter einzelne Elemente.« Er mahlte Pfeffer und Salz über das Fleisch, gab Thymian dazu, zerrupfte einige frische Basilikumblättchen, vermied es aber, den kritischen Blick seiner Frau aufzufangen.

»Alleine sind sie nichts. Erst zusammen, gemeinsam geben sie eine gute Sauce.« Er öffnete ein Glas mit Tomatenmark und gab zwei Esslöffel davon in die Pfanne, um es mit anzurösten.

Carla hörte kommentarlos zu.

»Der Fink war ziemlich intelligent. Vor allem, was Gelddinge, Buchhaltung, seinen kaufmännischen Bereich eben anging. ›Keinerlei Beanstandungen durch die Prüfer vom Finanzamt‹, das hat mir Langenbach voller Stolz versichert.«

Lindt hatte mittlerweile original italienische Bio-tomaten aus einem Glas gegabelt, zerkleinerte sie hingebungsvoll mit seinem Lieblings-Küchenwerkzeug, einem rasiermesserscharfen, japanischen Santoku-Messer und schob die aromatischen Stückchen schnell vom Schneidbrett in die blubbernde Hackfleischmasse.

»Vielleicht war er ja so intelligent, irgendein kompliziertes System zu entwickeln, das ganz enormen Profit abwirft, aber nur sehr schwierig zu durchschauen ist.«

Carla verstand: »Du meinst lauter unauffällige Einzelheiten, harmlose Zutaten, die alleine für sich gar nichts bewirken, aber zusammen und vor allem nach dem richtigen Rezept zubereitet ...«

Oskar stieß seinen Kochlöffel so voller Begeisterung in die Pfanne, dass ein dicker Saucenklecks durch die Luft flog und knapp vor seiner Frau auf die Tischplatte klatschte: »Genau! Dann wird es schlichtweg genial!«

»Diese Ferkelei hier hat aber mit ›genial‹ überhaupt nichts zu tun!« Mit gerunzelter Stirn riss Carla ein Blatt Küchenkrepp von der Rolle und putzte den roten Fleck weg.

»Ja, ja, Entschuldigung, kann schon mal passieren, wenn man schwungvoll kocht.«

»Und wie sollen wir das beweisen, Oskar?« Paul Wellmann war skeptisch, als der Kommissar die Kollegen am nächsten Morgen mit seiner ›Bolognese-Theorie‹ konfrontierte. Auch Staatsanwalt Conradi war auf einen Morgenkaffee gekommen und hörte interessiert zu: »Wenn Sie noch mehr Beweise bringen, dann setze ich unsere Wirtschaftsabteilung auf den Fall an. Da könnte echt was dran sein.«

»Das würde auch erklären, weshalb es bei Langenbach so viel besser läuft als bei den anderen Baufirmen«, überlegte Jan Sternberg. »Das ist ja richtig auffällig. Ich denke dabei nur an die ›Seebold GmbH‹ in Landau. Die machen bestimmt bald dicht. Der Langenbach dagegen bestellt sich wahrscheinlich bald schon wieder einen neuen Achtzylinder.« Er drehte sich zu Conradi: »Reichen unsere Ergebnisse denn noch nicht aus, den ganzen Laden in Ettlingen mal so richtig auseinander zu nehmen?«

Der ›Kurze‹ schüttelte nur den Kopf: »Sehr dünnes Eis bisher, auf dem Sie sich bewegen. Da brauche ich schon mehr, als eine ›Saucen-Theorie‹.« Er verabschiedete sich: »Irgendwas müssen Sie sich eben einfallen lassen!«

»Der hat gut reden«, maulte Sternberg, als die Tür hinter Conradi zufiel.

»Tja, Jan«, tippte sich Lindt mit dem Mundstück seiner Pfeife an die Schläfe. »Dann müssen wir hier oben noch ein wenig aktiver werden. Fink war vielleicht genial, aber wir …«

»Wir sind noch besser!«, tönten Wellmann und Sternberg wie aus einem Mund.

12

Der Ermittlungsfortschritt kam jedoch, ohne dass sich die drei Kriminalisten besonders anstrengen mussten.

Ein Telefonat aus Österreich erhellte den nebligen Wintermorgen.

Die diskreten Vorarlberger Banken hatten sich ob des Mordfalles erstaunlich kooperativ gezeigt und der dortigen Polizei eine schnelle Auskunft erteilt.

Beim Bludenzer Bankhaus Golz waren die Kollegen fündig geworden. Auf den Namen Konrad Fink lief ein Wertpapierdepot, dessen Inhalt sich auf einen gut siebenstelligen Eurobetrag summierte.

Noch interessanter versprach aber der Inhalt eines Schließfaches bei derselben Bank zu werden.

»Leider können wir darüber noch nichts sagen«, meldete der österreichische Beamte, »denn ohne den Wertfachschlüssel des Inhabers kommen wir nicht dran. Außerdem hat dieser Herr Fink bei der Bank verfügt, dass im Falle seines Todes nur in Anwesenheit eines deutschen Notars geöffnet werden darf.«

»Gut, ich schaue, wie wir das organisieren können«, bedankte sich Lindt.

»Dienstreise, Chef, endlich wird's was!«, platzte Jan Sternberg heraus. »Da müssen wir doch hin!«

»Skifahren willst du, gib's doch endlich zu«, stichelte Paul Wellmann und Oskar Lindt setzte eine sehr bedenkliche Miene auf.

Nach kurzem Überlegen griff er zum Telefon, wählte die Nummer des Notariats, ließ sich mit Justizrat Berger verbinden und berichtete die neuen Erkenntnisse.

»Ach so, das Angenehme mit dem Nützlichen«, Lindt begann breit zu grinsen, »ja, da hätte ich auch so einen wintersportbegeisterten Kollegen hier. Sie könnten ja zusammen … Wie? Ich selbst?« Der Kommissar schüttelte sich: »Nein, mich zieht es nicht so in den Schnee. Und Sport? Na ja, damit hab ich's auch nicht so.«

Er machte eine bedeutungsschwere Pause, nachdem er den Hörer aufgelegt hatte.

»Was ist jetzt, Chef? Habe ich das richtig verstanden?« Sternberg konnte seine Ungeduld kaum bezähmen.

»Ja«, ließ sich Lindt absichtlich viel Zeit, »einen halben Tag Urlaub musst du aber schon eintragen, dieser Notar scheint auch ein begeisterter Skifahrer zu sein. Er nimmt dich mit. Morgen früh um fünf ist Abfahrt. Erst ein paar Stunden Tiefschnee und dann geht's zum Après-Ski. Allerdings findet der nicht bei Jagertee an der Schneebar oder in irgendeinem trommelfellmordenden Discostadl statt, sondern im Tresorraum einer Privatbank in Bludenz.«

»Sie, Chef, wieso? Kommen Sie auch mit?« Groß war Jan Sternbergs Erstaunen, als zur Abfahrtszeit am nächsten Morgen neben dem Wagen des Notars auch Lindts großer Citroen-Kombi am vereinbarten Treffpunkt stand.

»Überraschung!«, grinste Lindt. Er klopfte auf seine Hosentasche: »Außerdem habe ich gestern Abend noch etwas Wichtiges von der KTU abgeholt.«

Justizrat Berger war schon dabei, seine Skiausrüstung in den voluminösen Laderaum des Kripo-Dienstwagens umzupacken und der Kommissar winkte seinem jungen Kollegen: »Komm, lad‹ alles hier rein, wir nehmen mein Auto.«

Er hatte sich vorgenommen, ausführlich mit den Vorarlberger Polizei-Kollegen zu sprechen und wollte auch Finks Ferienwohnung anschauen, in die zwei Mal eingebrochen worden war. Und mit einer Seilbahn hochzufahren, um an der Bergstation die strahlende Wintersonne und das Panorama der verschneiten Gipfel zu genießen, war bestimmt nicht anstrengend.

Über die Bodensee-Autobahn und am Schwäbischen Meer entlang erreichten sie nach etwas mehr als drei Stunden zügiger Fahrt schließlich Bludenz. Von dort waren es nur noch ein paar Kilometer bis Schruns, in dessen Gästebuch sich schon Ernest Hemingway verewigt hatte.

Die weiße Montafoner Bergwelt empfing die drei Karlsruher mit einem herrlichen Wintertag.

Notar Berger erwies sich als Kenner der Gegend und dirigierte den Kommissar direkt zum Stausee von Latschau, um an der Talstation der Golmerbahnen zu parken. Die beiden Sportler schlüpften schnell in ihre Overalls und Skischuhe, Oskar Lindt schnürte die pelzgefütterten Winterstiefel, hüllte sich in seine Daunenjacke und stülpte die bewährte, dicke, dunkelblaue Zipfelmütze über.

»Hier!« Er hielt Jan Sternberg den ausgestreckten rechten Arm hin und zeigte auf einen dunklen Schmutzrand. »Weißt du noch?«

Sein Mitarbeiter nickte: »Die Nacht auf dem Rheindamm. Da haben Sie diese Jacke auch getragen.«

»Ist beim Waschen nicht mal ganz rausgegangen.« Der Notar schaute fragend.

»Blut!«, Lindts Atem ging schneller und seine Augen begannen merkwürdig zu glänzen, wenn er daran zurückdachte. »Blut von Barbara Steinle. Angeschossen, direkt neben mir, liegt immer noch im Koma.«

Der Kommissar drehte sich rasch um und eilte zum Eingang der Bahn. Er löste eine Einzelkarte für Berg- und Talfahrt und schwebte in einer der Kabinen hoch bis zur Bergstation beim Panorama-Restaurant Grüneck. Sonne und Schnee blendeten ihn derart, als er ins Freie trat, dass er schleunigst seine Sonnenbrille aufsetzte. ›Völlig unmöglich‹ hatte Carla vor Jahren einmal das längst aus der Mode gekommene, dicke, dunkelbraune Horngestell mit den stark getönten Gläsern genannt und die Brille flugs in den Mülleimer befördert, doch Oskar konnte das gute Stück in einem unbeobachteten Augenblick noch retten und versteckte es seither im Handschuhfach seines Autos.

›Hier oben kennt mich doch eh keiner, also, was soll's. Vielleicht ist diese Form ja sogar schon wieder angesagt.‹

Ausgiebig nahm er sich Zeit, um das Panorama zu genießen, studierte dann intensiv die Speisekarte, fand die Preise aber ›zwar der Höhenlage, nicht aber einem deutschen Beamtengehalt angepasst‹, nahm sich vor, später im Tal einzukehren und steuerte den Liegestuhlverleih an.

Schneller als gedacht machte sich nun das frühe Aufstehen bemerkbar und die Wärme der intensiven Wintersonne tat ein Übriges.

Lindt fuhr zusammen und riss die Augen auf. Jemand hatte ihn etwas unsanft angerempelt.

»Aber Chef!« Die Stimme kam ihm bekannt vor. »Sie wecken ja die ganzen übrigen Gäste auf.« Jan Sternberg beugte sich über ihn und schüttelte sich vor Lachen.

»Hab ich etwa?«

»Einen ganzen Wald haben Sie niedergesägt. Ich konnte es drüben auf der Piste hören, nein, nicht direkt«, verbesserte er sich, »aber den offenen Mund habe ich schon gesehen.«

Schnell schaute sich der Kommissar um und wenn er nicht die Mütze so tief in der Stirn und die riesige Sonnenbrille im Gesicht gehabt hätte, wäre sei Erröten noch viel auffälliger gewesen.

»Peinlich, peinlich – zum Glück bin ich hier nicht so bekannt wie in Karlsruhe«, raunte er seinem Mitarbeiter halblaut zu und linste geschwind auf die Uhr. »Zeit für mich, wieder ins Tal zu verschwinden, ich wollte doch noch zu den Kollegen, bevor wir in die Bank fahren.«

Er erinnerte Jan Sternberg nochmals an die verabredete Zeit und den Treffpunkt auf dem Parkplatz und ging Richtung Bahn.

Die talwärts fahrenden Kabinen waren jetzt am späten Vormittag meistens leer und so hatte auch Lindt die ganze Gondel für sich. Fasziniert schaute er zu den Panoramascheiben hinaus, als er aus der Bergstation ins Freie schwebte.

Irritiert schüttelte er den Kopf. Was war das? Etwas

Blaues war ihm ins Auge gestochen. Oder hatte er sich getäuscht? Schnell trat er zum rückwärtigen Fenster der Kabine und konnte gerade noch einen Baucontainer erkennen, der neben dem Gebäude der Bergstation stand. Vielleicht so groß wie ein Kleinwagen, ringsum geschlossen, aus Stahlblech; eben so, wie er auf Baustellen benutzt wurde, um nachts die Werkzeuge und Geräte diebstahlsicher aufzubewahren.

Das alleine wäre nicht beachtenswert gewesen, doch was dem Kommissar ins Auge stach, war die Farbe: königsblau mit silberner Aufschrift. Das war doch, aber nein, das wäre ein zu großer Zufall, er täuschte sich bestimmt. Schade, dass er die Buchstaben nicht mehr hatte entziffern können. Dazu war die Bahn nun schon zu weit weg.

Als er im Tal unten wieder in seinem Wagen saß und sich auf die Suche nach der örtlichen Polizei machte, hatte er diese Beobachtung zwar nicht vergessen, aber verdrängt.

»Da ham's Pech«, rief ein älterer Mann von hinten, als Lindt zwei Minuten nach zwölf an der verschlossenen Tür der Polizeiinspektion rüttelte. »Aber zwei von denen san net weit.« Er zeigte die Straße entlang auf eine Gastwirtschaft. »Mittagszeit halt.«

»Auch recht«, bedankte sich der badische Kommissar, trat in die Wirtsstube und steuerte geradewegs auf die beiden uniformierten, österreichischen Kollegen zu.

»Schön, dass mir mol B'such von einem echten deutschen Hauptkommissar kriegen«, wurde er begrüßt und bei der Auswahl seines Mittagessens fachkundig beraten. »Am Berg drob'n, da gibt's nur Touristenfraß zu Wahnsinnspreisen.«

Lindt ließ sich ein enorm großes Tellerschnitzel schmecken, unterhielt sich prächtig und schaute nebenbei interessiert in der urigen Gastwirtschaft umher.

An den Wänden hingen überall Jagdtrophäen. Unzählige Rehgehörne, ein paar weit ausladende Hirschgeweihe, dazwischen die nach hinten gebogenen schwarzen Hörner von erlegten Gämsen – »Gamskrucken sag'n mir dazu«, ließ ihn einer der örtlichen Polizisten wissen. Einige gerahmte Fotografien, auf denen stolze Jäger mit ihrer Beute zu sehen waren und als imposanter Höhepunkt noch ein ausgestopfter Auerhahn in Balzstellung. Der war aber nicht sehr professionell präpariert und sah mit seinem abnormal langen Hals aus, als wollte er von der Wand weg geradewegs in den Wirtssaal fliegen.

»Die Jager kommen oft hier z'samm«, erklärte die Wirtin, als sie Lindts erstaunten Blick sah. »Meistens ham's was zum tottrinken.«

»Und rauchen tun's auch wie die Wilden«, lachte einer der Kollegen, zeigte erst auf die mittlerweile qualmende Pfeife des deutschen Gastes und dann auf die stark vergilbten, ja fast braunen Schädelknochen der Trophäen, die ursprünglich doch einmal schneeweiß gewesen waren.

»Wir können uns auch nachher noch weiter unterhalten«, drängte der Kommissar dezent zum Aufbruch und die Vorarlberger verstanden gleich. »Natürlich, die Wohnung. Gleich zweimal innerhalb von ein paar Tagen, die müssen wirklich was Wichtiges g'sucht haben.«

Nach kurzer Fahrt trafen sie am Appartementhaus ›Steinbock‹ ein. Von außen ein respektables Gebäude im alpenländischen Stil – ›fünfundzwanzig Einheiten sind da drin‹ – zeigte sich hinter Finks Wohnungstür die-

selbe Einrichtungslinie wie in Rheinstetten. Schwarz-
weiß-Edelstahl.

Nur die Spuren der beiden Einbrüche störten das voll-
kommene Design. Aufgerissene Schränke und Schub-
laden, die Inhalte überall verstreut, fast alle Bücher aus
dem Regal gefegt, ja selbst in der schmalen Küchenzeile
stand kein Topf mehr auf seinem Platz.

»Ob da jemand fündig geworden ist?« Lindt bezwei-
felte es und warf noch rasch einen Blick auf den Computer, der seitlich vor einem großen Fenster mit atemberau-
bendem Bergpanorama stand. Ein gezielter Druck, eine
Klappe am PC-Gehäuse schwang auf, der leere Platz für
die mobile Festplatte war gefunden, doch diese Erkennt-
nis half auch nicht viel. »Möglicherweise liegt auch das,
was hier gesucht wurde, in einem Bludenzer Bankschließfach.«

»Lassen wir uns mal überraschen«, meinte er auch zu
Notar Berger und Jan Sternberg, als er die beiden am
Nachmittag wieder eingeladen und ihre Skier verstaut
hatte. »Jetzt beginnt jedenfalls die Arbeit, bisher bestand
der Tag aus reinem Vergnügen.«

Schnell erreichten sie Bludenz und steuerten Richtung Stadtmitte.

Plötzlich trat Lindt mit voller Wucht auf die Bremse,
lenkte den Citroen nach rechts, kam halb auf dem Geh-
steig zum Stehen und starrte wie elektrisiert zur Seite.

»Aua, was haben Sie denn, Chef?« Sternberg rieb sich
schmerzverzerrt die Stirn. Er hatte sich auf der Rückbank
nicht angeschnallt und war bei dem abrupten Bremsma-

növer mit voller Wucht gegen die Lehne des Vordersitzes geknallt.

»Na, da drüben!« Er zeigte auf ein von hohem Maschendraht umgebenes Gelände. Mehrere Lastwagen, zwei Bagger und eine Laderaupe parkten auf dem Areal.

»Sieht aus wie eine Baufirma. Ja, da steht's doch: Montafon-Bau GmbH.« Jan zeigte auf einen blauen Transporter, bei dem dieser silberne Schriftzug angebracht war.

»Ach so, ich dachte nur. Von den Farben her sieht es doch so aus wie … und auf dem Berg, da war auch so ein …«

Er sah Sternbergs fragenden Blick, ärgerte sich über sein eigenes Verhalten, knurrte noch: »Entschuldigung bitte für mein plötzliches Bremsen!«, und gab wortlos wieder Gas.

In der Bank wurden sie von einem elegant gekleideten, dynamisch wirkenden Mittvierziger begrüßt und gleich ins Untergeschoss gebeten. Ein Kriminalbeamter des örtlichen Bezirkspolizeikommandos begleitete die ausländischen Besucher: »Mit Ihrem Amtshilfe-Ersuchen haben wir sämtliche Banken abgeklappert. Hier hat es schließlich gepasst.«

Lindt nickte. Dass viel Kapital auf diskreten österreichischen Konten vor dem deutschen Fiskus seine Ruhe hat, war mittlerweile kein Geheimnis mehr und eben dieses, das Bankgeheimnis also, wurde auch nur bei schweren Straftaten aufgehoben.

Der Banker öffnete eine massive Tresortüre und ging voraus in einen neonbeleuchteten, fensterlosen Raum. Die Wände glänzten im matten Edelstahl unzähliger verschieden großer Wertfächer.

Das polizeiliche Siegel auf Schließfach 488 fiel sofort ins Auge. Es war direkt auf das Schlüsselloch geklebt worden und der österreichische Polizist hatte einige Mühe, es mit der Klinge seines Taschenmessers abzukratzen.

»Ich muss erst vorschließen«, erklärte der Bankmitarbeiter, steckte kleinen, messingfarbenen Schlüssel in den Schließzylinder und drehte einmal um. »So bitte«, nickte er Lindt zu.

Zu Jan Sternbergs Erstaunen zog der Kommissar ein kleines, schwarzes Lederetui aus seiner Tasche, öffnete es und holte einen Schlüsselbund heraus.

»Woher haben Sie …?«

Klirrend hielt ihm sein Chef den Bund unter die Nase. Sternberg erkannte mehrere kleine und einen großen Schlüssel. Der trug den Mercedes-Stern.

Sternberg ging ein Licht auf: »Deshalb waren Sie noch bei der KTU!«

»Genau, der steckte doch in Finks Sportwagen. Hier bitte: Auto, Wohnung, Büro und noch ein paar unbekannte Schlüssel. Vielleicht passt einer davon zu dem Fach da drüben.«

»Wenn nicht?«

»Dann brauchen wir halt doch einen Schlüsseldienst und der muss dann den Zylinder aufbohren«, erklärte der Bankangestellte. »Den zweiten Schlüssel hat immer unser Kunde und die Fächer können wir nur gemeinsam öffnen.«

Lindt verglich schnell Finks Schlüssel mit dem der Bank, fand einen, der ganz ähnlich aussah, steckte ihn ins Schloss, drehte um und schon ließ sich die schmale Metalltür aufklappen.

»Na bitte!«

Er entnahm dem Fach eine Blechkassette, stellte sie auf den Tisch in der Mitte des Raumes und nickte dem Notar zu: »Jetzt kommt Ihr Part, Herr Berger.«

»Schließfachöffnung im Bankhaus Golz, Bludenz, Vorarlberg, Österreich. Im Tresorraum der Bank sind anwesend:«, begann der Justizrat routiniert auf sein schmales Diktiergerät zu sprechen. Er nannte alle Anwesenden mit Vornamen, Namen und Funktion, vergaß auch nicht das Datum und fuhr dann fort: »Ich öffne jetzt, um 16 Uhr und zwölf Minuten die Metallkassette aus dem Schließfach Nr. 488, welches mit dem Schlüssel der Bank und einem von Kriminalhauptkommissar Oskar Lindt mitgebrachten Schlüssel aufgeschlossen wurde, der nach den Ermittlungen der Karlsruher Kriminalpolizei dem ermordeten Konrad Fink, wohnhaft gewesen in Rheinstetten, gehörte.«

»Toll, Chef, wie er solche langen Schachtelsätze fehlerfrei und druckreif diktieren kann«, raunte Jan Sternberg halblaut in Lindts Ohr.

Der legte nur – »psst« – den Finger auf seine Lippen und linste aufmerksam in die Kassette, deren Deckel Berger soeben zurückgeschlagen hatte. Mehrere Schnellhefter waren zu sehen.

Nacheinander entnahm der Notar die Dokumente, blätterte durch, gab erst für die Umstehenden ein paar kurze Stichworte und diktierte anschließend die Einzelheiten.

»Grundbuchauszug Eigentumswohnung Rhein-stetten-Forchheim.«

»Kennen wir«, flüsterte Sternberg ganz leise, so ergriffen war er von der Situation.

»Grundbuchauszug Appartementanlage ›Steinbock‹, Schruns.«

»Welche Wohnung genau?«, wollte Lindt wissen.

Der Notar schlug Seite für Seite um: »Es scheint sich um das gesamte Haus zu handeln. Ja, richtig, hier steht's: Fünfundzwanzig Wohnungen in verschiedenen Größen.«

Fast synchron, wenn auch in unterschiedlichen Tonlagen, pfiffen die beiden deutschen Kriminalisten und ihr österreichischer Kollege durch die Zähne.

»Wahnsinn«, entfuhr es Jan Sternberg.

Das nächste Schriftstück brachte eine neue Überraschung: »Finks Arbeitsvertrag mit der Baufirma Langenbach in Ettlingen«, informierte Berger und vertiefte sich in die Einzelheiten.

»Erstaunlich, sehr erstaunlich!« Die Stimme des Juristen begann vor Erregung zu vibrieren. »Ein sattes Monatsgehalt und dazu kommt seit zwölf Jahren noch zusätzlich eine Beteiligung am Firmengewinn!«

»Ich werd‹ verrückt!« Jan konnte sich nicht mehr zurückhalten. »Das macht ja …!«

»Im letzten Jahr gut zweihunderttausend Euro, alleine die Gratifikation«, klärte ihn Berger auf und wedelte mit einem Stapel von Kontoauszügen. »Zahlbar nämlich auf Finks Konto bei dieser Bank hier.«

»Schön am deutschen Fiskus vorbei«, brummte Oskar Lindt. »So eine Sauerei!«

Er erhielt dafür umgehend einen ebenso eindeutigen wie missbilligenden Blick des Bludenzer Bankers, kümmerte sich aber nicht darum.

Wofür diese Bank eine geräumige Tiefgarage brauchte, war ihm jetzt völlig klar.

›Diskretion ist wohl das A und O im Kapitalfluchtgeschäft! Nicht auszudenken, wenn ein kleiner, deutscher Steuerfahnder in seinem Skiurlaub eine ihm bekannte Firmenlimousine vor einer österreichischen Bank bemerken würde‹ Doch diesen ketzerischen Gedanken behielt der Kommissar dann lieber für sich.

»Es wird noch interessanter«, kommentierte Justizrat Berger ein Schriftstück, das er einem großen, braunen Umschlag entnommen hatte.

»Finks Testament! Darin vermacht er seinen gesamten Besitz, Moment, ich lese vor: meiner Tochter Annamaria Reininger, geboren am 20. Mai 1995, wohnhaft Bludenz, Mühlgasse 18!«

»Chef, die Tochter!«, entfuhr es Jan Sternberg.

Lindt fehlten die Worte. »Tatsächlich«, stammelte er mühsam. »Wie Barbara Steinle noch sagte.«

»Wir kümmern uns drum«, schaltete sich der Vorarlberger Kripokollege ein. »Das ist gar nicht weit von hier.«

»Darf ich noch um ein wenig Aufmerksamkeit bitten?« Der Notar beförderte einen weiteren, diesmal aber ziemlich dicken Umschlag auf den Tisch. Mehrere Geldbündel rutschten heraus. Euros, Schweizer Franken und auch Dollarnoten.

»Bestimmt über hunderttausend.« Jan musste wieder einen Kommentar abgeben.

»Wird nachher genau gezählt«, beruhigte ihn Berger.

»Und jetzt noch das hier.« Er holte ein letztes Kuvert aus der Kassette, dann war sie leer.

Ein einzelnes Blatt ohne Überschrift, computerbeschrieben – eine Tabelle mit verschiedenen Kombinationen aus Buchstaben und Zahlen.

Lindt blickte ratlos: »Was soll denn das sein?«

Sternberg dagegen brauchte nicht lange zu überlegen: »Chef, das sind Passwörter. Für Computerdateien, da bin ich mir ganz sicher.«

»Dann brauchen wir ja nur noch die Festplatte«, stöhnte Lindt und griff nach einem Stuhl. Er musste sich setzen. Allmählich wurde ihm das alles doch etwas zuviel.

Solange Notar Berger die einzelnen Dokumente genauer aufnahm, versank der Kommissar in Gedanken. Falls Reichtum Finks Lebensziel gewesen war, das hatte er jedenfalls erreicht. Die Wohnung, das Appartementhaus, ein fürstliches Gehalt und jedes Jahr eine enorme Gewinnbeteiligung bei Langenbach. Lindt starrte auf die Stapel von Banknoten, die Berger gerade zum zweiten Mal zählte.

»Als kleiner Buchhalter in der Städtischen Bauverwaltung wäre er bestimmt nicht so weit gekommen!«, riss ihn Jan Sternberg aus seiner Trance.

Der Kommissar gab nur einen undeutlich zustimmenden Seufzer von sich und griff – ›darf ich?‹ – nach dem Bündel mit Kontoauszügen.

Was als Ausgaben verbucht war, floss meist in Finks Wertpapierdepot, die Einnahmen stammten überwiegend aus der Vermietung der ›Steinbock‹-Wohnungen und ein Mal jährlich überwies sein Arbeitgeber die als ›Erfolgsprämie‹ titulierte Beteiligung am Gewinn der Baufirma.

›Gero Langenbach‹ stand als Absender der Überweisung auf dem Kontoauszug vermerkt. Lindt stutzte und runzelte die Stirn. Warum war da nicht der korrekte Geschäftsname aufgeführt?

»Können Sie mir sagen«, wandte er sich an den Bankmitarbeiter, »woher dieses Geld kommt?«

Der warf einen schnellen Blick in den Auszug, zögerte aber merkwürdig lange mit der Antwort.

»Also bitte, es geht um Mord!«, schaltete sich Lindts Bludenzer Kollege ein. »Sie können sich jetzt nicht mehr auf Ihr wohlgehütetes Bankgeheimnis zurückziehen!«

»Herr Langenbach hat auch ein Konto bei uns im Haus.«

»Vielleicht noch etwas genauer? Das scheint kein Firmenkonto zu sein.«

»Ich müsste erst mit unserem Vorstand sprechen.« Der Banker ging zu einem Telefon, das neben der dicken Tresortüre an der Wand hing.

Keine zwei Minuten später betrat ein gepflegt wirkender, braungebrannter, vielleicht sechzigjähriger Mann den Tresorraum. »Hubertus Golz, geschäftsführender Gesellschafter«, stellte er sich vor. »Wir sind ein Familienunternehmen, seit hundertzehn Jahren! Diskretion ist unser Markenzeichen, wenn Sie verstehen, was ich meine.«

»Die Geldbewegungen von Herrn Gero Langenbach würden uns trotzdem interessieren. Sie scheinen in direktem Zusammenhang mit dem Mord an seinem Mitarbeiter und Ihrem Kunden Konrad Fink zu stehen«, antwortete ihm Oskar Lindt, doch der in feinen anthrazitfarbenen Loden gekleidete Bankvorstand hob abwehrend die Hände: »Sehr bedauerlich, das mit Herrn Fink, ein nobler Mann, überaus sachkundig, wir kannten uns seit vielen Jahren. Über seine eigenen Konten werde ich Ihnen gerne Auskunft geben, aber darüber hinaus nur mit richterlicher Anordnung!«

»Schwierig?«, fragte Lindt in Richtung des österreichischen Beamten.

Der überlegte: »Kommt ganz auf den Richter an. Allerdings heute«, er sah auf seine Uhr, mittlerweile war es schon nach fünf, »heute erreiche ich bestimmt keinen mehr.«

»Sieht so aus, als müssten wir noch längere Zeit grenzüberschreitend zusammenarbeiten«, nickte der Karlsruher Kommissar seinem Vorarlberger Kripo-Kollegen aufmunternd zu.

»Diese Erbschaftssache liegt vorerst auf Eis«, verkündete Justizrat Berger, als er mit den Kriminalbeamten zusammen die Bank wieder verlassen hatte. »Solange Ihre Ermittlungen noch laufen, bleiben die Dokumente sicher verwahrt im Wertfach.«

»Hoffentlich ist das alles hier nicht zu sicher«, runzelte Oskar Lindt die Stirn. »Die Überweisungen von Langenbachs Privatkonto sind ja schon sehr merkwürdig.«

Sternberg platzte heraus: »Ganz klar eine Geldwaschanlage, Chef. Liegt doch auf der Hand. Da unten wollte ich es nur nicht sagen.«

»Ist auch gut, dass du dich zurückgehalten hast, aber du hast recht: Das hier stinkt ganz gewaltig!«

13

Auf der Heimfahrt machte sich bei den beiden Wintersportlern die Müdigkeit bemerkbar. Eine Zeit lang beteiligten sie sich noch an Gedankenspielen über mögliche Zusammenhänge zwischen dem zerhäckselten Konrad Fink, der angeschossenen Barbara Steinle und den Geldströmen der Baufirma Langenbach, aber irgendwo bei Friedrichshafen hörte Oskar Lindt nur noch tiefe Atemzüge neben und hinter sich.

Er selbst war hellwach und in seinem Kopf jagte eine Überlegung die andere. ›Bei konzentriertem Autofahren lässt sich besonders gut nachdenken‹, hatte er vor kurzem in einem Nachrichtenmagazin gelesen und tatsächlich malte er sich die unterschiedlichsten Szenarien aus, während er den schweren Citroen auf der A 81 in Richtung Stuttgart lenkte.

Seine Gedanken wurden erst unterbrochen, als er kurz vor Rottweil das Schild der Raststätte Neckarburg sah. Schlagartig meldete sich sein Magen.

»Wie wär's mit einer Kleinigkeit zu Essen?«, weckte er die beiden Mitfahrer.

Schläfrig rieben sich Berger und Sternberg die Augen und brummten dann zustimmend.

»Ach, Neckarburg«, las Jan von dem blauen Schild ab, als sie rechts abbogen. Er erinnerte sich:»Von hier stammt doch auch der Tankbeleg, den uns Langenbach vorgelegt hat.«

»Ja, stimmt! Schon wieder Langenbach, immer wieder Langenbach! Aber wir können ihm einfach nichts nachweisen.«

»Noch nicht, Chef, noch nicht. Warten Sie mal, was die in Bludenz ermitteln. Der hat bestimmt Dreck am Stecken!«

Der Kommissar lud eine Schüssel Gulaschsuppe auf sein Tablett, die beiden Skifahrer zogen leichtere Kost vor und bedienten sich ausgiebig am Salatbuffet.

»Jetzt hätten wir das Rätsel um die Tochter doch noch geklärt«, kam es undeutlich aus Jan Sternbergs Mund, weil er gerade geräuschvoll zwei knackige Eissalatblätter zerbiss.

»Da könnte man grad neidisch werden. Erbt das Kind jetzt wirklich alles?«, schaute er fragend zu Notar Berger.

»Ja, so wie es aussieht, gehen Finks drei Schwestern komplett leer aus. Die werden enttäuscht sein, aber so kommt es manchmal. Plötzlich taucht doch noch ein Abkömmling auf und – plupp – platzt die schöne Seifenblase. Aus der Traum von der Erbschaft!«

»Enorm, was dieser Fink alles angehäuft hat. Dass seine Fähigkeiten Langenbach so viel wert gewesen sind«, schüttelte Lindt den Kopf, doch dann verstummte er, denn zwei Männer nahmen am Nebentisch Platz.

Ganz in Grün gekleidet waren sie unschwer als Jäger zu erkennen. Lautstark unterhielten sie sich über eine sehr erfolgreiche Wildschweinjagd im Hegau, von der sie gerade zurückkamen.

Einer der beiden musste wohl einen starken Keiler geschossen haben, der beim Erzählen im Fünf-Minuten-Rhythmus immer größer und größer wurde. Schließlich waren die Ausmaße des Schweins auf Klaviergröße angewachsen und die gefährlichen Stoßzähne hatten den tapferen Waidmann nur um Haaresbreite verfehlt.

»Jägerlatein«, lachte Justizrat Berger, doch Oskar Lindt hörte nicht zu.

Irgendwie kam ihm plötzlich die Gaststube in Schruns wieder ins Gedächtnis, wo er mit den beiden österreichischen Polizisten gemeinsam zu Mittag gegessen hatte.

Er erinnerte sich an die Wände voller Hirsch- und Rehgeweihe, an die schwarzen ›Gamskrucken‹ – nein, Hauer einer Wildsau waren nicht dabei gewesen, die gab es im Gebirge anscheinend kaum.

Aber der wenig professionell ausgestopfte Auerhahn kam ihm noch in den Sinn und die Bilder. Fotos mit erfolgreichen Jägern drauf, ja, er hatte sie nur überflogen, überall Lodengrün, umgehängte Gewehre, Gamsbart-Hüte, rote Schweißhunde, Bergstöcke, Rucksäcke, aus denen noch die Köpfe der erlegten Böcke schauten, aber ... Lindt kniff die Augen zusammen, wie wenn er genauer hinschauen wollte, konnte das denn sein?

Sein Gedächtnis spielte ihm bestimmt einen Streich ... oder?

Ein Foto, so erinnerte er sich, hing direkt gegenüber von ihm an der Wand. Er hatte es öfter mal angeblickt, aber nichts bemerkt, nicht richtig hingeschaut.

Der Kommissar wurde sich immer sicherer. »Ich hab ihn gesehen!«, stieß er plötzlich hervor, so dass Jan Sternberg nur verdutzt stammeln konnte: »Wen?«

»In Schruns, Jan, auf dem Bild, beim Mittagessen.«
Fast flüsterte Lindt, als hätte er Angst, die zwei lauten
Jäger am Nebentisch könnten ihn hören.

»Jetzt mal der Reihe nach, Chef, wer war beim Essen
und auf welchem Bild?«

»Nein, ich beim Essen und er an der Wand auf dem
Foto.«

»Ja, wo denn?«

»In der Gastwirtschaft, heute Mittag.«

»Um wen geht's denn, wenn ich mich einmischen
darf?«, beteiligte sich auch der Notar an der verwirren-
den Unterhaltung.

»Als Jäger«, hielt Lindt die Hand vor seinen Mund
und beugte sich über den Tisch. »Aber«, begann er zu
stottern, »der ist doch gar keiner, der hat doch überhaupt
keinen Jagdschein. Wie kann denn das …?«

»Meinen Sie etwa Langenbach?«, stieß Jan Sternberg
ganz erregt hervor.

Der Kommissar nickte nur stumm.

»Den haben Sie gesehen?«

»Ich bin mir jetzt ganz sicher.«

Sein Mitarbeiter überlegte kurz: »Wenn Sie recht
haben, vielleicht jagt er ja nur in Österreich. Dann hat
er aber doch ein Gewehr.«

»Denk an das Kaliber, Jan, was hat uns der Ludwig
gesagt? Ein hochrasantes Geschoss, für die Jagd auf weite
Distanzen, im Gebirge zum Beispiel.«

»Sie meinen, Langenbach könnte auf diese Frau
geschossen haben?« Die Stimme des Notars zitterte.

»Aber der Tankbeleg, Chef. Er hat doch zur fraglichen
Zeit getankt, genau hier.«

Sternberg sprang auf. »Das können wir gleich überprüfen!« Im Stehen trank er schnell aus und schnappte sein Tablett: »Zur Tankstelle! Die Bänder!«

Berger schaute völlig perplex, aber Lindt kapierte. »Die Überwachungsvideos, die will er sich anschauen. Kommen Sie!«

Es dauerte keine zehn Minuten, dann hatten sie die Aufzeichnungen des fraglichen Zeitraumes auf dem Bildschirm. In einem kleinen Raum hinter dem Kassenbereich fixierten sie gebannt einen Schwarzweiß-Monitor, musterten Wagen für Wagen, waren erstaunt von der Schärfe der Filme und warteten gespannt auf ein Auto mit ›KA‹-Kennzeichen.

»Da!« Sternberg hatte es zuerst gesehen.

»Mist, Fehlanzeige, ein Vertreter für Suppen«, korrigierte er schnell wieder. Die Firmenaufschrift war auf der Motorhaube des hellen Kombis deutlich zu sehen.

»Aber jetzt«, rief Berger ganz aufgeregt. Das Jagdfieber hatte auch ihn gepackt. Ein dunkler Kleintransporter hielt vor der Zapfsäule. Zwei Monteure in Latzhosen stiegen aus.

»Nee, der ist es wieder nicht, tankt Diesel. Auf dem Beleg stand Super. Oder?« Sternberg drehte sich fragend um.

Lindt nickte: »Bin mir fast sicher. Das wäre uns doch aufgefallen. Langenbachs Audi ist ein Achtzylinder. Benziner, kein Diesel.«

»Dann passt der da auch nicht.« Berger zeigte auf einen dunklen Geländewagen. »›KA‹ stimmt aber.«

»VW Touareg«, stellte Jan fachmännisch fest. »Bestimmt ein Diesel.«

»Nein«, schrie er auf, »der greift nach Super plus.«

»Schau doch mal an der Seite, die silberne Schrift!«

Mehr brauchte Lindt nicht zu sagen. Einwandfrei war da ›Langenbach‹ zu lesen.

»Der Fahrer ist bestimmt einer der Ingenieure«, nickte Sternberg. »Dieses Band nehmen wir mit.«

»Langenbach damit festnageln?« Staatsanwalt Conradi schüttelte bedauernd den Kopf, als er am nächsten Morgen gemeinsam mit dem Kripo-Team das Videoband angesehen hatte. »Leider nicht. Wir wissen jetzt zwar, dass sein Alibi falsch ist, aber das reicht nicht. Gibt es denn keine weiteren Indizien?«

Paul Wellmann, der den KTU-Bericht über die Untersuchung der Reifen vorliegen hatte, musste passen. »Alle Fahrzeuge, die auf Langenbach privat oder seine Firma zugelassen sind, wurden überprüft. Neben dem Audi haben noch fünf VW Touareg-Geländewagen die passenden Reifen drauf, einer davon sogar einen nagelneuen Satz, aber nirgends stimmen die Abdrücke genau mit denen vom Tatort überein.«

Lindt war stutzig geworden: »Wie bitte, ganz neu, alle vier? Wieso und seit wann?«

»Vor ein paar Tagen wurden bei dem Wagen sämtliche Reifen mehrfach durchstochen, als er nachts nicht in der Tiefgarage, sondern draußen auf dem Firmenparkplatz stand. Leider waren die schon entsorgt, als die KTU kam.«

»Und das sollen wir glauben«, brummte Lindt halblaut und widmete sich wieder dem Stopfen seiner Morgenpfeife. »Die Reifen verschwinden blitzartig, die Gummistiefel werden schnell in den Müll geworfen und das Gewehr irgendwo im Rhein versenkt. Jede Wette, dass dieser Langenbach da ganz tief mit drin steckt.«

»Leider nur Vermutungen. Damit können wir kein Gericht überzeugen. Beweisen Sie's Herr Lindt«, wandte sich der Staatsanwalt zum Gehen. Er sah dem Kommissar fest in die Augen und drückte seine Hand: »Ich bin mir sicher, Ihnen fällt was ein.«

»Beweisen Sie's, beweisen Sie's, Ihnen fällt sicher was ein«, äffte Jan Sternberg den ›Kurzen‹ nach, als sich die Tür hinter ihm geschlossen hatte.

Und auch sein Vorgesetzter, dem eigentlich viel an einem guten Verhältnis zu Conradi lag, seufzte tief: »Wenn's nur so einfach wäre, mein lieber Herr Staatsanwalt.«

»Die Reifen von Falks Chevy passen übrigens auch nicht«, warf Paul Wellmann schnell ein, um abzulenken. »Die Bruchsaler Kollegen haben unauffällig nachgeschaut.«

»Wieder eine Spur, die wir streichen können«, ächzte Lindt. »Ab jetzt bitte nur noch Meldungen, die uns weiterbringen.«

»Wenn wir wenigstens diese Festplatte hätten«, begann Jan Sternberg.

»Haben wir aber nicht!« Sein Chef klang gereizt. »Nur noch Gutes will ich hören!«

»Ja, ich mein‹ ja nur, wegen den ganzen Passwörtern und Zugangscodes hier.« Er hielt eine Kopie der Liste aus dem Schließfach in der Hand. »Wäre bestimmt sehr interessant, da mal reinzuschauen.«

»Schau doch wenigstens seine E-Mails an«, zeigte Paul

Wellmann auf die web.de-Daten in der untersten Zeile der Liste.

»Klar, warum nicht … hier der Nutzername …«, Sternberg loggte sich schnell ein, »und dann noch das Passwort«, er linste wieder auf den Zettel, »ah ja, natürlich, ›Annamaria95‹«.

Gespannt starrten die beiden auf den Monitor.

›Sie haben 7 ungelesene E-Mails‹ – Jan klickte darauf und betrachtete die sich öffnende Liste.

»Werbemüll, das da und das auch«, setzte er Häkchen vor den einzelnen Mails, um sie zu löschen. »Alles Spam – ach halt, hier, was ist denn das?«

Er schaute genauer hin: »›Jetzt reicht's!!!‹ steht drüber und das auch noch mit drei Ausrufezeichen!«

Laut las er vor: »Wir sind es ja schon gewohnt, dass du deine Versprechen nicht einhältst! Bisher hattest du dafür wenigstens noch irgendeine Entschuldigung! Die Arbeit, die Firma oder sonst was! Dieses Mal bleibst du einfach weg und lässt seit Wochen nichts von dir hören. Wenn du uns auch nicht sehen willst – schick wenigstens das Geld!«

»Hui, da hatte Fink aber heftigen Beziehungsstress!« Oskar Lindt war hellhörig geworden. »Wo kommt das denn her?«

»Aus Österreich, Chef! ›RitaundAnna@networld.at‹ heißt die Absenderadresse.«

»Anna, ja, vielleicht Annamaria, seine Tochter, aber Rita, wer ist Rita, möglicherweise die Mutter?«

»Bestimmt«, seufzte Sternberg, »die beiden erben jetzt ganz schön viel. Warum passiert mir denn so was nicht?«

»Also erstens, Jan, erbt nur das Kind und nicht diese Rita und zweitens.«

»Zweitens, Paul«, unterbrach Lindt seinen Kollegen, »zweitens scheint sich das wohlgehütete Privatleben des gehackten Fink hauptsächlich in unserem südöstlichen Nachbarland abgespielt zu haben. Leider konnten die Damen nicht wissen, warum der liebe Konrad wegblieb.«

»Wegblieb und kein Geld vorbeibrachte«, ergänzte Wellmann. »Aber bald wird es ihnen daran kaum mehr mangeln.«

»Die Mail hört sich aber nicht so an, als hätte er bisher üppige Alimente bezahlt«, analysierte Sternberg. »Eher so, als wäre er nach Gutdünken mit der Kindsmutter und dem Mädchen umgesprungen.«

»Jetzt warten wir halt ab, was uns die österreichischen Kollegen berichten. Die große Liebe scheint es zwischen Conny und Rita jedenfalls nicht mehr gewesen zu sein.«

»Nee, Chef, so hört sich der Text nun wirklich nicht an.«

»Was ist mit den anderen Nachrichten? Alles Müll?«

Jan nickte. »Hab ich schon gelöscht und wenn der seine privaten Mails irgendwo gespeichert hat, dann bestimmt auf der tragbaren Festplatte.«

»Und die haben wir halt nicht!«, echoten Lindt und Wellmann im Chor.

»Aber wir haben die Passwörter und ohne die kann der Mörder überhaupt nichts mit der Platte anfangen – falls er das Teil überhaupt hat.«

Lindt zog bedächtig an seiner Pfeife. »Wir müssen unsere Ergebnisse mal in einen logischen Zusammenhang bringen, ein Szenario entwickeln, wie sich alles abgespielt haben könnte.«

Er begann, im Raum auf und ab zu gehen. »Fink will

in die Berge. Zum Skifahren und auch, um nach seinem Appartementhaus und seiner Tochter zu schauen.«

»Genau in dieser Reihenfolge!«, warf Paul Wellmann ein. »Erst Vergnügen und Geld, dann noch die mehr oder weniger lästigen Pflichten.«

»Durchaus treffend«, stimmte ihm Lindt zu. »Allerdings wird nichts aus der Reise, denn noch in seiner Garage schlägt ihn der große Unbekannte nieder, schnappt sich die PC-Festplatte aus dem Handgepäck und verschwindet mit ihr und dem bewusstlosen Fink, um ihn später im Hacker zu entsorgen.«

»Warum hat er nicht nur die Platte mitgenommen? Das hätte doch gereicht?«

»Hab ich mir auch schon öfter überlegt, Jan, und ich kann es mir nur so erklären, dass für den Mörder sowohl von den Daten als auch vom Mensch Konrad Fink eine Gefahr ausging.«

»Also vernichtet er beides, Person und Platte«, überlegte Paul Wellmann. »Und die Einbrüche im Ferienappartement? Vielleicht, um sicher zu gehen, dass nicht doch noch etwas Schriftliches existiert? Aber warum war dann Finks Hauptwohnung hier in Forchheim völlig unberührt?«

»Wahrscheinlich hat er sich hier ausgekannt«, schob Jan Sternberg dazwischen. »Sagt doch schon unsere Statistik. Meistens kennen sich Täter und Opfer.«

»Und schon sind wir wieder bei, na? Bei wem denn?«

»Langenbach natürlich, aber«, Sternberg zögerte, »aber er selbst hat uns doch den Tipp mit Finks Wagen in der Garage gegeben. Das hätte er bestimmt nie gemacht, wenn er der Täter wäre.«

»Ist nicht gesagt, Jan. Zum einen muss er natürlich bemerken, wenn sein Finanzchef nicht zur Arbeit kommt.«

»Und dass er öfter mal bei Fink zu Besuch war, hätten wir ohnehin herausgefunden – also hielt er es vielleicht für unverdächtiger, sich von Anfang an als guten Freund auszugeben.«

»Vor allem, wenn kein anderer da ist, der uns das Gegenteil erzählt.«

»Dann spielt Langenbach aber ganz schön Katz und Maus mit uns!« Sternberg klang geradezu empört.

»Möglicherweise waren sie ja mal Freunde, aber plötzlich hat sich das Blatt gewendet«, spekulierte Paul Wellmann. »Stellt euch vor: Fink findet irgendetwas Brisantes über seinen Chef heraus und erpresst ihn damit. Die Methode funktioniert: Erst verlangt er ein fürstliches Gehalt, dann noch Gewinnprovision, aber das reicht dem rasant aufgestiegenen Buchhalter schließlich nicht mehr. Er stellt immer höhere Forderungen. Die pure Gier hat ihn gepackt. Ich kann mir so eine Szene gut ausmalen: Langenbach stellt ihn in der Garage zur Rede, kurz bevor er in den Schnee fahren will. Fink zeigt höhnisch auf die Festplatte, die er in der Hand hält: ›Alles hier drauf, gut gesichert, das nehme ich mit!‹, und greift nach dem Türgriff, um in seinen SLK zu steigen.«

»Dass Langenbach dann zuschlägt, damit rechnet er wohl nicht.«

Lindt nahm Sternberg am Hinterkopf und drückte ihn etwas nach vorne. »So hat er sich vielleicht gebückt, um einzusteigen.«

Hastig richtete sich Jan wieder auf. »Sie haben recht, Chef. Ein kräftiger Faustschlag ins Genick und jeder geht zu Boden. Aber dass Langenbach jetzt auch bei Fink der Täter sein soll? Also ich weiß nicht.«

»Katz und Maus, ganz klar. Wie du vorher schon gesagt hast, Jan!« Paul Wellmann stand ruckartig auf. »Jetzt wollen wir doch mal sehen, ob er uns für diese Tatzeit auch ein Alibi präsentieren kann.«

Auffordernd schaute er zu Lindt, doch der zögerte.

»Eigentlich bin ich ja ganz deiner Meinung, Paul. Der Trick mit dem falschen Tankzettel, die Zahlungen von seinem österreichischen Privatkonto … doch wenn ich an den ›Kurzen‹ denke … ›Lassen Sie sich was einfallen‹, hat er gesagt, aber damit bestimmt nicht gemeint, Langenbach einfach hierher in unser Verhörzimmer zu schleppen. Ich finde, da brauchen wir eine bessere Idee.«

Er griff nach dem Bericht der Spurensicherung.

»Kannst du vergessen. Die haben nur die Reifen überprüft«, winkte Wellmann ab. »Den Innenraum hatten wir gar nicht in Auftrag gegeben. Ich finde, da muss Ludwigs Truppe noch mal ran. Faserspuren oder Finks DNA im Kofferraum, das wäre doch gerichtsfest.«

»Und was ist, wenn er ihn auf den Rücksitz gelegt hat? In Langenbachs Wagen war Fink sicherlich oft mit von der Partie. Da findet die Spusi garantiert was, aber diesen Beweis zerreißen uns die Firmenanwälte vor Gericht mit Vergnügen. Nein, nein« – Lindt verschränkte seine Arme vor der Brust, lehnte sich an das Fensterkreuz und stieß eine gewaltige Rauchwolke aus – »wir brauchen etwas Intelligenteres, soviel steht fest.«

14

Betretene Stille hatte sich im Raum ausgebreitet. Lindt war kein Freund von Hau-Ruck-Methoden nach dem Motto: ›Den kochen wir schon weich!‹, nein, er liebte außergewöhnliche Wege, seine Opfer zur Strecke zu bringen.

Bis er jedoch soweit war, bis seine Fantasie einen Umweg zum Ziel ausgebrütet hatte, das wussten seine Mitarbeiter, so lange störte man ihn besser nicht.

Paul Wellmann vertiefte sich also schnell wieder im KTU-Bericht und Jan Sternberg starrte die E-Mail von ›AnnaundRita‹ auf seinem Monitor an, als hoffte er, ihr noch ein großes Geheimnis entlocken zu können. Nach zwei Minuten jedoch, als sich nichts weiter offenbarte, begann er, gelangweilt auf Konrad Finks geöffneter ›web. de‹-Freemail-Seite herumzuklicken.

»Chef!«, durchbrach sein Aufschrei die Stille. »Hier, schauen Sie doch!«

Lindt und Wellmann stürzten zu Jans Schreibtisch.

»Da!« Mit seinem Kugelschreiber hämmerte er auf die Bildschirmoberfläche ein und keuchte: »Im Online-Speicher!«

Die beiden älteren Kollegen schauten sich verständnislos an.

»Da hätte ich doch gleich drauf kommen müssen.

Das bieten die von ›web.de‹ für ihre Club-Mitglieder an. Gigantisch viel Speicherplatz im Netz, eine virtuelle Festplatte sozusagen.«

»Und was machst du jetzt?«

»Na, das runterladen, was Fink dort reingepackt hat. Geht alles mit dem E-Mail-Passwort.« Er klopfte wieder mit seinem Kuli auf die Mattscheibe: »Der Verzeichnisname ist schon mal vielversprechend – ›Provisionen‹!«

Es dauerte noch ein paar Sekunden und eine umfangreiche Excel-Tabelle erschien.

In der Senkrechtspalte am linken Rand waren in bunter Mischung Buchstabenkürzel eingetragen: ›BA‹ oder ›SE‹, auch ›OH‹ und ›LA‹ tauchten auf.

Rechts daneben fanden sich jeweils vier Felder mit Zahlen.

»Hier, Chef, in der zweiten Spalte, ein Datum!« Jan Sternberg war immer fixer als seine Kollegen, wenn es galt, etwas zu erkennen.

»Hmm«, auf Lindts Gesicht war deutlich abzulesen, dass er immer noch nicht viel kapierte.

»Die letzten beiden Spalten, das könnten Geldbeträge sein«, meinte Paul Wellmann erkannt zu haben.

»Kann sein, immer zwei Stellen nach dem Komma«, konstatierte Lindt. »Erst ein großer und in der ganz rechten Spalte dann ein viel kleinerer Betrag.«

Routiniert klickte Jan Sternberg mit der Maus auf ein Feld in der letzten Reihe. In der freien Zeile unterhalb der Menüleiste erschien eine Rechenformel. »Bezieht sich auf das Feld mit dem größeren Wert – jeweils 3 Prozent davon.«

»Skonto?«, überlegte Wellmann. »Wenn es sich tatsächlich um Geldbeträge handelt, dann könnte der kleinere Wert den Skontoabzug darstellen.«

»Quatsch, Paul, schau doch mal, wie die Datei heißt!« Jans Gehirn schien auf Hochtouren zu arbeiten. »Da steht's doch: ›Provisionen‹, also sind die 3 Prozent jeweils eine Provision vom großen Betrag.«

»Wie meinst du das?« Oskar Lindt zog die Stirn kraus. »Wer bekommt hier Prozente? Fink oder sonst wer? Und wofür?«

»Tja.« Auch Sternberg wusste im Moment nicht weiter. Unschlüssig scrollte er die voluminöse Tabelle hoch und runter. »Wenn wir wüssten, wofür diese Buchstabenkürzel stehen. Da.« Mit dem Mauszeiger wies er auf den unteren Rand der Tabelle, wo noch weitere Blätter geöffnet werden konnten.

»Die einzelnen Tabellen hier verstecken sich ebenfalls hinter Abkürzungen.« Er las laut vor, mit welchen Buchstaben die anderen Blätter bezeichnet waren: »Die erste Seite heißt ›KA‹, dann gibt es noch ›MA‹, ›PF‹, ›HN‹, ›RA‹, ›BAD‹, ›OG‹, ›LD‹ und ›GER‹.«

»Keine Frage, das sind die Autokennzeichen unserer Nachbarkreise«, sprach Paul Wellmann aus, was allen bei Jans Aufzählung klar geworden war. »Für jeden dieser Landkreise hat Fink ein Blatt in seiner Tabellenkalkulation angelegt.«

Sternberg zeigte wieder auf den Bildschirm: »Was das Datum angeht, reicht die Sache zurück bis 1988.«

Er stutzte: »Moment, da ist noch eine Datei.« Er öffnete eine weitere Tabelle mit der Bezeichnung ›Empfänger‹, wo sich die Landkreiskürzel wiederfanden. Jedem der Autokennzeichen waren Namen und Telefonnummern zugeordnet.

Ausnahmsweise war diesmal Oskar Lindt schneller, aus der EDV-Liste Schlussfolgerungen zu ziehen.

»Da haben wir ihn«, stieß er aus. »Gib mal her!« Er riss seinem Mitarbeiter den Kugelschreiber förmlich aus den Fingern und pochte damit so heftig auf das Monitorglas, als wolle er es durchbohren. »Ich wusste doch, dass bei dem was faul ist!«

»Der Roth!« Auch Paul Wellmann sah jetzt, worauf Lindt gezeigt hatte. »Roth heißt er, rot ist sein Porsche!«

Hinter dem Kürzel ›KA‹ für Karlsruhe stand klar und deutlich: ›Hans-Peter Roth‹, dahinter seine Karlsruher Behördennummer, eine zweite mit Bruchsaler Vorwahl und zuletzt noch eine Handyverbindung.

»Das Interessanteste sind aber diese beiden Zahlen, die ganz rechts stehen.« Sternberg hatte das Feld angeklickt und sich die Berechnungsformel anzeigen lassen. »Ganz klar die Summen der 3-Prozent-Spalte vom Blatt ›KA‹. Einmal bis einschließlich Jahr 2001 und dann von 2002 bis heute.«

»Logisch, erst Mark und dann Euro«, erkannte nun auch Paul Wellmann, was sich mit großer Wahrscheinlichkeit hinter den beiden Beträgen verbarg.

»Also jetzt noch mal ganz langsam, zum Mitschreiben und auch für ältere Kommissare verständlich«, begann Lindt zusammenzufassen. »Das wäre ja ein gewaltiger Betrag«, er begann zu addieren, »alles in Euro gerechnet weit über achthunderttausend, was in dieser Tabelle da dem ›Empfänger‹ Roth zugeordnet ist.«

»Im Durchschnitt knappe fünfzigtausend pro Jahr –

Euro wohlgemerkt«, hatte Sternberg schnell überschlagen und sein Chef folgerte haarscharf: »Dann scheint es ganz so, als hätten wir jetzt gerade einen riesigen Korruptionsfall aufgedeckt.«

»Wieso denn das? Bestechung? Vorteilsnahme? Von wem? Wofür?« Wellmann zweifelte noch, aber Jan war schon felsenfest überzeugt, dass Lindt mit seiner Vermutung recht hatte: »Natürlich, Paul, Provisionen, das ist doch nur ein anderer Name für Schmiergeld. Und dann dieser Roth, früherer Arbeitskollege von Fink, seit langen Jahren Sachgebietsleiter Auftragsvergabe im städtischen Tiefbauamt, der schiebt ihm jetzt die lukrativen Arbeiten zu.«

»Und hält dafür die Hand auf?« Wellmann zweifelte immer noch ein wenig.

»Genau, Paul, so funktioniert das. Je besser geschmiert wird, umso glatter läuft die Schiebung. Da war Fink natürlich der ideale Mann für die Baufirma Langenbach. Durch seine alten Kontakte kam er ganz bequem an städtische Aufträge.«

»Aber Oskar, das müsste doch auffallen, wenn die ganzen Arbeiten immer nur an ein und denselben Bauunternehmer gehen.«

»Vielleicht haben wir es mit einem richtigen Netzwerk zu tun«, überlegte Jan und zeigte wieder auf den Monitor. »Natürlich, Chef, denken Sie doch an die übrigen Kollegen von Fink, die wir in den drei Baufirmen aufgesucht haben.« Seine Stimme überschlug sich fast: »Hier, die anderen Buchstabenkürzel, alles passt genau. ›OH‹ für Oberhardt-Bau, da war doch dieser dicke Falk.«

»Und ›SE‹ für die bankrotte Seebold GmbH drüben in der Pfalz.«

»Genau, auch ›BA‹ für Badische Asphalt und dann bleibt noch ›LA‹ für Langenbach.«

»Also das ist mir doch zuviel Spekulation. Sollten wir da nicht die Kollegen von der Wirtschaftskriminalität einschalten?«, meinte Paul Wellmann kopfschüttelnd. »Schließlich steht auf unserem Türschild ›Mordkommission‹.«

»Das wird sich gar nicht vermeiden lassen«, nickte Lindt. »In diesem Fall müssen wirklich Spezialisten ran – oder«, er zwinkerte seinem langjährigen Partner zu, »hast du Lust auf monatelanges Aktenwälzen?«

Abwehrend hob Wellmann die Hände und Lindt fuhr, süffisant grinsend, fort: »Ich wette, bis in einem solchen Fall alle Beweise zusammen sind, produzieren die Kollegen zwanzig volle Aktenordner. Denkt doch mal, vier Firmen, die sich den Auftragskuchen in Karlsruhe teilen. Vielleicht setzen sie auch total überhöhte Preise an und bekommen vom korrupten Roth trotzdem den Zuschlag. Gewinnmaximierung um jeden Preis! Also ich würde das richtiggehend als Kartell bezeichnen.«

Er fischte in seiner Hosentasche nach dem Feuerzeug. Vor lauter Aufregung war ihm tatsächlich seine Pfeife ausgegangen. »Und man kennt das ja«, blies er eine neue Rauchwolke in die ohnehin schon sehr dicke Büroluft, »dann sitzen in den Amtsstuben der anderen großen Städte oder Landkreise noch mal ein paar gute Freunde, die den ›Tango-Korrupti‹ gerne mittanzen. Kleine Gefälligkeiten gegen unauffällig überreichte Briefumschläge. Drei Prozent vom Auftragswert, da kommt ganz schön was zusammen. Ich werd‹ gleich mal anrufen.«

Keine zehn Minuten später stand ein Kripo-Beamter der Abteilung für Wirtschaftsdelikte staunend vor den Tabellen, die Jan Sternberg in Finks Online-Speicher gefunden hatte. Immer wieder schüttelte er den Kopf: »Nicht zu fassen, wie ein Sechser im Lotto, unglaublich, diese riesigen Beträge, das gibt auf jeden Fall eine Sonderkommission, ach was sage ich denn, länderüberschreitend und gleichzeitig müssen wir zuschlagen, durchsuchen und verhaften. Akute Flucht- und Verdunkelungsgefahr, da werden uns die Handschellen ausgehen!«

Beruhigend klopfte Lindt dem Kollegen auf die Schulter: »Nur nichts überstürzen. Im Moment weiß noch niemand, dass wir die ganzen Dateien haben. Aber bringt uns diese Kerle ruhig her. Wir müssen sie auch noch gründlich in die Mangel nehmen, denn warum Konrad Fink wirklich sterben musste, das wissen wir leider immer noch nicht.«

»Ich denke, wir sollten Jans Entdeckung gehörig feiern! Die Kollegen machen jetzt erst mal die Arbeit für uns.« Oskar Lindts Stimme hatte den leicht depressiven Klang vom Morgen nun ganz und gar verloren. »Italien? Griechenland? Türkei? Pizza? Gyros? Döner? Wo wollt ihr hin?«

Sie entschieden sich wie fast immer für die italienische Küche und saßen eine knappe halbe Stunde später schon gemütlich in ihrem Stamm-Ristorante.

»Jan, da hast du einen richtigen Glücksgriff getan!« Schon zum dritten Mal lobte Lindt jetzt seinen Mitarbeiter, während er eine köstlich nach Knoblauch duftende Pizza mit Spinat und Gorgonzola in Angriff nahm.

»Wohl eher ein ›Glücks-Klick‹, Chef, denn wenn ich nicht ziellos auf dieser Website rumgesucht hätte, säßen wir jetzt immer noch trübsinnig im Präsidium und würden einen Weg suchen, Langenbach möglichst elegant zur Strecke zu bringen.«

»Ha, ein guter Vergleich, den Jäger zur Strecke bringen«, lachte Paul Wellmann, den Mund noch halb voll ›Spaghetti Carbonara‹ und sog geräuschvoll den Rest einer Nudel ein. Seine Aussprache war immer noch etwas undeutlich, doch fern jeder Tischsitte fuhr er fort: »Jetzt werden ihn die Kollegen von der Wirtschaft jedenfalls erstmal festsetzen und wir können in aller Ruhe weiter ermitteln.«

Lindt wurde nachdenklich: »Und wenn wir den Falschen im Auge haben?«

Seine beiden Mitarbeiter schauten verwirrt, sodass er schnell erklärte: »Es geht mir schon die ganze Zeit durch den Kopf. Offensichtlich saß Fink doch wie eine Spinne im Zentrum dieses Korruptions-Netzwerks. Der findige Kopf, der geniale Finanzjongleur, der alles mit größter Akribie plant, das Baukartell steuert und mit reich schenkender Hand dafür sorgt, dass genügend Aufträge ordentliche Gewinne abwerfen. Der hat seinen Chef bestimmt nicht erpresst. Das hatte er gar nicht nötig. Nein, Langenbach musste doch daran gelegen sein, ihn bei Laune zu halten. Deshalb auch diese Transaktionen in Österreich. Warum hätte er ihn also derart brutal umbringen sollen? Das will mir einfach nicht in den Kopf. Aus diesen ganzen Tabellen kann ich jedenfalls auf Anhieb kein Mordmotiv ableiten.«

»Du denkst, wir sollten mehr im privaten Bereich

suchen? In Bludenz, bei der unehelichen Tochter oder bei seinen drei Schwestern?« Auch Paul Wellmann war ins Grübeln gekommen.

»Ja, vielleicht, obwohl bei Langenbach sicherlich was faul ist. Alleine schon der Schuss auf Barbara Steinle. Schade, dass wir ihm das bisher nicht nachweisen konnten. Andererseits kann ich mir auch nicht erklären, woher er von unserem Treffen an der Fähre hätte wissen sollen. Er stand sicherlich nicht neben ihr, als sie mich auf dem Handy angerufen hat.«

Sternberg warf ein: »In diesem Korruptionsbrei finden sich aber sicherlich genügend Mordmotive. Ganz so toll läuft das Kartell nun auch wieder nicht. Bei den vier Baufirmen gibt es doch gewaltige Unterschiede. Seebold zum Beispiel geht es überhaupt nicht gut, der muss bestimmt bald dicht machen und von den anderen steht eigentlich nur Langenbach wirklich blendend da. Ich denke, wir müssen auf jeden Fall auch in diesem Bereich weiter nachbohren.«

»Eines steht auf jeden Fall fest. Die Dateien waren nicht nur im Online-Speicher, sondern bestimmt auch auf der tragbaren Festplatte und sie hätten jedem im Schmiergeld-Sumpf gefährlich werden können. Unser Vorteil ist nur, dass der, der diese Platte im Moment hat, vermutlich nicht ahnt, dass wir die Daten auch haben. Das gibt uns noch einen satten Vorsprung.«

»Satt bin ich jetzt auch, Oskar«, stellte Paul Wellmann fest und wischte sich noch einen winzigen Speckkrümel aus dem Mundwinkel. »Zeit, dass wir uns wieder ans Werk machen. Vielleicht gibt es schon was Neues aus Österreich.« Er lachte: »Bei der nächsten Dienst-

reise wäre ich auch mal ganz gerne zum Skifahren mit-
gekommen.«

»Pech gehabt, Intensivstation statt Bergstation, die Fahrt
geht nur ins Klinikum«, verkündete Oskar Lindt. Als die
drei Kriminalisten gerade aus der Tür ihres Ristorante
getreten waren, hatte sein Handy geklingelt. »Barbara
Steinle wurde vor ein paar Stunden aus dem künstlichen Tiefschlaf geweckt. Es scheint ihr ganz ordentlich
zu gehen und sie will unbedingt mit uns sprechen. Jan
begleitet mich und du, Paul, kannst ja mittlerweile mal
telefonisch mit den Vorarlberger Kollegen Kontakt auf-
nehmen.«

»Es tut mir wirklich sehr leid, was passiert ist.« Der Kommissar drückte der Intensiv-Patientin vorsichtig die Hand.
Ein dicker weißer Verband bedeckte den Kopf und insbesondere die rechte Seite. So gut es mit der Infusionsleitung
in ihrer Ellenbeuge ging, hob Barbara Steinle langsam und
vorsichtig ihren Arm und tastete über die Binden. »Das
Ohr ist wieder dran, haben sie gesagt. Sehen konnte ich
es noch nicht. Eigentlich tut gar nichts weh, nur hier«, sie
strich mit zwei Fingern über den Schläfenbereich, »hier
oben spüre ich manchmal was.«
    »Die Splitter«, nickte Oskar Lindt, »irgend jemand hat
auf Sie geschossen. Es war wirklich haarscharf.«
    Die Frau schloss die Augen. »Ich wollte Ihnen doch …«
    Sie stand sichtlich unter dem Einfluss der Narkotika,
mit denen sie im Koma gehalten worden war. Die beiden
Kripo-Beamten merkten an ihrer Sprache, wie schwer es
ihr immer noch fiel, etwas zu sagen.

Lindt zog einen Stuhl heran und setzte sich dicht neben die Patientin. Der grüne Schutzkittel, den er übergestreift hatte, war zwar XXL, zwickte aber trotzdem unter seinen Armen.

»…etwas von der Tochter erzählen«, vervollständigte er ihren Satz. »Annamaria heißt sie und wird dieses Jahr elf, das wissen wir mittlerweile schon.«

Barbara Steinle riss erschreckt die Augen auf. »Wer? Wie? Ein Kind?«

»Ja, Konrad Finks Tochter. Sie wohnt mit ihrer Mutter in Österreich, in Bludenz.«

»Nein, nein!« Sie versuchte, den Kopf zu schütteln. »Von einem Mädchen weiß ich nichts.«

»Aber Sie sagten doch: ›Es gibt da eine Tochter‹.«

»Ja, eine Tochter-Firma!«

Lindt und Sternberg schauten sich überrascht an.

»Hauptsächlich wegen der ganzen Rechnungen.«

»Welche Rechnungen, was meinen Sie?«

Barbara Steinle machte schlagartig einen hellwachen Eindruck. »Eigentlich sind das alles Scheinrechnungen. Dafür wurde nie gearbeitet. Die musste ich alle schreiben. Jeden Monat bestimmt vier oder fünf. Nach direkter Anweisung von Fink oder vom Chef.«

»Und woher wussten Sie, dass …?« Der Kommissar begann langsam zu verstehen.

»Ich wusste es nicht, aber nach Finks Tod kam ich zufällig mal mit einem unserer Bauleiter ins Gespräch. ›Na, sind Ihre Männer schon fertig im Gebirge oder müssen die jetzt dort Schneeschippen‹, habe ich ihn gefragt. Der hat mich vielleicht blöd angeschaut. Er wusste überhaupt nichts davon, dass eine Kolonne unserer Firma im

Ausland gearbeitet hat. Dummerweise habe ich dann Langenbach persönlich darauf angesprochen.«

»Das hätten Sie wohl besser gelassen«, mutmaßte Lindt.

»Ich hab's ihm gleich angesehen. Für einen kurzen Augenblick fuhr so ein komisches Flackern durch seine Augen, aber dann hat er mir ausführlich erklärt, dass alles seine Richtigkeit hätte. Im Sommer helfen unsere Bauarbeiter öfter mal in Österreich aus und dafür kommen im Winter die Gruppen der ›Montafon-Bau‹ hierher.«

»Was?« Der Kommissar fiel fast vom Stuhl. »Wie heißt die Firma?«

»Ja, ›Montafon-Bau GmbH‹. Eine hundertprozentige Tochter, hat mir Langenbach gesagt.«

»Da haben Sie doch die Vollbremsung hingelegt, Chef.« Jan Sternberg erinnerte sich schmerzhaft und rieb den blauen Fleck an seiner Stirn.

»Natürlich, die Fahrzeuge haben genau dieselbe Farbe, königsblau und auch die silberne Aufschrift. Deswegen bin ich ja stutzig geworden.«

»Sie waren dort?«

»Ja, wir hatten wegen Konrad Fink in Bludenz zu tun.«

»Langenbach hat mit Sicherheit Verdacht geschöpft, als Sie ihn angesprochen haben«, schaltete sich Jan wieder ein.

»Das Wort Scheinrechnung habe ich nicht in dem Mund genommen, aber er hat bestimmt geahnt, dass ich was weiß. Deswegen hat er mir auch letzte Woche ganz überraschend eine andere Arbeit zugewiesen. Materialeinkauf sollte ich machen. Besser bezahlte Stelle, war mir eigentlich ganz recht, aber als dann«, sie schaute zu Lindt,

»als dann Ihr Auftritt in Finks Büro kam, da wusste ich, dass da irgendetwas ganz gewaltig stinkt.«

»Ja, ja«, sinnierte der Kommissar, »ganz so perfekt wie sein genialer Finanzmanager war der Firmenchef selbst dann wohl doch nicht.«

Sternberg überlegte, wie das System wohl im Einzelnen funktioniert hatte: »Wie wurden diese Rechnungen denn bezahlt?«

»Keine Ahnung, für diesen Bereich ist wieder eine andere Kollegin zuständig und die sitzt im untersten Stock.«

»Die Linke soll nicht wissen, was die Rechte tut«, kommentierte Lindt. »Wirklich alles bis ins Kleinste durchdacht.«

»War echt talentiert, der Fink«, meinte Jan Sternberg, als sie auf der Rückfahrt zum Präsidium waren. »Unsere Kollegen von der Wirtschaft werden sich freuen, wenn wir ihnen schon wieder einen heißen Tipp geben können.«

»Wie viel die wohl verdient haben mit den ganzen Geldverschiebungen? Eine bessere Methode, um Schwarzgeld zu produzieren, gibt es wohl kaum.«

»Von der Steuerhinterziehung mal ganz abgesehen«, stimmte Jan seinem Chef zu.

»Langenbach hat Einnahmen, obwohl gar keine Arbeiten ausgeführt wurden und also auch keine Lohnkosten angefallen sind. Das gibt einen satten Gewinn und den kann der Chef dann als Bargeld abschöpfen. Privatentnahmen sagt man wohl dazu. Fertig ist das ideale Schmiergeld.«

»Das dann wieder bei Roth und Co. über den Schreibtisch geschoben wird, um weitere Aufträge zu bekommen.«

»Und dort gibt es anschließend überhöhte Abrechnungen oder die gekauften Herren unterschreiben Rapporte über Arbeiten, die niemals ausgeführt wurden. So kommt dann nochmals zusätzliches Geld in die Firmenkasse.«

»Fingierte Rechnungen an die Behörden hätten aber eigentlich auch gereicht, um Schwarzgeld zu produzieren«, überlegte Sternberg. »Wozu braucht Langenbach dann noch diese Firmentochter?«

»Das wird uns bestimmt die Wirtschaftsabteilung nachher verraten«, meinte Lindt und tastete nach dem Handy, um den Personenschutz für Barbara Steinle im Klinikum nochmals verstärken zu lassen.

»Neuigkeiten!«, begrüßte Paul Wellmann seine Kollegen, als sie kurz darauf ins Präsidium kamen. »Es gibt zwei Töchter!«

Leider glückte ihm die Überraschung nicht. Lindt grinste: »Wissen wir bereits. Aber nur eine davon ist ein Mädchen, die andere heißt ›Montafon-Bau‹.«

Wellmann machte ein langes Gesicht. »Woher …? Ach so, die Frau Steinle.«

»Ja, sie war wohl dahinter gekommen, dass da krumme Touren liefen, aber anstatt zur Polizei zu gehen, hat sie den Langenbach direkt darauf angesprochen.«

»Und das ist ihr nicht gut bekommen.«

»Überhaupt nicht, aber schieß los, was haben die Österreicher sonst noch rausbekommen?«

»Die Annamaria und ihre Mutter sind absolut unverdächtig. Diese Rita Reininger war regelrecht fassungslos, als ihr unsere Kollegen die Nachricht von Finks Tod brachten. ›Das hätte ich ihm trotzdem nicht gewünscht‹, hat sie wörtlich gesagt. ›Trotzdem‹ bedeutet wohl, dass sie zwar immer noch sauer war, weil Fink den Unterhalt für sein Kind nie regelmäßig bezahlte, doch dass er so ein Ende nimmt, nein, sie muss wohl echt schockiert gewesen sein.«

»Na, dann hat er jetzt mit seinem enormen Nachlass ja alle Verpflichtungen gleich vielfach beglichen.«

Wellmann nickte: »Mutter und Tochter leben anscheinend in recht bescheidenen Verhältnissen. Da hat es also auch mal die Richtigen getroffen.«

Lindt wollte noch mehr über die ›Montafon-Bau‹ und ihren Eigentümer wissen.

»Erstens«, berichtete Wellmann, »ist dieser Langenbach tatsächlich Jäger. Du hast ihn also auf dem Bild richtig erkannt. In Schruns hat er seit vielen Jahren eine sehr große und teure Gebirgsjagd gepachtet. Als Bauunternehmer ist es ihm damals anscheinend nicht schwer gefallen, den Zuschlag für die Jagd zu bekommen. Böse Zungen behaupten, er hätte die ›Montafon-Bau‹ damals nur gegründet, um quasi als einheimischer Firmeninhaber zu gelten. Er besitzt auch nur den Vorarlberger Jagdschein, hat dort alle Prüfungen gemacht und ist deswegen in Deutschland nicht registriert.«

»Und seine Waffen?«

»Da haben wir leider Pech, denn Jagdgewehre sind in Österreich frei verkäuflich. Der Besitz wird nirgends erfasst. Nur Kurzwaffen, also Revolver und Pistolen, müssen eingetragen werden.«

»Mist«, ärgerte sich Lindt, »ich sehe schon kommen, dass wir ihm den Schuss auf Barbara Steinle nie nachweisen können. Reifenspuren, Stiefelabdrücke, alles Fehlanzeige und nur ein falsches Alibi, das reicht eben wirklich nicht.«

»Auch wenn es auf der Hand liegt, dass er es war?«

»Leider Jan, da hat unser Staatsanwalt recht.«

Paul Wellmann berichtete weiter: »Über Langenbachs Bankkonto laufen immer gewaltige Beträge. Das meiste als Bargeld, häufig mehrere zehntausend Euro. Kaum Überweisungen oder Schecks. Eine Bankangestellte wollte aber doch ihr Gewissen erleichtern, nachdem bekannt wurde, dass die Ermittlungen mit Mord im Zusammenhang stehen. Sie hat später bei unseren Bludenzer Kollegen angerufen, anonym natürlich und zu Protokoll gegeben, dass Langenbach dafür bekannt war, mit mehreren dicken Barschecks, ausgestellt auf die ›Montafon-Bau‹, am Schalter aufzutauchen, um sich die Beträge auszahlen zu lassen. Nachdem er das Geld in den Händen hielt, wurde das meiste umgehend wieder eingezahlt, dieses Mal auf sein Privatkonto. Bargeld mitgebracht hat er anscheinend nie, immer nur die großen Schecks seiner österreichischen Firmentochter.«

»Und was er nicht einzahlte, ging ein paar Tage später dann als Bares über irgendeinen Behördenschreibtisch hier bei uns in der Gegend«, mutmaßte Lindt. »Da bin ich gespannt, wann unsere Kollegen von der Finanzkriminalität endlich aktiv werden.«

15

Es dauerte nicht mehr lange. Schon am nächsten Vormittag begann Punkt acht Uhr eine gewaltige Polizeiaktion, bei der dreizehn Staatsanwälte und zweiundneunzig Polizeibeamte in neun Landkreisen gleichzeitig losschlugen.

In den Stadtverwaltungen von Mannheim, Rastatt, Baden-Baden, Offenburg, Pforzheim, Heilbronn, Landau und Germersheim wurden leitende Beamte der Bauverwaltung von ihren Schreibtischen weg verhaftet und in Handschellen abgeführt. Schwere Umzugskartons voll beschlagnahmter Akten füllten grün-weiße Polizeitransporter. Andere Trupps durchsuchten die Privatwohnungen der korrupten Behördenmitarbeiter und stellten auch dort große Mengen an Unterlagen sicher.

Frank Bausch bei der ›Seebold GmbH‹ in Landau wurde im Hof von seinem Fahrrad herunter festgenommen. Udo Pohl bei der ›Badischen Asphalt‹ bekam einen Nervenzusammenbruch, als sich die stählernen Achter um seine Handgelenke schlossen und musste erst ärztlich versorgt werden, bevor er abgeführt werden konnte.

An zwei Stellen hatten die Ermittler allerdings kein Glück.

»Grad war er noch da, er kommt bestimmt gleich zurück, sehen Sie, seine Jacke hängt dort an der Garderobe«, gab die Vorzimmerdame von Hans-Peter Roth im Karlsruher Tiefbauamt bereitwillig Auskunft. Als der Gesuchte nach einer Viertelstunde immer noch nicht zurück war und man annehmen musste, dass er die anrückenden Polizeikräfte bemerkt und Lunte gerochen hatte, wurden alle Ausgänge überwacht, jedoch ohne Erfolg.

Doch ein findiger, kleiner Staatsanwalt rief gleichzeitig einen ihm wohlbekannten Hauptkommissar an und der schickte sofort einen Zivilwagen der Kripo zum P+R-Parkplatz Untermühlstraße.

»Wir haben ihn gleich erkannt«, berichteten die Kollegen später. »Neun Grad Minus und dann nur im Pullover! Im Laufschritt zu seinem roten Neun-elfer – leider konnte er nicht mehr ausparken. Unser Wagen stand plötzlich hinter seinem Porsche. Er leistete aber keinen Widerstand.«

Auch Ottmar Falk bei der Oberhardt-Bau in Bruchsal war nicht in der Firmenzentrale, als die polizeiliche Wagenkolonne in den Hof bog. Eine Baustelle in Eppingen, wo gerade ein neues Industriegebiet erschlossen wurde, wollte er angeblich aufsuchen. In der Zentrale wählte die Telefonistin seine Handynummer, doch als eine etwas ungeschickte Staatsanwältin ihr den Hörer aus der Hand nahm und sich mit ihrer Berufsbezeichnung und ›Wir hätten ein paar Fragen‹ meldete, brach die Verbindung schlagartig ab.

Die sofort ausgelöste Fahndung brachte anfangs keinen Erfolg. Erst gegen Mittag, als eine Streife der Bundespolizei den auffälligen, silbergrauen Chevrolet-Geländewagen in der Nähe des Bahnhofs von Kehl entdeckte, kam Bewegung in die Sache.

Die französische Gendarmerie verhaftete den voluminösen Ottmar Falk im Bahnhof von Straßburg, als er
kurz vor vierzehn Uhr gerade einen Schnellzug Richtung Lyon besteigen wollte. Später hieß es, die genaue
Personenbeschreibung eines jungen Kripo-Beamten der
Karlsruher Mordkommission wäre bei der Aktion sehr
hilfreich gewesen.

Jan Sternberg machte jedoch auch an einer anderen
Stelle noch eine interessante Beobachtung. Zusammen
mit seinem Chef begleitete er den Einsatz in der Firmenzentrale des Ettlinger Bauunternehmens Langenbach.

Ungerührt und mit versteinerter Miene ließ sich der
hochgewachsene grauhaarige Firmeninhaber festneh-
men. Lediglich ein kurzes spöttisches Lächeln kam über seine
Lippen, als die selben Akten, die von Lindts Mitarbeitern einige Tage zuvor schon einmal beschlagnahmt, dann
aber ohne Erkenntnisse wieder zurückgegeben worden
waren, jetzt wiederum in Kisten gestapelt wurden. »Sie
werden nichts finden, das sagte ich Ihnen bereits. Auch
das Finanzamt hat der Buchhaltung immer nur beste
Noten gegeben. Konrad Fink war ein unübertrefflicher
Fachmann.«

»Wir werden es sehen«, beherrschte sich Oskar Lindt
mühsam, doch als Langenbach sein Büro verlassen hatte,
knurrte er ihm nach: »Falscher Hund, dich kriegen wir!«
und haute mit der flachen Hand knallend auf die edle,
dunkelrotbraune Tropenholz-Schreibtischplatte des
Bauunternehmers.

Jan Sternberg, der an der Tischkante gelehnt ganz in
Gedanken nachgeschaut hatte, wie Langenbach hinaus-
gebracht wurde, erschrak mordsmäßig. Er zuckte zusam-

men, verlor fast das Gleichgewicht und versuchte sich abzustützen. Versehentlich berührte er dabei eine Taste der hinter ihm stehenden Gegensprechanlage.

Staunend hörten die beiden Kriminalisten eine weibliche Stimme aus dem Lautsprecher.

»Jetzt führen Sie gerade den Chef ab. Ja, stell dir vor, sogar in Handschellen. Ich kann es deutlich sehen. Er muss hinten in einen Streifenwagen einsteigen und kommt kaum rein. Sie drücken ihm den Kopf runter.«

Lindt gab Sternberg schnell ein Zeichen, die angrenzenden Büroräume zu durchsuchen. Plötzlich ein Knacken, das Geräusch einer Tür, die aufgerissen wurde und die Frauenstimme brach abrupt ab.

Stattdessen tönte: »Chef, ich hab sie gefunden!« aus dem Lautsprecher. »Prima, Jan« antwortete Lindt, doch zurück kam immer nur: »Hallo, Chef, können Sie mich hören, hallo, hallo?«

Nach dreißig Schritten auf dem Flur hatte Lindt Sternberg gefunden.

»Wir konnten Sie ganz deutlich verstehen«, klärte Jan gerade die Langenbach-Bürokraft über sein plötzliches Eindringen auf.

»Wussten Sie, dass diese Sprechanlage auch zum Abhören genutzt werden kann?«, wandte sich Lindt an die Frau.

Immer noch ganz verdattert zuckte sie nur die Schultern. »Ich bin erst seit ein paar Tagen in diesem Büro hier«, stammelte sie. »Ich wollte doch nur meiner Freundin …«

»Mit wem Sie eben telefoniert haben, interessiert uns überhaupt nicht«, beruhigte sie der Kommissar. »Aber, sagen Sie, hat vor Ihnen vielleicht Barbara Steinle hier gearbeitet?«

»Ja, aber woher wissen Sie das?«

Die beiden Kriminalisten warfen rasch noch Blicke in die übrigen Büros und stellten erwartungsgemäß fest, dass nur die Gegensprechanlagen von Langenbach und Fink mit einer zusätzlichen Taste versehen waren.

»Hier, Chef, dieser Knopf ist etwas anders geformt als die übrigen«, untersuchte Sternberg fachmännisch das Gerät im Chefbüro. »Die Lauscheinrichtung wurde nachträglich angebracht.«

»Und hätte Barbara Steinle fast das Leben gekostet«, stellte Lindt fest. »Langenbach hat sie sicherlich gezielt abgehört, als ich in Finks Büro war.«

Der Bauunternehmer jedoch schwieg beharrlich. In der Untersuchungshaft wurde er abwechselnd von Kriminalhauptkommissar Steiner von der Abteilung für Wirtschaftsstraftaten und dann wieder von Lindt und seinen Mitarbeitern verhört.

Während Steiner in Zusammenarbeit mit den Polizeidirektionen und Staatsanwaltschaften der übrigen Landkreise nach zwei Tagen schon beachtlich vorwärts gekommen war, trat die Mordkommission nach wie vor auf der Stelle.

Lindt war deshalb ziemlich genervt und bat zu einer gemeinsamen Besprechung.

Steiner berichtete, dass es gelungen war, schon drei der insgesamt zwölf bestochenen Beamten zum Reden zu bringen.

Auch Frank Bausch hatte bereits ein Teilgeständnis abgelegt. »Die Firma Seebold ist ohnehin so gut wie fertig, also habe ich nicht mehr viel zu verlieren.« Mit der Aussicht auf Strafmilderung war er bereit, als Kronzeuge aufzutreten.

Allerdings gestand auch er mit Unterstützung eines findigen Anwalts nur, was anhand der Indizien sowieso schon fast auf der Hand lag.

Konrad Fink war tatsächlich die Zentrale des Kartells gewesen. Er hatte alles gesteuert und dafür gesorgt, dass die Firmen, in denen seine früheren Arbeitskollegen tätig waren, immer abwechselnd mit öffentlichen Aufträgen versorgt wurden. Über den Kontakt zu Hans-Peter Roth im Tiefbauamt der Stadt Karlsruhe ergaben sich nach und nach Kontakte zu den Ämtern der umliegenden Städte.

›Kleine Geschenke erhalten die Freundschaft‹ galt als Motto, um abzuklopfen, wer für Spenden empfänglich war und dann gerne größere Aufträge gegen dickere Geldumschläge tauschte.

Schon nach wenigen Jahren hatte sich ein für beide Seiten einträgliches Netzwerk des Gebens und Nehmens entwickelt. Auch Sachleistungen der Firmen waren immer gerne gesehen.

Der Leiter des Landauer Bauamtes gestand beispielsweise, dass die kompletten Außenanlagen seines stattlichen Anwesens einschließlich Gemüsegarten – ›meine Frau ist ganz glücklich mit den selbstgezogenen Biokarotten und erst unsere Salatköpfe sollten Sie mal sehen‹, Hauszugang mit Granitplatten und ornamentgepflastertem Hof von der ortsansässigen ›Seebold GmbH‹ ausgeführt worden war. Rechnungen darüber konnte er allerdings nicht vorlegen.

In Pforzheim war es üblich, dass der Abteilungsleiter Straßenunterhaltung bei Bedarf jederzeit einen Kleintransporter der ›Badischen Asphalt‹ für ein Wochenende vor die Tür gestellt bekam. Ab und zu fand sich sogar noch ein üppiger Fresskorb einer beliebten Mühlburger Metzgerei auf dem Beifahrersitz.

Ein Mitarbeiter der Stadtverwaltung von Baden-Baden, in dessen Privatwohnung ein Geldbetrag von achtunddreißigtausend Euro im Wandtresor gefunden wurde, beichtete schließlich, dass Konrad Fink öfter mal auf ein Tässchen Kaffee bei ihm reingeschaut hatte, wenn er ohnehin gerade auf dem Weg zur Caracalla-Therme war. Rein zufällig war dem Finanzdirektor dabei das eine oder andere gut mit Scheinen gepolsterte Kuvert aus der Tasche gefallen und später auf dem Fußboden gefunden worden.

Staunend hörten Sternberg, Wellmann und Lindt, was Steiner zu berichten hatte.

»Den Vogel hat allerdings Langenbach abgeschossen.«

»Der ist ja auch Jäger«, seufzte Lindt und verglich in Gedanken seine eigenen, bislang eher spärlichen Ermittlungserfolge mit denen der Kollegen von der Abteilung für Wirtschaftsdelikte.

»Nein, ich meine das ausgeklügelte System, was diese Firma praktizierte. Gut, dass ihr uns von der Tochterfirma in Bludenz berichtet habt. Wir haben sie von den österreichischen Kollegen auch gleich auseinandernehmen lassen. Echt toll durchdacht.«

»Also, jetzt bitte, wir hören«, wollte sich Paul Wellmann nicht länger auf die Folter spannen lassen.

»Wie die Methode zur Schwarzgeldproduktion funktioniert? Solange keine grenzübergreifenden Prüfungen stattfinden, wirklich genial. Dieser Fink war ein echt findiger Kopf. Zum einen ging es darum, möglichst wenig Gewinn zu machen. Steuern zahlt jede Firma ja nur vom Überschuss. Kapiert?«

»So weit waren wir selbst auch schon mal«, brummte Lindt, denn auf den belehrenden Ton des Kollegen war er nicht gerade erpicht.

»Die Langenbach-Zentrale in Ettlingen schreibt also ihrer Tochter im Montafon immer mal wieder Rechnungen über Arbeiten, die deutsche Kolonnen angeblich in Österreich durchgeführt haben. Tatsächlich hat aber nie ein badischer Mitarbeiter Vorarlberger Boden betreten. Die Rechnungen sind also von A bis Z fingiert. Deshalb finden sich auch keine Kopien davon in Deutschland, nur das Rechnungs-Original trifft per Post in Bludenz ein, wird dort als Ausgabe gebucht und auch brav bezahlt. Wie wohl?« Er schaute auffordernd zu Sternberg.

»Bar?«

»Nein, das wäre dann doch zu auffällig, aber Scheckzahlung ist in der Branche durchaus üblich. So bezahlt ›Montafon-Bau‹ per Barscheck, den der liebe Firmenchef bei seinen häufigen Besuchen – er war ja ohnehin oft dort auf der Jagd – in Empfang nimmt.«

»Und umgehend im Bankhaus Golz am Schalter einlöst, um die Scheinchen wieder auf sein Privatkonto einzuzahlen.« Lindt begann zu kapieren. »Gut, dass diese Bankangestellte ihr Gewissen erleichtern wollte und bei unseren Kollegen angerufen hat.«

»Aber woher bekommt dann die Bludenzer Langenbach-Tochter das ganze Geld? Der Chef hat ja bestimmt mehr abgezogen als eine Dreißig-Mann-Klitsche Gewinne machen konnte.«

»Gut mitgedacht! Bei diesen enormen Beträgen müsste die kleine Firma ja schnell ausbluten. Also, na, wer kommt drauf?«

»Die schreiben ebenfalls getürkte Rechnungen.« Paul Wellmann konnte den Gedanken folgen. »Und zwar an die Zentrale in Ettlingen. Ist doch klar, im Winter, wenn die Berge verschneit sind, arbeiten die Bludenzer hier bei uns im Raum.«

»Richtig, das haben wir gecheckt. Tatsächlich werden ab und zu mal österreichische Fahrzeuge und ein paar alpenländische Maurer auf Langenbachs Baustellen gesichtet, doch die arbeiten keinesfalls so viel wie das, was später von der ›Montafon-Bau‹ an die Ettlinger Zentrale berechnet wird.«

»Könnt ihr das beweisen?«

»Sehr schwierig! Wir sind gerade dabei, eine ganze Reihe von Baustellen nachzuprüfen, aber da auf den Rechnungen und Rapporten niemals Namen von Arbeitern aufgeführt werden, können wir bestimmt nicht alles aufdecken. Außerdem haben die immer eigene Gewerke, so dass ihre deutschen Kollegen gar nicht mitbekommen, wie viele Österreicher jetzt tatsächlich mitarbeiten.«

»Wenn ich also recht verstanden habe«, meinte Jan Sternberg, »dann schaffen hier zwei Männer aus Bludenz und auf den Belegen werden nachher die Stunden von vierundzwanzig Arbeitern aufgeführt.«

»Genau richtig«, lobte Steiner. »Diese Rechnungen werden natürlich von der Ettlinger Zentrale anstandslos bezahlt, brav nach Bludenz überwiesen und völlig normal als Ausgaben der angesehenen und alteingesessenen Bauunternehmung Langenbach gebucht. Hier mindern diese Beträge wieder den Gewinn, also ...«

»Steuern gespart«, brummte Lindt. »Aber«, fuhr er fast bewundernd fort, »eines muss man Fink und Langenbach ja lassen. Eine wirklich großartige Methode, Kapital ins Ausland zu schaffen. Völlig legal und unauffällig.«

»Außerdem lief er nicht Gefahr, an der Grenze von der deutschen Bundespolizei mit einem vollen Geldkoffer geschnappt zu werden«, warf Paul Wellmann ein. »Gerade Richtung Österreich haben die ihre Kontrollen mittlerweile sehr verstärkt, um Steuerflüchtlinge zu stellen.«

»Und wenn nicht irgendjemand den Fink um die Ecke gebracht hätte, wären wir nie darauf gekommen.«

»Ja, ja, die Lorbeeren könnt Ihr jetzt einheimsen, aber wir wissen immer noch nicht, wer den Fink gehäckselt hat.« Lindt war sichtlich unzufrieden mit der Bilanz seiner eigenen Ermittlungsgruppe.

Den Rest des Tages verbrachte der Kommissar außerhalb des Präsidiums. »Ich gehe!«, sagte er nur kurz angebunden zu Sternberg und Wellmann, hüllte sich in seine dicke Winterjacke, Mütze und Handschuhe und streifte trotz der ihm eigentlich verhassten Kälte ziel- und ruhelos durch die Karlsruher Innenstadt.

Den Milchkaffee im Stehen trank er ungewöhnlich hastig und auch die Bratwurst eine Stunde später wäre ihm fast im Hals stecken geblieben, so schnell stopfte er sich die Bissen hinein.

›Korruptionsskandal aufgedeckt‹ – ›Millionenschaden

durch Bestechung in Bauämtern‹, las er an einem Kiosk. Die Erfolge der Finanzermittler waren ein gefundenes Fressen für die Titelseiten der Zeitungen.

›Natürlich haben auch wir, die Mordkommission, maßgeblichen Anteil am Erfolg‹, versuchte er sich zu trösten, aber es wurmte ihn immer mehr, dass er selbst noch nichts Definitives vorlegen konnte.

Ein kalter Nordostwind pfiff vom Schloss her durch die Herrenstraße. Lindt fror und suchte spontan die Wärme des großen Kaufhauses, an dem er gerade vorbeiging. Im Eingangsbereich wurde, einem Föhnsturm gleich, warme Luft von oben heruntergeblasen. Sein Handy klingelte, also machte der Kommissar kehrt, meldete sich mit: »Moment noch, Paul« und suchte draußen eine geschützte Hausecke, wo er ungestört sprechen konnte.

»Unsere Bludenzer Kollegen sind klasse, Oskar«, berichtete Wellmann. »Jetzt haben die doch tatsächlich alle Waffenhändler in ihrem ganzen Bundesland abgeklappert und nachgefragt, ob ein Gero Langenbach irgendwann einmal ein Jagdgewehr im Kaliber 6,5x68 gekauft hat.«

»Und?«, brummte Lindt in sein Handy, »so groß ist Vorarlberg ja nun auch wieder nicht.«

»Immerhin über zehn Adressen. In Feldkirch wurden sie tatsächlich fündig. Vor sechzehn Jahren hat Langenbach dort tatsächlich eine Repetierbüchse gekauft, Fabrikat Steyr-Mannlicher, 6,5x68! Der Büchsenmacher hatte sich sogar noch notiert: ›neuer Pächter Schruns‹.«

»Ach so, das war der Zeitpunkt, als er zum ersten Mal diese Jagd gepachtet hatte.«

»Genau. Wenn es auch in Österreich keine zentrale Registrierung für Langwaffen gibt, so muss doch jeder Händler die Meldungen über die von ihm verkauften Waffen sammeln und in seinen Unterlagen dokumentieren.«

»Also schon wieder ein Indiz, dass Langenbach auf Barbara Steinle geschossen haben könnte. Erst das Gespräch mit ihrem Chef, von dem sie uns erzählt hat, dann die Abhöreinrichtung und jetzt auch noch ein passendes Gewehr. Ruf doch gleich mal beim ›Kurzen‹ an. Vielleicht reichen ihm die Indizien endlich aus.«

Lindt bog wieder um die Ecke und betrat das Kaufhaus aufs Neue. Völlig ziellos trottete er durch die Süßwarenabteilung, machte kehrt und ließ sich von den Rolltreppen bis ganz nach oben tragen. Am Eingang zum Restaurant studierte er die Speisekarte, bekam aber ganz entgegen seiner sonstigen Gewohnheit keinen Appetit. Also drehte er auch hier um, sah sich in der Computerabteilung die neuesten Laptops an und fuhr Etage für Etage wieder nach unten. Er durchquerte die verschiedenen Stockwerke, aber nirgends ergab sich auch nur die geringste Inspiration.

Die blitzenden Messer und zwei Fleischwölfe in der Küchenabteilung erinnerten ihn wieder daran, was der Hacker noch von Konrad Fink übrig gelassen hatte und wie diese Gewebefetzen und Knochenstückchen auf den langen Metalltischen in der Pathologie ausgebreitet gewesen waren. Schaudernd wandte er sich ab.

Lautstark drang breites Englisch an sein Ohr. Er drehte sich um. Hinter ihm standen zwei recht wohlgenährte Männer auf der Rolltreppe, denen schon auf den ersten Blick anzusehen war, dass es sich um Touristen aus den USA handelte. Sie trugen die unvermeidlichen karierten Jacketts und Baseballmützen mit einem grellen Sticklogo.

›Richtig dicke Amerikaner!‹ Obwohl er selbst ja auch einen ständigen Kampf mit seinem Körpergewicht führte, waren diese beiden Produkte aus Hamburgern, Farm-Potatoes und Soft-Ice ihm doch noch um zig Kilos voraus.

In der Abteilung für Herrenkonfektion trat er ein paar Schritte zur Seite, ließ die Besucher aus dem Land der unbegrenzten Möglichkeiten vorbei und schaute nachdenklich hinterdrein, wie sie die Rolltreppe nach weiter unten bestiegen. ›Voll‹, ging ihm durch den Kopf, ›die Treppe ist voll, da passt seitlich keiner mehr vorbei.‹ Ernsthaft dachte er daran, selbst einmal seine Ernährungsgewohnheiten zu überdenken.

Allerdings kam ihm dann auch das Bild eines anderen voluminösen Amerikaners in den Sinn. Silbrig – breit – durstig. Der Chevy von Ottmar Falk. Ob er immer noch in Kehl beim Bahnhof stand? Den könnte die KTU doch auch mal durchsuchen.

Schnell fuhr er den zwei Amis hinterher nach unten, verließ das Kaufhaus wieder und stellte sich zum zweiten Mal innerhalb einer Stunde draußen in dieselbe Ecke, um zu telefonieren.

»Meinst du echt, dass das was bringt?«, zweifelte Ludwig Willms. »Diesen Falk haben unsere Wirtschaftsermittler doch schon eingebuchtet. Als wenn wir nicht genug Arbeit hätten.«

»Es ist ja nur so eine Idee, ein Strohhalm, an den ich mich klammere«, verteidigte sich der Kommissar, »jetzt sei doch ein wenig nett zu uns.«

»Nett! Ha, zu euch bin ich doch immer nett, zuvorkommend, freundlich, liebenswürdig! Oder konntest du dich schon ein einziges Mal beklagen? Deiner Abteilung lesen wir doch die Wünsche von den Augen ab!«

»Niemals hätte ich mich getraut, etwas anderes zu behaupten.«

»Also gut, ich lasse mich halt wieder breitschlagen. Schaff du den Wagen her, dann nehmen wir ihn gründlich unter die Lupe.«

Ein Anruf bei Jan Sternberg reichte, um die Sache zu organisieren und auf einem Abschleppwagen mit Streifenwagenbegleitung wurde der Geländewagen schon zwei Stunden später in die polizeiliche KFZ-Werkstatt gebracht.

»Chef, Sie haben mich drauf gebracht mit ihrem Anruf wegen des Wagens«, begrüßte Sternberg ganz aufgeregt den Kommissar, als der eine Stunde später mit rotgefrorener Nase wieder im Büro auftauchte.

Interessiert schaute Lindt auf den PC-Monitor seines Mitarbeiters, der wieder die Excel-Tabelle aus Konrad Finks Online-Speicher aufgerufen hatte.

»Dieses Zahlen-Wirrwarr ist jetzt aber wirklich ein Fall für unsere Finanzermittler geworden«, wollte er schon loslegen, doch Sternberg unterbrach ihn: »Stimmt schon, aber sehen Sie doch mal hier.«

Er hatte die Einzelblätter mit den Landkreiskürzeln zusammengefasst und in eine einzige große Tabelle kopiert. »Dann, Chef, habe ich die Zeilen je nach Firma unterschiedlich mit Farben unterlegt. Also Waldgrün für die Bruchsaler ›Oberhardt-Bau‹, schließlich geht dieser Falk auch auf die Jagd, Dunkelgrau wie der Straßenbelag für die ›Badische Asphalt‹, Rot als Alarmzeichen für das baldige Ende der ›Seebold GmbH‹ und mit Blau habe ich Langenbach hinterlegt, weil seine Fahrzeuge auch in diesem vornehmen Ton lackiert sind.«

»War es dir etwas langweilig, lieber Jan, dass du deine Zeit mit Farbspielereien zugebracht hast?«, hob Lindt mahnend den Zeigefinger.

»Keinesfalls, wo denken Sie hin. Ich wollte die Tabelle nur so anschaulich wie möglich gestalten, wenn ich sie Ihnen vorführe.«

»Danke, schön ausgedrückt, aber ich hab's schon verstanden. Du meinst wohl, damit es jeder Depp kapiert.«

»Aber, Chef, niemals würde ich«, grinste Sternberg vielsagend und bewegte die Tabelle am Bildschirm langsam nach unten.

»Hier beginnt alles.« Er zeigte auf die Datums-angaben. »1988. Fällt Ihnen was auf?«

»Nicht direkt«, zögerte der Kommissar. »Alles schön farbig gestreift.«

Sternberg scrollte weiter und arbeitete sich von Jahr zu Jahr vorwärts. Immer dasselbe Muster. Zuerst das Firmenkürzel, dann eine vielstellige Zahl – »bestimmt die Rechnungs- oder Auftragsnummer«, dann das Datum, der Gesamtbetrag und am Zeilenende die dreiprozentige Provision.

Je weiter sich Sternberg dem aktuellen Datum näherte, umso größer wurden Lindts Augen.

»Meinst du, meinst du etwa … deswegen?«

Jan nickte.

»Du hast recht, absolut recht! Wenn man es so darstellt, sticht es einem ja direkt ins Auge.«

»Und, Chef, haben wir jetzt ein Mordmotiv?«

Der Kommissar klopfte seinem jungen Mitarbeiter anerkennend auf die Schulter: »Wir haben, ganz klar! Nur«, er zögerte, »allerdings nur das Motiv, aber nicht den Täter!«

»So groß ist die Auswahl jetzt ja nicht mehr, aber das herauszufinden ist doch wieder Ihre Spezialität, Chef. Meine liegt eher hier.« Jan zeigte auf den Bildschirm.

Nachdenklich, aber dennoch recht zuversichtlich, zog sich der Chefermittler der Karlsruher Mordkommission in sein Büro zurück.

16

Die beiden Hundebesitzer, die am nächsten Morgen ihre Vierbeiner beim Rheinstrandbad am Rappenwörth Gassi führten, blieben verwirrt stehen. Dass im Parkplatzbereich tags zuvor einige abgängige Bäume gefällt worden waren, überraschte sie nicht. Wohl aber, dass nun drei grün-weiße Kleinbusse der Polizei angefahren kamen.

»Sicher eine Aktion gegen Schwarzarbeit!«, mutmaßte der eine. »Ja, ja, ich hab's mir gestern schon gedacht. Schau doch mal, die beiden Arbeiter dort hinten, schwarzhaarig, südländische Typen. Das sind bestimmt Illegale.«

Die in grün und orange gekleideten Mitarbeiter einer Baumpflegefirma hatten die Polizeifahrzeuge auch bemerkt und ihre Motorsägen gestoppt. Ein weiterer Wagen, ein dunkelroter, langer Citroen-Kombi fuhr an der Kleinbus-Kolonne vorbei und hielt erst direkt vor dem rot-weißen Absperrband.

Der Fahrer, ein stattlicher Mann mit dunkelblauer Pudelmütze, den seine Daunenjacke etwas unvorteilhaft dick erscheinen ließ, stieg aus und ging auf die Arbeiter zu.

»Bestimmt einer vom Arbeitsamt«, raunte der eine Hundebesitzer dem anderen zu. »Jetzt müssen die gleich alle ihre Papiere vorzeigen.«

Allerdings geschah nichts dergleichen. Lediglich der Satz »muss in den nächsten Minuten eintreffen«, war noch zu verstehen.

Ungeduldig zerrten die Vierbeiner an den Leinen und setzten, als nichts Spektakuläres geschah, mit ihren Herrchen den Spaziergang fort.

Zurückschauend sahen diese zwar noch einen merkwürdig aussehenden Lastwagen auf den Parkplatz fahren, doch da es keine fernsehreife Polizeiaktion mit herbeistürmenden Uniformierten und zuschnappenden Handschellen gegeben hatte, gingen die Männer enttäuscht weiter.

Als sie schon außer Sichtweite waren, hörten sie noch einen immer stärker anschwellenden Lärm. Offenbar wurde eine große Maschine in Betrieb gesetzt.

Als der Hacker auf Touren gekommen, die Schwungmasse auf Arbeitsdrehzahl gebracht war und der Bedienungsmann mit dem Kran die ersten dicken Äste in den Einzugstrichter stopfte, ging Hauptkommissar Oskar Lindt, gefolgt von seinen beiden Kollegen und Staatsanwalt Conradi, zu einem der drei Streifenwagen. Zwei Schutzpolizisten und ein mit Handschellen gefesselter Mann stiegen aus.

»Kommen Sie bitte!« Langsam bewegt sich die ganze Gesellschaft in Richtung des Großhackers, der mit gewaltigem Getöse die Hölzer zu gerade mal fingerlangen Stückchen schredderte.

Der Gefesselte blieb stehen und drehte den Kopf zur Seite. »Schauen Sie ruhig hin, Herr Bausch!«, forderte ihn Lindt auf. »Haben Sie so was schon mal gesehen? Ist doch interessant, wie selbst die dicksten Stämme mühelos da reingezogen und zerkleinert werden.«

Frank Bausch konnte nicht in Richtung des Häckslers Maschine blicken.

»Bleib du bei ihm« wies der Kommissar Jan Sternberg an. »Er soll es sich ansehen! Unbedingt! Ich hole die anderen.«

Auch Udo Pohl und Ottmar Falk wurden hergeführt, allerdings platzierte Lindt alle drei so, dass sie sich untereinander nicht verständigen konnten.

Der massige Falk schaute unbeweglich und mit versteinerter Miene den Arbeiten zu, Pohl hingegen starrte mit weit aufgerissenen Augen zum Hacker. Seine Gesichtsfarbe verblasste zusehends und er begann am ganzen Körper zu zittern.

Nach fünf Minuten konnte er sich nicht mehr auf den Beinen halten und wenn ihn ein Uniformierter nicht noch aufgefangen hätte, wäre er kraftlos zusammengesackt.

»Wollen wir?« Lindt nickte dem Staatsanwalt zu. Alle drei Männer wurden wieder in die Kleinbusse gebracht. Conradi und der Kommissar stiegen bei Pohl mit ein.

»Nun? Wir hören!«

Schweigen.

»Warum haben Sie Konrad Fink getötet?«

Schweigen.

Pohls Zittern hatte nicht aufgehört.

»Er hat noch gelebt, als ihn diese Maschine zerfetzt hat!«

Schweigen.

Die Gesichtsfarbe des Gefesselten glich einem Leintuch.

»Er war nur bewusstlos!«

Kein Wort kam über Pohls Lippen.

»Ach, Sie haben noch nicht genug gesehen? Na dann.« Lindt öffnete die Schiebetür.

»Halt, nicht!« Ein entsetzter Aufschrei, als das Rattern des Häckslers jetzt wieder lauter ins Innere des Wagens drang. »Nein, da gehe ich nicht mehr raus!«

Pohls Kopf senkte sich. »Ich wache jede Nacht davon auf.« Fast flüsternd kam es aus seinem Mund. »Ein paar Mal.«

Lindt schenkte etwas Mineralwasser in einen Plastikbecher. »Bitte, trinken Sie. Und jetzt erleichtern Sie Ihr Gewissen.«

Der Kommissar schaltete ein Diktiergerät ein und legte es vor sich auf den Tisch.

»Er wollte alles!«, rief Frank Bausch in den Gerichtssaal. »Immer mehr! Wegen dieser Tochterfirma konnte er Unsummen von Schmiergeld zahlen.« Er blickte zu Pohl und Falk. »Für uns gab es nur noch ein paar Kleinaufträge. Das hat meiner Firma vollends den Rest gegeben.«

»Wir wollten mit ihm reden, bestimmt zum zwanzigsten Mal.« Kalkweiß und mit bebender Stimme antwortete Udo Pohl auf die Fragen des Vorsitzenden Richters. »Aber er hat uns nur höhnisch ausgelacht. ›Der Skiurlaub wartet!‹ Sein Gepäck war schon im Wagen. Als er sich dann gebückt hat, um einzusteigen, da hat …«

Ottmar Falk sprang auf. »Da habe ich zugeschlagen.«

»Wie? Wohin?«

Der schwergewichtige Baulöwe reckte den Arm nach oben. Seine breite Pranke mochte bequem die Größe einer Sandschaufel erreichen.

»Mit bloßen Händen, mit dieser Faust, ins Genick. Wie ein nasser Sack ging er zu Boden.«

»Dann?«

Falk zögerte. »Haben wir ihn schnell eingeladen. Es war dunkel an der Garage, niemand hatte etwas bemerkt.«

Staatsanwalt Conradi schaltete sich ein: »Das haben auch die Untersuchungen der Kriminaltechnik bestätigt. Konrad Fink wurde im Laderaum des Chevrolet Tahoe transportiert. Es haben sich DNA- und Faserspuren gefunden, die das einwandfrei belegen.«

»Wohin sind Sie dann gefahren?«, wollte der Richter wissen.

»Weg, so schnell wie möglich, ohne Ziel. Irgendwie kamen wir auf den Feldweg und am Waldrand stand da dieser Hacker.«

»Die Maschine kurzgeschlossen hat …« Der Richter blätterte.

»Das war ich«, kam kleinlaut von Frank Bausch.

»Richtig, so steht es in den Ermittlungsakten. Ihre Fingerabdrücke fanden sich in der Fahrerkabine. Dann haben Sie also auch den Kran bedient?«

Bausch atmete hörbar und zögerte.

Ottmar Falk stand wieder auf.

»Nein, ohne Kran. Wir alle drei haben ihn aus dem Kofferraum gezerrt und zwischen die Einzugswalzen geschoben.«

Ein Raunen ging durch den Saal des Karlsruher Landgerichts.

Der Richter schaute auf Udo Pohl und Frank Bausch. Mit gesenkten Köpfen nickten sie.

»Bitte etwas lauter!«

»Es stimmt, was er gesagt hat, wir waren nicht bei Sinnen«, würgte Bausch hervor und auch Pohl gestand zitternd, dass es sich so abgespielt hatte.

»Obwohl Konrad Fink nur bewusstlos war?«

Darauf gab keiner mehr eine Antwort.

»Mord oder Totschlag, ich bin gespannt, wie das Schwurgericht entscheidet«, sinnierte Paul Wellmann, als die drei Kriminalisten nach der Verhandlung wieder zurück im Präsidium waren.

»Jedenfalls kommen die Herren vom Bau jetzt in den Bau und in den nächsten Jahrzehnten gibt's nur gesiebte Luft zu atmen«, stellte Jan Sternberg fest. »Schade, dass dieser Falk Konrad Finks Festplatte mit dem Vorschlaghammer zerbröselt hat. Zu gern hätte ich alle Passwörter ausprobiert. Nur den Tragegriff hat die KTU noch unter seinem Fahrersitz gefunden.«

»Du hast auf jeden Fall ganze Arbeit geleistet, Jan!« Anerkennend drückte Oskar Lindt seinem Mitarbeiter die Hand. »Ohne dich als Computerspezialist wären wir wirklich aufgeschmissen gewesen. Wenn ich nur an die farbige Darstellung dieser Riesentabelle denke. Je näher wir dem Ende kamen, desto blauer wurde alles. Die anderen Firmen, will sagen Farben, waren schließlich fast verschwunden. Da ist selbst bei mir der Groschen gefallen.«

»Tja, Langenbach-Königsblau eben«, witzelte Sternberg.

»Ich bin gespannt, wie die Kammer in seinem Fall entscheidet«, überlegte Paul Wellmann. »Versuchter Totschlag? Also für mich ist es ganz klar Mordversuch.«

»Auf jeden Fall«, stieß Oskar Lindt sehr nachdenklich eine dicke Rauchwolke aus, »auf jeden Fall hat Barbara Steinle riesiges Glück gehabt, dass sie von der Kugel nur knapp gestreift wurde. Normalerweise reißen diese Jagdgeschosse riesige Löcher.«

»Stimmt Chef«, wischte sich Jan Sternberg schnell über die Augen, »da waren mehrere Schutzengel am Werk – einer davon war auch für Sie zuständig!«

ENDE

Weitere Titel finden Sie auf den
folgenden Seiten und im Internet:

WWW.GMEINER-VERLAG.DE

Kriminalhauptkommissar Oskar Lindt ermittelt:

GMEINER SPANNUNG

WWW.GMEINER-VERLAG.DE
Wir machen's spannend

Corrado Falcone
Tödliche Stille
Kriminalroman
346 Seiten, 13,5 x 21 cm,
Premium-Klappenbroschur
ISBN 978-3-8392-0244-9
€ 16,00 [D] / € 16,50 [A]

Frühsommer in Südtirol: Der Bozener Commissario
Matteo Zanchetti sieht seine Chance gekommen, den
Mafiapaten Enzo Saffione endlich vor Gericht zu
bringen. Doch die langen Arme des Verbrechens reichen bis in den Polizeiapparat: Eine Informantin wird
gekidnappt, Zanchettis Kollegin, Commissario Sonja
Schwarz, gerät in einen Undercover-Einsatz, und auf
einer Schutzhütte am Rittner Horn werden zwei Berg-
steiger ermordet. Zanchetti und Schwarz ermitteln.

GMEINER SPANNUNG

Roman Klementovic
Wenn der Nebel schweigt
Thriller
345 Seiten, 13,5 x 21 cm,
Premium-Klappenbroschu
ISBN 978-3-8392-0313-2
€ 18,00 [D] / € 18,00 [A]

Jana hat schon lange keinen Kontakt mehr zu ihrem
Vater, dem der Mord an ihrer Mutter nie nachge-
wiesen werden konnte. Doch als sie die Nachricht
erreicht, dass es schlimm um ihn steht, kehrt sie in
ihre Heimat zurück und betritt zum ersten Mal seit
Jahren wieder ihr Elternhaus. Dabei verschlägt es ihr
den Atem. Es stinkt bestialisch. Müllberge türmen
sich bis unter die Decke. Ihr Vater ist zu einem
Messie geworden. Im ersten Schock darüber versucht
Jana, zumindest ein wenig Ordnung zu schaffen.
Und macht dabei eine verstörende Entdeckung …

GMEINER SPANNUNG

WWW.GMEINER-VERLAG.DE
Wir machen's spannend

DIE NEUEN

Lieblings-plätze

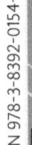 ISBN 978-3-8392-0154-1
AM INN

ISBN 978-3-8392-2730-5
AUGSBURG UND BAYERISCH-SCHWABEN

ISBN 978-3-8392-0155-8
FÜNFSEENLAND

ISBN 978-3-8392-0158-9
HARZ

ISBN 978-3-8392-0160-2
NORDSEEKÜSTE NIEDERSACHSEN mit Hund

ISBN 978-3-8392-0159-6
LÜNEBURGER HEIDE

ISBN 978-3-8392-0161-9
NIEDERRHEIN

ISBN 978-3-8392-0163-3
OSTSEE MECKLENBURG-VORPOMMERN

ISBN 978-3-8392-0164-0
OSTSEE SCHLESWIG-HOLSTEIN

ISBN 978-3-8392-2626-1
SACHSEN

ISBN 978-3-8392-0156-5
BODENSEE für Senioren

ISBN 978-3-8392-0157-2
NORDSEE SCHLESWIG-HOLSTEIN für Senioren

ISBN 978-3-8392-0166-4
SÜDLICHE WEINSTRASSE UND PFÄLZERWALD

ISBN 978-3-8392-0166-4
SÜDTIROL

ISBN 978-3-8392-2838-8
USEDOM

ISBN 978-3-8392-0168-8
WIESBADEN RHEIN-TAUNUS RHEINGAU

GMEINER KULTUR

WWW.GMEINER-VERLAG.DE
Mensch, Kultur, Region

Zeitfracht Medien GmbH
Ferdinand-Jühlke-Straße 7
99095 Erfurt, Deutschland
produktsicherheit@kolibri360.de